古典文獻研究輯刊

十三編
曾永義 主編

第 9 冊

元雜劇的文化精神論（下）

高益榮 著

國家圖書館出版品預行編目資料

元雜劇的文化精神論（下）／高益榮 著 — 初版 — 新北市：
花木蘭文化出版社，2016〔民 105〕
目 2+172 面；19×26 公分
（古典文學研究輯刊　十三編；第 9 冊）
ISBN 978-986-404-585-3（精裝）

1. 元雜劇　2. 戲曲評論

820.8　　　　　　　　　　　　　　　　105002164

ISBN-978-986-404-585-3

9 789864 045853

古典文學研究輯刊
十三編　第 九 冊　　　　　ISBN：978-986-404-585-3

元雜劇的文化精神論（下）

作　　者　高益榮
主　　編　曾永義
總 編 輯　杜潔祥
副總編輯　楊嘉樂
編　　輯　許郁翎
出　　版　花木蘭文化出版社
社　　長　高小娟
聯絡地址　235 新北市中和區中安街七二號十三樓
　　　　　電話：02-2923-1455／傳真：02-2923-1452
網　　址　http://www.huamulan.tw 信箱 hml810518@gmail.com
印　　刷　普羅文化出版廣告事業
初　　版　2016 年 3 月
全書字數　296453 字
定　　價　十三編 20 冊（精裝）新台幣 38,000 元

元雜劇的文化精神論（下）

高益榮　著

下　冊

第六章　歷史的藝術展現──歷史劇文化精神的闡釋

第一節　元雜劇題材來源分析及歷史劇定義界說

一、元雜劇題材來源分析

　　在元雜劇裏，以歷史作為題材的劇目最多。如果我們從寬泛的意義上理解，大凡取材於前代人物故事的劇目都可列入歷史劇的範疇，那麼元雜劇現存的 162 種雜劇中能夠明確題材時代的就有 109 種可算作歷史題材的劇目，占元雜劇的 67%。就是一些沒有標明朝代的作品也大多不是取材於元代社會，如那些神仙道化劇，但顯然都具有強烈的社會現實的影子。為了給予大家一個直觀印象，更加具有說服力，我先把 162 種元雜劇的故事來源時代列出來：

劇目名稱	故事原型時代	故事來源典籍	劇目作者	備註
鄧夫人苦痛哭存孝	五代	新五代史	關漢卿	
包待制三勘蝴蝶夢	宋	列女傳・齊義繼母	關漢卿	
關大王獨赴單刀會	三國	三國志	關漢卿	
趙盼兒風月救風塵			關漢卿	
杜蕊娘智賞金線池			關漢卿	
望江亭中秋切鱠			關漢卿	
溫太真玉鏡臺	晉	世說新語	關漢卿	

錢大尹智勘緋衣夢	宋		關漢卿	
感天動地竇娥冤			關漢卿	
錢大尹智寵謝天香	宋		關漢卿	
山神廟裴度還帶	唐	舊唐書	關漢卿	
狀元堂陳母教子	宋	醉翁談錄等	關漢卿	
劉夫人慶賞五侯宴	五代	新五代史	關漢卿	
包待制智斬魯齋郎	宋		關漢卿	
尉遲恭單鞭奪槊	唐	新唐書	關漢卿	
詐妮子調風月			關漢卿	
閨怨佳人拜月亭	金		關漢卿	
關張雙赴西蜀夢	三國	三國志	關漢卿	
裴少俊牆頭馬上	唐	井底引銀瓶	白樸	
唐明皇秋夜梧桐雨	唐	舊唐書、長恨歌等	白樸	
董秀英花月東牆記			白樸	
黑旋風雙獻功	宋		高文秀	
好酒趙元遇上皇	宋		高文秀	
劉玄德獨赴襄陽會	三國	三國志	高文秀	
須賈大夫誶范叔	先秦	史記	高文秀	
保成公徑赴澠池會	先秦	史記	高文秀	
楚昭公疏者下船	先秦	吳越春秋等	鄭廷玉	
布袋和尚忍字記			鄭廷玉	
宋上皇御斷金鳳釵	宋	民間傳說	鄭廷玉	
包待制智勘後庭花	宋	民間傳說故事	鄭廷玉	
看錢奴買冤家債主		搜神記	鄭廷玉	
崔府君斷冤家債主			鄭廷玉亦為無名氏	
張子房圯橋進履	漢	史記	李文蔚	
同樂院燕青博魚	宋		李文蔚	
破苻堅蔣神靈應	東晉	晉書	李文蔚	
江州司馬青衫淚	唐	琵琶行	馬致遠	
半夜雷轟薦福碑	宋	冷齋夜話	馬致遠	
西華山陳摶高臥	宋	宋史	馬致遠	

呂洞賓三醉岳陽樓		蒙齋筆談	馬致遠	
邯鄲道省悟黃粱夢	唐	枕中記	馬致遠等	
馬丹陽三度任風子			馬致遠	
破幽夢孤雁漢宮秋	漢	漢書、後漢書、西京雜記	馬致遠	
便宜行事虎頭牌			李直夫	
張天師斷風花雪月			吳昌齡	
花間四友東坡夢	宋	東坡志林	吳昌齡	
崔鶯鶯待月西廂記	唐	鶯鶯傳	王實甫	
四丞相高會麗春堂	金		王實甫	
呂蒙正風雪破窰記	宋		王實甫	
散家財天賜老生兒			武漢臣	
包待制智賺生金閣	宋		武漢臣	
救孝子賢母不認屍			王仲文	
說鱄諸伍員吹簫	先秦	左傳、史記	李壽卿	
月明和尚度柳翠			李壽卿	
尉遲恭三奪槊	唐	舊唐書	尚仲賢	
洞庭湖柳毅傳書	唐	柳毅傳	尚仲賢	
漢高皇濯足氣英布	漢	史記	尚仲賢	
魯大夫秋胡戲妻	先秦	列女傳	石君寶	
李亞仙花酒曲江池	唐	李娃傳	石君寶	
諸宮調風月紫雲亭			石君寶	
臨江驛瀟湘秋夜雨	宋	宋史	楊顯之	
鄭孔目風雪酷寒亭			楊顯之	
趙氏孤兒大報仇	先秦	左傳、史記	紀君祥	
陶學士醉寫風光好	宋	綠窗新話	戴善甫	
老莊周一枕蝴蝶夢	先秦	莊子	史樟	
沙門島張生煮海			李好古	
薛仁貴榮歸故里	唐	舊唐書	張國賓	
相國寺公孫合汗衫			張國賓	
李太白貶夜郎	唐	舊唐書	王伯成	
河南府張鼎勘頭巾			孫仲章	

呂洞賓度鐵拐李岳			岳伯川	
梁山泊李逵負荊	宋		康進之	
蘇子瞻風雪貶黃州	宋	宋史	費唐臣	
秦脩然竹塢聽琴			石子章	
張孔目智勘魔合羅			孟漢卿	
包待制智賺灰闌記	宋		李行道	
晉文公火燒介之推	先秦	左傳、史記	狄君厚	
地藏王證東窗事犯	南宋	宋史	孔文卿	
謝金蓮詩酒紅梨花			張壽卿	
降桑椹蔡順奉母	漢	後漢書	劉唐卿	
嚴子陵垂釣七里灘	漢	後漢書	宮天挺	
死生交范張雞黍	漢	後漢書	宮天挺	
鍾離春智勇定齊	先秦	列女傳	鄭光祖	
立成湯伊尹耕莘	先秦	史記	鄭光祖	
㑇梅香騙翰林風月	唐		鄭光祖	
醉思鄉王粲登樓	漢	登樓賦、三國志	鄭光祖	
輔成王周公攝政	先秦	史記	鄭光祖	
迷青瑣倩女離魂	唐	離魂記	鄭光祖	
虎牢關三戰呂布	三國	民間傳說	鄭光祖	
程咬金斧劈老君堂	唐		鄭光祖	
蕭何月夜追韓信	漢	史記	金仁傑	
忠義士豫讓吞炭	先秦	史記	楊梓	
承明殿霍光鬼諫	漢	漢書	楊梓	
功臣宴敬德不伏老	唐	新唐書	楊梓	
陳季卿誤上竹葉舟		太平廣記	范康	
杜牧之詩酒揚州夢	唐	太平廣記	喬吉	
玉簫女兩世姻緣	唐	太平廣記	喬吉	
李太白匹配金錢記	唐	柳氏傳	喬吉	
東堂老勸破家子弟			秦簡夫	
宜秋山趙禮讓肥	漢	後漢書	秦簡夫	
晉陶母剪髮待賓	晉	晉書	秦簡夫	
楊氏女殺狗勸夫			蕭德祥	

昊天塔孟良盜骨	宋		朱凱	
劉玄德醉走黃鶴樓	三國		朱凱	
桃花女破法嫁周公			王曄	
宋太祖龍虎風雲會	宋	宋史	羅貫中	
呂洞賓三度城南柳			穀子敬	
西遊記	唐		楊景賢	
馬丹陽度脫劉行首			楊景賢	
李雲英風送梧桐葉	唐		李唐賓	
翠紅鄉兒女兩團圓			高茂卿	
龐居士誤放來生債		龐蘊居士	劉君錫	
劉晨阮肇誤入桃源	晉	太平廣記・幽明錄	王子一	
荊楚臣重對玉梳記			賈仲明	
呂洞賓桃柳升仙夢			賈仲明	
李素蘭風月玉壺春			賈仲明	
鐵拐李度金童玉女			賈仲明	
蕭淑蘭情寄菩薩蠻			賈仲明	
鯁直張千替殺妻		太平廣記	無名氏	
小張屠焚兒救母			無名氏	
諸葛亮博望燒屯	三國	三國志	無名氏	
王清庵錯送鴛鴦被			無名氏	
金水橋陳琳抱妝盒	宋	宋史	無名氏	
關雲長千里獨行	三國	三國志	無名氏	
孟德耀舉案齊眉	漢	後漢書	無名氏	
凍蘇秦衣錦還鄉	先秦	史記	無名氏	
龐涓夜走馬陵道	先秦	史記	無名氏	
隨何賺風魔蒯通	漢	史記、漢書	無名氏	
錦雲堂暗定連環計	三國	三國志平話	無名氏	
蘇子瞻醉寫赤壁賦	宋	宋史	無名氏	
鄭月蓮秋夜雲窗夢			無名氏	
風雨像生貨郎旦			無名氏	
朱砂擔滴水浮漚記			無名氏	
劉千病打獨角牛			無名氏	

狄青復奪衣襖車	宋	宋史	無名氏	
摩利支飛刀對箭	唐	舊唐書、新唐書	無名氏	
包待制陳州糶米	宋	包拯集・請免陳州添折見錢	無名氏	
施仁義劉弘嫁婢		太平廣記	無名氏	
玎玎璫璫盆兒鬼	宋		無名氏	
王月英元夜留鞋記	宋	太平廣記	無名氏	
神奴兒大鬧開封府	宋		無名氏	
朱太守風雪漁樵記	漢	漢書	無名氏	
海門張仲村樂堂			無名氏	
包龍圖智賺合同文字	宋		無名氏	
十探子大鬧延安府	宋		無名氏	
爭報恩三虎下山	宋		無名氏	
魯智深喜賞黃花峪	宋		無名氏	
二郎神醉射鎖魔鏡			無名氏	
漢鍾離度脫藍采和		續仙傳	無名氏	
趙匡義智娶符金錠	宋		無名氏	
張公藝九世同居	唐	舊唐書	無名氏	
小尉遲將鬥將認父歸朝	唐		無名氏	
謝金吾詐拆清風府	宋		無名氏	
兩軍師隔江鬥智	三國	三國志平話	無名氏	
逞風流王煥百花亭			無名氏	
薩真人夜斷碧桃花			無名氏	
閥閱舞射柳蕤丸記	宋		無名氏	
羅李郎大鬧相國寺			無名氏	
雁門關存孝打虎	五代		無名氏	
都孔目風雨還牢末	宋		無名氏	
瘸李岳詩酒玩江亭			無名氏	
龍濟山野猿聽經			無名氏	
馮玉蘭夜月泣江舟			無名氏	

　　從以上的表中可以看出，元雜劇在取材上主要來源於三個方面：1.以歷史典籍的記載爲淵源的，在此基礎上作家展開想象的翅膀，融入時代的情愫而

寫成的，如《趙氏孤兒》、《漢宮秋》等。2.以傳奇小說或民間傳說為淵源而加工寫成的，如《西廂記》、《柳毅傳書》、《陳州糶米》等。3.完全由作家創作的、反映現實生活題材的劇作，如《救風塵》、《魔合羅》、《虎頭牌》等。但取材歷史的劇目確實是元雜劇的主要部分，那麼它們都可以被視為歷史劇嗎？顯然是不行的。因此，在對歷史劇作具體分析之前，我們有必要先對歷史劇的定義作以界定。

二、歷史劇創作原則──「歷史實錄」與「藝術創造」的辯證統一

歷史劇，顧名思義是寫歷史題材的劇目，但究竟如何把握其「史實」與「劇作家的合理再創造」，是甄別元雜劇歷史劇的準繩。既然是描繪歷史畫卷的作品，必然有對歷史的把握，受到歷史真實的限制，但歷史劇畢竟屬文學的範疇，不是歷史事實的照鏡子般的反映，它又有其自身的作為文學的規律，因而用「歷史實錄」的標準要求歷史劇顯然是不合適的。即就是正史的寫作，也難完全做到「實錄」。

「實錄」一詞最早出現於西漢末揚雄的《法言・重黎》中，他說：「或問《周官》，曰立事；《左氏》，曰品藻；太史遷，曰實錄。」後來班固在《漢書・司馬遷傳贊》中對「實錄」的內涵作了進一步的闡釋：「自劉向、揚雄博極群書，皆稱遷有良史之材，服其善序事理，辯而不華，質而不俚，其文直，其事核，不虛美，不隱惡，故謂之實錄。」班固認為司馬遷寫《史記》時能不攙雜他個人的好惡感情，真實、客觀地記載歷史上人物和事件，正如易寧所評述的：「事核是就史家對歷史上的人事瞭解和掌握的真實性、可靠性而言，文直則是史家對史實記述的準確性而言。只有對史事作全面深入的考覈以得其真並加以如實地記述以傳其真，才能成為『實錄』。」〔註 1〕作為我國二十四史之首、深受史學界讚賞、公認的「實錄」之作《史記》，真的就完全排除了作者的好惡的主觀情感，沒有合理的藝術的想象嗎？顯然不是。相反正是司馬遷在《史記》中傾注的強烈的個人對歷史感悟的情感和充滿藝術靈光的適當想象的描寫，使《史記》增添了後來史書難以達到的思想性和藝術性的高度。正如俞樟華先生所說：「『實錄』同樣是以語言文字為手段來表現歷史的人事紛紜，在很多情形下，『實錄』也並不是歷史原貌的真實再現和重演。

〔註 1〕 《〈史記〉「實錄」新探》，《史學史研究》，1995 年第 4 期。

很多時候，語言文字使得似乎應是完全真實的實錄也蒙上了一層文學的色彩，雖然人們大多不願談及和正視，但它是一種客觀存在。其實，實錄也是一種文學，因為實錄也並非說史傳所記全是歷史上發生過的事實在文字中得到實實在在的再現。事實上，當人們選擇用語言文字這種符號來再現社會和歷史的時候，它所顯現的就並非原原本本的歷史面貌。」「實錄本身是具有文學性的，只是後代人將歷史與文學界限區分得太過清晰時，作為歷史的實錄只能走向單調和枯澀。如果說將歷史上人物活動的動作、細節、語氣模擬得栩栩如生就意味著不真實的話，那麼只有結果而沒有過程、沒有細節、沒有心理描寫的史傳就會顯得十分乾澀和枯燥。」〔註2〕司馬遷正是恰到好處地掌握了「實錄」與「合理想像」的尺度，才使《史記》成為「史家之絕唱，無韻之離騷」。在《史記》裏，我們隨手可得司馬遷合理想象的精彩描寫的文字，如《李斯列傳》中描寫了李斯上廁所一段：

> 李斯者，楚上蔡人也。年少時，為郡小吏，見吏舍廁中鼠食不潔，近人犬，數驚恐之。斯入倉，觀倉中鼠，食積粟，居大廡之下，不見人犬之憂。於是李斯乃歎曰：「人之賢不肖譬如鼠矣，在所自處耳！」

這段記錄顯然藝術的虛構成分更大，此事很難見於史書，只能視為司馬遷根據人物性格的合理虛構，或者是來源於民間的傳說，但如此寫，不但不損害人物描寫的真實性，而且使其性格更為鮮明。《史記》中的大多名篇如《項羽本紀》、《魏公子列傳》、《李將軍列傳》等實際都是在歷史實錄的大前提下融入了作者的主觀情感和藝術的合理想象描寫。其實，史書作者在史料記述中加入合理想象的描寫是極為普遍的事，如《左傳·宣公二年》載：「宣子驟諫，公患之，使鉏麑賊之。晨往，寢門闢矣，盛服將朝，尚早，坐而假寐。鉏麑退，歎而言曰：「不忘恭敬，民之主也。賊民之主，不忠。棄君之命，不信。有一於此，不如死也。」觸槐而死。」鉏麑在他自殺前的這番內心表白，旁邊又無人聽到，可見這只能視為《左傳》作者合理想象的傑作。由此可見，即使是正史也不排除適當的想象之語，正如錢鍾書先生精闢的分析：「史家追敘真人真事，每須遙體人情，懸想事勢，設身局中，潛心腔內，忖之度之，以揣以摩，庶幾入情合理。蓋與小說、院本之臆造人物、虛構境地，不盡同而可相

〔註 2〕 俞樟華：《實錄與文學——歷史是真實性與文學性的交融》，《文藝理論與批評》，2003 年第 3 期。

通。」〔註3〕

　　談了歷史書的修史原則後，我們再把話題轉入歷史劇的正題上來。歷史劇屬於文學，並不是歷史，它重在「劇」，而不是「史」。爲了說明這一問題，不防先引用著名歷史學家、歷史劇作家郭沫若先生有關此問題的論述：

　　　　我們要知道科學與文學不同，歷史家站在記錄歷史的立場上，是一定要完全眞實的記錄歷史；寫歷史劇不同，我們可以用一分的材料，寫成十分的歷史劇……〔註4〕

　　　　我們寫古人所能憑藉的材料卻是很有限的，那就要求歷史劇作者發揮想象力，把很少的材料組織成一個完整的世界。〔註5〕

　　　　寫劇本不是在考古或研究歷史……中國的史學家們往往以其史學的立場來指斥史劇的本事，那是不免把科學和藝術混同了。〔註6〕

　　　　我是喜歡研究歷史的人，我也喜歡用歷史的題材來寫劇本或者小說。這兩項活動，據我自己的經驗，並不是完全一致的。歷史的研究是力求其眞實而不怕傷乎零碎，愈零碎才愈逼近眞實。史劇的創作是注重在構成而務求完整，愈完整才愈算是構成。說得滑稽一點的話，歷史研究是『實事求是』，史劇創作是『失事求似』。史學家是發掘歷史的精神，史劇家是發展歷史的精神。〔註7〕

郭沫若先生從自己的歷史劇創作的經驗中體會到歷史劇寫作要遵循如下原則：（1）要分清「科學」與「文學」的不同，歷史劇屬於文學，因而它在「求似」中追求歷史眞實與藝術眞實的統一，反映的是歷史的本質眞實。（2）「發展」歷史精神是歷史劇創作的目的，並不是機械地照搬歷史。（3）與歷史研究的零碎相比，歷史劇以「完整」的情節構成爲創作的重心。郭沫若先生的歷史劇創作理論是我們研究歷史劇非常重要的思想武器，用它來研究元雜劇中的歷史劇，更能發現作爲我國歷史劇發軔時期的代表作品所反映出的歷史精神與藝術魅力。

〔註3〕錢鍾書：《管錐編》第一冊，中華書局，1979年版，第166頁。
〔註4〕郭沫若：《談歷史劇》，《文匯報》，1946年6月26、28日。
〔註5〕《郭沫若同志談〈蔡文姬〉的創作》，《戲劇報》，1959年第6期。
〔註6〕郭沫若：《〈孔雀膽〉二三事》，《沫若文集》第四卷，第269～270頁。
〔註7〕《歷史·史劇·現實》，《沫若文集》第十三卷，人民文學出版社，1961年版，第16頁。

關於歷史劇的內涵學術界一直存在爭論，主要是來源於搞歷史和搞文學的人不同的思維視角。吳晗先生在《談歷史劇》一文中就說：「歷史劇必須有歷史根據……人物確有其人，但事實沒有或不可能發生的也不能算歷史劇。」他認為歷史劇不但要史有其人，而且還要實有其事，特別是要「反映歷史實際的真實」。這一觀點顯然是史學家的一種理想，它並不合乎歷史劇的實際。眾所週知，歷史文學並不等於歷史，像郭老所說歷史是科學，需要的是真實的證據、記錄，而歷史劇是藝術，那些古籍的證據和記錄只不過是創作的材料；歷史家重史實，文學家貴創造，文學以虛構的方式把握歷史，歷史劇所反映的歷史是實在與可能、真實與假想的統一，主觀與客觀的統一，既是生活的反映，又有超現實的因素——即主體精神的自由翱翔，科學地反映歷史與藝術地反映歷史，其差別就在於後者是滲透著劇作者情感評價的反映。作者對歷史材料背後的情感和思想有一種富有想象力的理想，描繪歷史畫卷時帶有其理想的目光，從而反映的歷史真實是一種藝術的真實，而這種真實是一種主客體交感關係的神似，而非形似，顯現的是意象，而不是具體的歷史事件，所以歷史劇反映的歷史真實是歷史精神的真實，而不是具體的歷史事件的真實。

三、元雜劇歷史劇的界定

從上面談論歷史劇的創作原則我們可以明確：歷史劇與歷史不同，它是藝術的再現而不是歷史事件的原封不動的改寫。但是，它既然叫作歷史劇，以歷史事件作為創作題材，它必然要比作家取材現實、隨意創作的作品多一層限制，儘管在元代人們對歷史劇可能還沒有從理論上形成明確的定義，但廣大作者喜歡以歷史為題材確是不爭的事實（後文將專門論述其原因）。就前文分析而言，從廣義概念出發，現存的 162 種元雜劇幾乎有 80% 以上都有歷史劇的因素，如果將凡是借用於本朝以前的人名或事件的劇目都視為歷史劇顯然是不妥的。那麼，怎樣界定歷史劇呢？我們還只能從人們對歷史劇的觀念入手。

所謂「歷史劇」必須具有兩個最基本的條件：（1）它的主要人物必然是歷史上真有其人，（2）而且故事的主要框架應該有歷史史實的依據，作者在此基礎上展開藝術的遐思，而不是只借用古人的名字以演義今事的作品，如李雁所說：「作為一部歷史劇，僅僅史有其人是不夠的，還需有其事；事有真偽，此尚不足為據，要看其是否出於史籍；史有正史、稗史等，此亦不足為

據，關鍵在於其人其事是否已被傳統史學納入自己的範疇，即看其是否進入了歷史系統。如果不是，即便其事屬實，也不能當作歷史劇」。〔註 8〕我們以關漢卿的作品為例，《單刀會》、《西蜀夢》寫三國故事，《玉鏡臺》寫晉代故事，《單鞭奪槊》、《裴度還帶》寫唐代故事，《哭存孝》、《五侯宴》寫五代故事，《陳母教子》、《魯齋郎》、《蝴蝶夢》、《謝天香》寫宋代故事，《拜月亭》寫金代故事。但不能把它們都視為歷史劇，譬如《玉鏡臺》所寫故事見於《世說新語‧假譎》「溫公喪婦」條：

> 溫公喪婦。從姑劉氏家值亂離散，唯有一女，甚有姿慧，姑以屬公覓婚。公密有自婚意，答云：「佳婿難得，但如嶠比云何？」姑云：「喪敗之餘，乞粗存活，便足慰吾餘年，何敢希汝比！」卻後少日，公報姑云：「已覓得婚處，門地粗可，婿身名宦，盡不減嶠。因下玉鏡臺一枚。姑大喜。既婚，交禮，女以手披紗扇，撫掌大笑，曰：「我固疑是老奴，果如所卜！」玉鏡臺是公為劉越石長史北征劉聰所得。

溫嶠，歷史上也確有其人，《晉書》有傳，說溫嶠前妻是王氏，後妻是何氏，並無娶劉氏之事，所以劉孝標在《世說新語》注中已說明此事大概更多來源於小說家的「虛謬」：「按溫氏譜，嶠初娶高平李日恒女，中娶琅琊王詡女，後娶廬江何邃女，都不聞劉氏，便為虛謬。」顯然本劇的故事來源於小說材料，故不可列入歷史劇之列。再如《魯齋郎》、《蝴蝶夢》、《謝天香》等，儘管裏面有包拯、柳永等人，但顯然反映的是現實的生活。又如《調風月》、《拜月亭》儘管表明的故事背景是金朝，但從人物到情節都出於作者的虛構，這無疑也不是歷史劇。由此可以看出大凡故事來源於史籍，或進入了傳統的歷史觀念的人物及事件的劇作可視為歷史劇，凡是以小說、民間傳說，或作者將歷史上人物的事件張冠李戴、隨意「嫁接」，如王實甫的《呂蒙正風雪破窯記》等，都不宜列入歷史劇。

以如上原則作為評判的標準，在現存的 162 種元雜劇中，歷史劇有如下：關漢卿的《關大王獨赴單刀會》、《關張雙赴西蜀夢》、《尉遲恭單鞭奪槊》、《山神廟裴度還帶》、《鄧夫人苦痛哭存孝》；白樸的《唐明皇秋夜梧桐雨》；高文秀的《須賈大夫誶范叔》、《保成公逕赴澠池會》、《劉玄德獨赴襄陽會》；馬致

〔註 8〕李雁：《對歷史劇的界定及其在元雜劇中的鑒別和統計》，《山東社會科學》，2003 年第 4 期。

遠的《破幽夢孤雁漢宮秋》、《太華山陳搏高臥》；尚仲賢的《漢高皇濯足氣英
布》、《尉遲恭三奪槊》；李文蔚的《張子房圯橋進履》、《破苻堅蔣神靈應》；
紀君祥的《趙氏孤兒大報仇》；石君寶的《魯大夫秋胡戲妻》；鄭廷玉的《楚
昭公疏者下船》；王伯成的《李太白貶夜郎》；張國賓的《薛仁貴榮歸故里》；
李壽卿的《說鱄諸伍員吹簫》；費唐臣的《蘇子瞻風雪貶黃州》；孔文卿的《地
藏王證東窗事犯》；鄭光祖的《立成湯伊尹耕莘》、《輔成王周公攝政》、《鍾離
春智勇定齊》、《醉思鄉王粲登樓》；金仁傑的《蕭何月下追韓信》；楊梓的《忠
義士豫讓吞炭》、《承明殿霍光鬼諫》、《功臣宴敬德不服老》；秦簡夫的《晉陶
母剪髮待賓》；宮天挺的《嚴子陵垂釣七里灘》、《生死交范張雞黍》；羅貫中
的《宋太祖龍虎風雲會》；無名氏的《凍蘇秦衣錦還鄉》、《龐涓夜走馬陵道》、
《隨何賺風魔蒯通》、《朱太守風雪漁樵記》、《孟德輝舉案齊眉》、《錦雲堂暗
定連環記》、《關雲長千里獨行》、《諸葛亮博望燒屯》、《兩軍師隔江鬥智》、《摩
利支飛刀對箭》等四十多種。

在這些歷史劇中，根據主題的需要，作者對歷史題材的取捨原則又不相
同，基本上採用三種方法。一是對歷史史實作重大調整，作者展開闊理的想
象，對歷史事件進行取捨、增刪和重新組合，注入強烈的時代精神，反映的
是歷史的藝術眞實。這類作品的代表作當屬《漢宮秋》。二是作家選取的歷史
事件基本上能體現出他所要表達的時代主題，故此類劇作作家在基本尊重歷
史眞實的基礎上，再對歷史素材作藝術上的加工和處理，如《趙氏孤兒》、《伍
員吹簫》和《梧桐雨》等。三是對歷史史實基本不作大的改動，只是對歷史
史實所體現的精神根據時代主題的需要給它賦予新的精神，如《范張雞黍》、
《陳搏高臥》等雜劇。總之，元雜劇的歷史劇開闢了我國歷史劇以古寫今的
優良傳統，儘管有些作品還不十分的成熟，但大部分作品都做到了歷史的眞
實與藝術的眞實的統一，既具有歷史的深度，更具有藝術的審美觀照，它不
同於歷史書，而是對歷史的藝術反思，正如亞里斯多德所說：「歷史家與詩人
的差別不在於一用散文，一用『韻文』；希羅多德的著作可以改寫爲『韻文』，
但仍是一種歷史，有沒有韻律都是一樣；兩者的區別在於一敘述已發生的事，
一描述可能發生的事。因此，寫詩這樣活動比寫歷史更寓於哲學意味，更受
到嚴肅的對待；因爲詩所描述的事帶有普遍性，歷史則敘述個別的事」。〔註9〕

〔註 9〕亞里斯多德：《詩學》第九章，《西方古今文論選》復旦大學出版社，1984 年
版，第 22 頁。

法國啓蒙主義思想家、文藝理論家狄德羅也說:「歷史家只是簡單地、單純地寫下了所發生的事實,因此不一定盡他們的所能把人物突出,也沒有盡可能去感動人,去提起人的興趣。如果是詩人的話,他就會寫出一切他以爲最能動人的東西。他會假想出一些事件。他可以杜撰些言詞,他會對歷史添枝加葉。對於他,重要的一點是做到驚奇而不失爲逼眞。」〔註10〕元雜劇中的歷史劇正體現出如是的精神。

　　郭沫若先生說:「寫劇本不是在考古或研究歷史,我只是借一段史影來表示一個時代或主題而已,和史事是盡可以出入的。這種方法,在我國元代以來的戲曲家固早已採用,在外國如莎士比亞,如席勒,如歌德,也都在採用著的。」〔註11〕郭沫若先生肯定並學習了元雜劇「借一段史影來表示一個時代或主題」的寫法,這點確實是元雜劇歷史劇創作的很重要的特點。元人的歷史劇歷史事實往往只是作爲結構全劇的一個框架,是作家表現某種思想觀念的載體,而作家的視角重點不在歷史本身,而在於對現實人生的觀照。因此,元雜劇中的歷史劇,不管反映什麼內容,劇中都彌漫著作家反映現實社會的強烈的時代精神。

第二節　「借離合之情寫興亡之感」

　　在元雜劇歷史劇中,通過描寫離別之情來抒發對歷史興亡感慨的名篇無疑是馬致遠的《漢宮秋》和白樸的《梧桐雨》。它們的共同點都是通過帝妃之情以表達作家對社會、人生的感悟之情。

一、《漢宮秋》──歷史藝術眞實的典範

　　被明代戲曲研究家臧晉叔列入《元曲選》之首的《漢宮秋》,除了它優美的文辭之外與其所蘊含的精神亦不無關係。清代戲曲家焦循在《劇說》中就如是評價:「(《漢宮秋》)可稱絕調,臧晉叔《元曲選》取爲第一,良非虛美。」《漢宮秋》是公認的元雜劇中的著名歷史劇,但同時又是對歷史史實改動頗大,可以說作爲後來以史寫今的歷史劇的典範之作。馬致遠恰到好處地完成了歷史材料與現實精神的藝術統一,充分體現出具有強烈社會責任感的作家

〔註10〕　《論戲劇藝術》,《西方文論選》(上卷),上海譯文出版社,1979 年版,第 356頁。
〔註11〕　《孔雀膽二三事》,《沫若文集》第 4 卷,第 269~270。

的社會良知，爲後來的歷史劇作家樹立了良好的榜樣。

《漢宮秋》寫漢元帝與王昭君的一段情別故事，見於《漢書・元帝紀》、《漢書・匈奴傳》和《後漢書・南匈奴傳》，還有野史、詩文及民間傳說故事等等。《漢書・元帝紀》載：

> 竟寧元年春正月，匈奴呼韓邪單于來朝。詔曰：「匈奴郅支單于背叛禮義，既伏其辜，呼韓邪單于不忘恩德，鄉慕禮義，復修朝賀之禮，願保塞傳之無窮，邊垂長無兵革之事。其改元爲竟寧，賜單于待詔掖庭王嬙爲閼氏。」

《漢書・匈奴傳》亦載：

> 竟寧元年，單于復入朝，禮賜如初，加衣服錦帛絮，皆倍於黃龍時。單于自言願婿漢氏以自親。元帝以後宮良家子王牆（嬙）字昭君賜單于。單于歡喜，上書願保塞上谷以西至敦煌，傳之無窮，請罷邊備塞吏卒，以休天子人民。天子令下有司議，議者皆以爲便。郎中侯應習邊事，以爲不可許。……王昭君號寧胡閼氏，生一男伊屠智牙師，爲右日逐王。呼韓邪立二十八年，建始二年死。

《後漢書・南匈奴傳》亦載：

> 初，單于弟右谷蠡王伊屠智牙師以次當（爲）左賢王。左賢王即是單于儲副。單于欲傳其子，遂殺智牙師。智牙師者，王昭君之子也。昭君字嬙，南郡人也。初，元帝時，以良家子選入掖庭。時呼韓邪來朝，帝敕以宮女五人賜之。昭君入宮數歲，不得見御，積悲怨，乃請掖庭令求行。呼韓邪臨辭大會，帝召五女以示之。昭君豐容靚飾，光明漢宮，顧景裴回，竦動左右。帝見大驚，意欲留之，而難於失信，遂與匈奴。生二子。及呼韓邪死，其前閼氏子代立，欲妻之。昭君上書求歸，成帝敕令從胡俗，遂復爲後單于閼氏焉。

這三則記載，關於昭君出塞的故事逐漸變詳。《元帝紀》只是個梗概，王昭君的身份也不詳。《匈奴傳》中王昭君的身份爲「良家子」，尤其是《南匈奴傳》的記述作者加入很多感情色彩的話語，如渲染昭君入宮數年不得見的怨情，故自請「入掖庭令求行」，元帝召見時昭君驚動四座的美豔姿容，以及呼韓邪單于死後昭君思歸而不被同意的情節，已含有濃鬱的悲怨之情。此後，「昭君出塞」的故事爲代代文人津津樂道，他們各自以自己的理解，給予這一故事賦予不同的情感。如晉人葛洪在《西京雜記・畫工棄市》中就加了畫工毛延

壽等索賂，使故事更生動：

> 元帝後宮既多，不得常見，及使畫工圖形，案圖召幸之。諸宮人皆賂畫工，多者十萬，少者亦不減五萬，獨王嬙不肯，遂不得見。匈奴入朝，求美人爲閼氏，於是上案圖，以昭君行。及去，召見，貌爲後宮第一，善應對，舉止閒雅，帝悔之。而名籍已定，帝重信於外國，故不復更人。乃窮案其事，畫工皆棄市，籍其家，資皆鉅萬。畫工有杜陵毛延壽，爲人形，醜好老少，必得其眞。安陵陳敬，新豐劉白、龔寬，並工爲牛馬飛鳥眾勢，人形好醜，不逮延壽。下杜陽望，亦善畫，尤善布色。樊育亦善布色。同日棄市。京師畫工，於是差稀。

畫工的索賂，致於王昭君佳人難以見君，此類原型，猶如屈原在《離騷》中痛斥的「吾令帝閽開關兮，倚閶闔而望予。時曖曖其將罷兮，結幽蘭而延佇。世溷濁而不分兮，好蔽美而嫉妒」一般，這對古代感歎姦佞當道、自己懷才不遇的文人來說，很容易引起他們的共鳴。因此，唐宋時很多文人痛斥毛延壽，對王昭君傾注了同情。如「薄命由驕虜，無情是畫師」（宋之問《王昭君》）、「生乏黃金枉圖畫，死留青冢使人嗟「（李白《王昭君》）、「漢使卻回憑寄語，黃金何日贖娥眉？」白居易《王昭君》）「毛延壽畫欲通神，忍爲黃金不顧人」（李商隱《王昭君》）。但也有對漢元帝進行譏諷的，如戎昱的《詠史》：「漢家青史上，拙計是和親。社稷依明主，安危話婦人，豈能將玉貌，便擬靜胡塵。地下千年骨，誰爲輔佐臣？」王安石的《明妃曲》：「明妃初出漢宮時，淚濕春風鬢腳垂。低回顧影無顏色，尚得君王不自持。歸來卻怪丹青手，入眼平生幾曾有。意態由來畫不成，當時枉殺毛延壽。一去心知更不歸，可憐著盡漢宮衣。寄聲欲問塞南事，只有年年鴻雁飛。家人萬里傳消息，好在氈城莫相憶。君不見咫尺長門閉阿嬌，人生失意無南北！」

在唐代，昭君出塞的故事在民間也廣泛流傳。吉師老《看蜀女轉昭君變》一詩，就說明在當時四川已經有女藝人在民間講唱昭君出塞的故事。敦煌的《王昭君變文》儘管上卷前半殘缺，但從後文的描寫看，故事情節哀婉感人，飽含昭君的思鄉情懷。單于按圖索要到昭君，她到匈奴後，思念故國，愁苦難銷，儘管單于對她百般體貼，爲她舉行盛大的歌舞和大規模的出獵，但仍未使她歡心，憂鬱寡歡使她終於在愁病交加中滿含憂怨離開人世。《王昭君變文》與正史記載最值得注意的不同是，它將昭君出塞的背景已經改爲漢弱而

匈奴強大，在昭君出塞的故事中比同時代的文人作品更多了漢族的情緒，而不僅僅是借昭君的遭遇寫個人的愁怨。

這些正史與野史、詩文資料對馬致遠創作《漢宮秋》無疑是有影響的，但他沒有受到這些材料的左右，而是根據自己對現實生活的感受，以體悟歷史，故對歷史題材進行了大膽的再創造。歷史題材作為一個歷史的客體，它只是一種自在的存在，而歷史劇作家從歷史中挖掘歷史精神卻是一種人為的存在，具有發展歷史的精神，在劇作家關注的層面，歷史必然要有對現實的參照意義，他們「是沒有歷史和現實的嚴格區別的。歷史是發展的，但對於一個民族，乃至對於人類的整個歷史，並不是在所有的層面上都有發展和變化的。在這沒有發展變化的層面上，歷史就是現實，現實就是歷史；對現實的解剖就是對歷史的解剖，可對歷史的解剖同樣也是對現實的解剖。」〔註12〕顯然，馬致遠對「昭君出塞」故事的大膽再創造，既具有歷史的影子，更重要的是融入了他所處的時代給予他的對歷史的觀照情緒。他有意對歷史史實作了大膽的改動，將故事發生的西漢元帝強盛、匈奴弱小的時代背景改為匈奴強盛，而漢處於弱小的地位；將呼韓邪單于主動與漢和好要求和親改為其大兵壓境、強索昭君；將昭君一個「掖庭待詔」、不滿後宮而自願請入匈奴的宮女，改為一個正受元帝寵幸的華貴帝妃而被迫辭漢宮；而且更沒讓她踏入北漠，生兒育女，而是在黑龍江畔，借酒望南澆奠，隨後縱身投江而死；將大漢的滿朝文武也改寫成一幫子窩囊廢，以尚書令五鹿充宗為首的「只會中書陪作食，何曾一日為君王」，面對強敵，束手無策，只能「望陛下割恩與他，以救一國生靈之命」；將毛延壽從一個畫工身份改為「中大夫」，他一登場便是一個姦佞形象：「大塊黃金任意揣，血海王條全不怕。生前只要有錢財，死後那管人唾罵。」正由於他索賂不得，把王昭君的美人圖「點上些破綻」，醜事敗露，便投敵賣國。如此改寫，並不是作者對此事的歷史背景不熟悉，而是其創作意圖所需。馬致遠在他的散曲〔南呂·四塊玉〕《紫芝路》中寫道：「雁北飛，人北望，拋閃煞明妃也漢君王！小單于把盞呀剌剌唱。青草畔有收酪牛，黑河邊有扇尾羊，他只是思故鄉。」〔註13〕可見，他對王昭君的故事是清楚的。他之所以如此處理歷史素材，完全是他所處的時代使之然。

馬致遠，《錄鬼簿》介紹說他是「大都人，號東籬，任江浙行省務官（一

〔註12〕王富仁：《中國現代歷史小說論》（二），《魯迅研究月刊》，1998年第4期。
〔註13〕徐徵等主編：《全元曲》（三），第1729頁。

作「江浙行省務提舉」），大約生活於 1250 年～1323 年間。由他的一些散曲資料可以看出，他年輕時熱衷功名，「且念鯫生自年幼，寫詩曾獻上龍樓」（〔女冠子〕），因而他也寫了一些討好朝廷的作品，如〔中呂‧粉蝶兒〕：「至治華夷，正堂堂大元朝世，應乾元九五龍飛。萬斯年，平天下，古燕雄地。日月光輝，喜氳氳一團和氣。小國土盡來朝，大福蔭護助裏。賢賢文武宰堯天，喜，喜。五穀豐登，萬民樂業，四方寧治。善教他，歸厚德，太平時龍虎風雲會。聖明皇帝，大元洪福與天齊。」〔註14〕然而，元代文人社會地位低下，他在官場混迹二十多年，總是一個爲人不齒的小吏，從而使他對仕途厭倦，「世事飽諳多，二十年漂泊生涯。天公放我平生假，剪裁冰雪，追陪風月，管領鶯花。」（〔青杏子‧悟迷〕）「九重天，二十年，龍樓鳳閣都曾見。綠水青山任自然，舊時王謝堂前燕，再不復海棠庭院。歎寒儒，謾讀書，讀書須索題橋柱，題柱雖乘駟馬車，乘車誰買《長門賦》？且看了長安回去。」（〔雙調‧撥不斷〕）於是，他的人生航船發生轉向，傾訴仕途的辛酸、污濁，尋求精神的寄託：

> 兩鬢皤，中年過，圖甚區區苦張羅？人間寵辱都參破。種春風二頃田，遠紅塵千丈波，倒大來閒快活。〔四塊王‧歎世〕

> 綠鬢衰，朱顏改，羞把塵容畫麟臺，故園風景依然在。三頃田，五畝宅，歸去來。〔四塊玉‧恬退〕

> 東籬半世蹉跎，竹裏遊亭，小宇婆娑。有個池塘，醒時漁笛，醉後漁歌。嚴子陵他應笑我，孟光臺我待學他。笑我如何？倒大江湖，也避風波。

> 咸陽百二山河，兩字功名，幾陣干戈。項廢東吳，劉興西蜀，夢說南柯。韓信功兀的般證果，蒯通言那裏是風魔？成也蕭何，敗也蕭何，醉了由他！〔雙調‧蟾宮曲‧歎世〕

馬致遠反覆感慨，表達自己對仕途宦海的反思與厭惡，從此後在隱居山林田園，出入風月場中以消解仕途不如意帶來的煩惱，這種思想的外化便是他寫的神仙道化劇所體現的精神。但他的這種超然物外的背後，正充滿著極大的悲憤與不滿。「半世逢場作戲，險些兒誤了終焉計。白髮勸東籬，西村最好幽棲，老正宜。茅廬竹徑，藥井蔬畦，自減風雲氣。嚼蠟光陰無味，傍觀世態，

〔註14〕徐徵等主編：《全元曲》（三），第 1786 頁。

靜掩柴扉。雖無諸葛臥龍岡，原有嚴陵釣魚磯。成趣南園，對榻青山，繞門綠水」（〔般涉調‧哨遍‧張玉岩草書〕）這是他心靈的對白，儘管他一再表白自己「利名竭，是非絕，紅塵不向門前惹」，但實際內心對醜惡的現實仍然是充滿關注、含憤揭露：「看密匝匝蟻排兵，亂紛紛蜂釀蜜，急攘攘蠅爭血」。他是一位具有強烈憂患意識的知識分子，比一般人對民族、階級的壓迫更敏感，對元朝滅掉南宋的現實肯定是歷歷在目，對蒙古人實行的民族歧視政策有切膚之痛，他要將如此這般的憤怨之情借自己的作品表達出來，他便在歷史的題材庫中尋求能抒發此情懷的類同事件，他的目光便搜尋到「昭君出塞」的故事，這正如萊辛在《漢堡劇評》中說的：「詩人需要歷史並不是因為它是曾經發生過的事，而是因為它是以某種方式發生過的事，和這樣發生的事相比較，詩人很難虛構出更適合自己當前目的的事情。假如他偶然在一件真實的史實中找到適合自己心意的東西，那他對這個史實當然很歡迎。」馬致遠正是在「昭君出塞」這一歷史史實上找到了抒發自己對現實理解的心意契合點，如果我們看看馬致遠所處時代的一些史料，就可以清楚地意識到《漢宮秋》仍具有歷史的藝術真實。

《續資治通鑒》（卷 182）記載：「（宋端宗景炎元年，元至元十三年〔1276〕）元軍圍攻宋京城汴京，元人索宮女、內伎及諸樂宮，宮女赴水死者數百。」「（同年五月，大宋皇帝被押赴上都）從行內人安康夫人、安定陳才人，俱自勒死。有留言於裙帶曰：『誓不辱國，誓不辱身！』」陶宗儀《南村輟耕錄》卷 3《貞烈》亦載：「五月二日，抵上都，朝見世皇。十二日夜，故宋宮人安定夫人陳氏，安康夫人朱氏與二小姬，沐浴整衣焚香，自縊死。朱夫人遺四言一篇於衣中云：『既不辱國，幸免辱身；世食宋祿，羞為北臣。妾輩之死，守於一貞；忠臣孝子，期以自新。丙子五月吉日，泣血書。』」……如此的一幕幕壯烈的歷史畫面，怎能不震撼著具有強烈民族意識的進步文人馬致遠的心扉，使之對此加以歌頌呢？因而，他將這種寧死也不辱國辱身的精神附著在了王昭君身上，從而使這一藝術形象凝結了「蒙古人在滅金、亡宋過程中，無數宮人和漢族女子的許多內容。這種改變，是他的時代促成的，也是他借離合之情寫一代興亡的必然結果。」〔註15〕因此，我們應從歷史劇的現實視角來分析這一著名歷史悲劇，更能發現它的偉大意義。

首先，馬致遠對歷史材料的這種改動是成功的，正如郭沫若先生說的：

〔註15〕 焦文彬：《歷史的藝術反思》，陝西師範大學出版社，1998 年版，第 35 頁。

「寫歷史劇並不是寫歷史，這種初步的原則，是用不著闡述的。劇作家的任務是在把握歷史的精神而不必爲歷史的事實所束縛。劇作家有他創作上的自由，他可以推翻歷史的成案，對於既成事實加以新的解釋，新的闡發，而具體地把眞實的古代精神翻譯到現代。」〔註16〕馬致遠正是從現實的意義把握歷史的精神，他把王昭君的命運放在民族屈辱的大背景下展開，給這一形象就賦予了反抗民族壓迫的精神。王昭君已不僅僅是漢元帝的妃子，而是眾多在金元時期遭受異族凌辱的漢族女子的復合形象，體現出強烈的民族氣節。她本是農家女子，「生得光彩射人，十分豔麗」，但由於沒有給毛延壽索要的百兩黃金，結果被毛延壽「影圖點破」，不曾見到漢元帝。這裏就表現出她具有反抗性的性格。當她彈奏琵琶，訴說孤悶之時，巧被元帝發現，從而備受恩寵。而毛延壽索賂之事敗露，賣國投敵，便把她的美人圖獻給了呼韓邪單于。呼韓邪單于大兵壓境索要她，在滿朝文武無一個有退敵良策的危急時刻，她大義凜然，自請和番：「妾既蒙陛下厚恩，當效一死，以報陛下。妾情願和番，得息刀兵。」但她不忍以色事敵，臨別留下漢家衣服，實則做好了以死報國的打算。當她走到漢番交界的黑龍江時，「借一杯酒，望南澆奠，辭了漢家，長行去罷」，便縱身一躍，跳入了黑龍江，從而使王昭君這一形象閃耀出永恒的光輝，作者也把這一悲劇人物推到了極致。在這一悲劇人物身上，充滿著豐富的歷史內含。作爲元帝的寵妃，卻被迫送於外族，這其中飽含著金元時期漢族已淪落爲被凌辱的地位的民族屈辱感，但她又表現出了漢族士可殺而不可辱的民族氣節和愛國主義情懷。同時，馬致遠寫她是在倍受元帝寵愛、國有危難時主動提出和番，這就超越了歷史上眾多僅僅從個人得不到寵愛的小我上抒寫王昭君，而是把她寫成了具有民族大義的巾幗英雄，大大提升了這一形象的歷史品位。王昭君的遭遇，正體現出馬致遠對於那種歷史的突然變遷個人對自己命運的難以把握的感慨。劇作通過把王昭君與庸臣姦臣的對比，更突出了王昭君的光彩，一個弱女子在國難當頭時，不畏強敵，誓不辱身，以自己的生命譜寫了一曲壯麗的愛國樂章，突破了中國傳統觀念中的「女人誤國」的濫調，閃耀出超時代的思想光芒！

　　其次，漢元帝形象的深刻寓意。《漢宮秋》是末本戲，無疑，漢元帝是戲曲的第一主人公。全劇四折加楔子，共 46 支曲子全由他一人唱，顯然，他是馬致遠精心刻畫的藝術形象，在他身上傾注了馬致遠個人的民族情懷和對社

〔註16〕郭沫若：《我是怎樣寫棠棣之花》，《沫若文集》第 3 卷，第 168 頁。

會的理性感悟，以及對後世的警誡。劇中的漢元帝失去了大漢天子的尊嚴，是一個唯唯諾諾、受人逼迫的弱者，又是一個對愛妃充滿深情厚義，但在危難之時又無法保護自己心愛女人的多情而又怯懦的皇帝。同樣，這一形象與史書上的漢元帝是有一定的差距，但同時他又是金元時期宋王室眞實的藝術寫照。由此，我們便可理解作者在這一形象上賦予的深刻寓意。

對於漢元帝，馬致遠是懷著既批判他的爲政不力，又同情他不幸的遭遇的雙重矛盾心態來塑造這一形象的。他對漢元帝爲滿足個人奢欲而在全國刷選宮女、不理朝政、任用姦佞，結果給國家招來外患表示不滿；但對他在呼韓邪單于盛氣凌人、大兵壓境、強索他愛妃之際，他的滿朝文武又「沒有人敢咳嗽」一聲，他不得不讓愛妃和番，以及昭君走後他對昭君的綿綿思情，而表示了由衷的同情。作爲一個受傳統儒學文化薰陶的封建文人，馬致遠頭腦中對帝王的理解無疑難以超越忠君觀念。在他的心目中，儘管皇帝軟弱，乃至於昏庸，但他總是國家社稷的象徵。因此，他把他對國家的、民族的深情都傾注在漢元帝這一形象上。換言之，馬致遠借漢元帝之口在多處直接抒發的是他個人的情感。如第二折中漢元帝對滿朝文武的斥責：「我養軍千日，用軍一時。空有滿朝文武，那一個與我退的番兵！都是些畏刀避箭的，恁不去出力，怎生教娘娘和番！」「〔牧羊關〕興廢從來有，干戈不肯休。可不食君祿命懸君口。太平時賣你宰相功勞，有事處把俺佳人遞流。你們干請了皇家俸，著甚的分破帝王憂？那壁廂鎖樹的怕彎著手，這壁廂攀欄的怕擷破了頭。」他斥責那些文武百官，平日裏買弄功勞，可國難時毫無建樹，完全是一幫混拿「皇家俸」的窩囊廢。可以看出這些話語中飽含著馬致遠的愛國情懷。

《漢宮秋》中的漢元帝，馬致遠不僅讓他以皇帝身份出現在舞臺上，而且他是以漢族象徵而出現在舞臺上。因此，他對王昭君的深愛也不是一般的兒女之情、卿卿我我的帝妃之愛，而是融合了國家情、民族情和帝妃之情爲一體的情愛。正由此，劇作拿出三、四兩折的篇幅，讓漢元帝傾訴他的綿綿思情，從而使劇作產生強大的悲劇的感人力量。當漢元帝看到王昭君「錦貂裘生改盡漢宮妝」時，內心怎能不翻卷起憂傷、自責、無奈等複雜的巨浪？「本是對金殿鴛鴦，分飛翼，怎承望！」「尙兀自渭城衰柳助凄涼，共那灞橋流水添惆悵」，眞可謂「感時花濺淚，恨別鳥驚心」，接著從〔步步嬌〕、〔落梅風〕、〔殿前歡〕、〔雁兒落〕、〔得勝令〕、〔川撥掉〕六支曲子全方位展示了

漢元帝同王昭君離別時的悲傷情懷，情與景妙合，曲與意相融，傳達出漢元帝內心無窮的愁憤。尤其是〔梅花酒〕、〔收江南〕更是把這種感情推到頂點。「他、他、他傷心辭漢主，我、我、我攜手上河梁。他部從入窮荒，我鑾輿返咸陽。」通過對比鏡頭，突現離別之苦，想像回宮後物舊人去，強烈的思念之情大噴發：「不思量除是鐵心腸，鐵心腸也愁淚滴千行！」這些凝結著馬致遠所處時代的血淚的曲子，將劇作家的情感與漢元帝的情感相融，又使歷史與現實相接，因而便產生無窮的藝術感染力。

　　《漢宮秋》的第四折，幾乎沒有什麼情節，只是漢元帝的內心獨白，更像一曲抒情之長詩，充分顯示出中國詩劇的抒情性特點。戲曲是代言體，作者不能直接站出來表情說理，但可以把自己的情感借用劇中人物來表達。這折戲完全做到了這一點，馬致遠把自己對民族的憂患意識借用漢元帝的情感變化完全表達了出來。漢元帝可心的妃子去了，如今只留下一副美人圖相伴，夜闌寂殿，面圖思念，他不覺夢繞魂牽，在夢中與昭君相見，還沒來得及訴說衷腸，卻被長空大雁的鳴叫聲驚醒。於是他胸中升起一種孤怨之情：「卻原來雁叫長門兩三聲，怎知道更有個人孤另！」他對大雁既有驚破其美夢的怨恨，但又由失群的孤雁聯想到自己的孤獨：「呀呀的飛過蓼花汀，孤雁兒不離了鳳凰城。畫簷間鐵馬響丁丁，寶殿中御榻冷清清。寒也波更，蕭蕭落葉聲，燭暗長門靜。」雁的孤鳴與人的孤思兩相對應，相互點染，把漢元帝對王昭君的思念之情表達到極點。在這種情中又濃縮著目睹南宋滅亡的一代漢族文人的歷史感慨，而這種感慨是對漢民族不幸的感慨。因此，《漢宮秋》裏漢元帝對王昭君的思念、憂懷，抒發的絕不是一個封建帝王個人的情懷，而是抒發了金元時期一代漢族的故國情懷，這也正是作為偉大作品《漢宮秋》的意義之所在。

　　第三，毛延壽、五鹿充宗、石顯等藝術形象的象徵性。毛延壽和五鹿充宗是《漢宮秋》中的兩類官僚形象。戲曲通過這兩類人實際上勾勒出南宋末年大批賣國求榮或貪生怕死的文武大臣的醜惡嘴臉。這些人物，實際上只是傳遞作者表現主題的一個符號，與歷史上的真人差距較大，僅取其精神的某種相似點。歷史上的五鹿充宗任職少府，對《易》有研究，與諸儒爭論時常常以勢壓人，只有朱雲敢於與他爭辯。《漢書‧朱雲傳》載：「少府五鹿充宗貴幸，為《梁丘易》。自宣帝時善梁丘氏說，元帝好之。欲考其異同，令充宗與諸《易》家論。充宗乘貴辯口，諸儒莫能與抗，皆稱疾不敢會。」後來朱

雲和他辯論，「既論難，連拄五鹿君，故諸儒爲之語曰：『五鹿嶽嶽，朱雲折
其角』。」在《漢書・佞倖傳・石顯傳》中又載五鹿充宗與漢元帝的宦官寵臣
石顯結黨之事：「顯與中書僕射牢梁、少府五鹿充宗結爲黨友，諸附倚者皆得
寵位。民歌之曰：『牢邪石邪，五鹿客邪！印何累累，綬若若邪！』言其兼官
據勢也。」由此可見，五鹿充宗不是一位好官是有其實的，馬致遠正是根據
這些在《漢宮秋》中將其塑造成一位「只會中書陪伴食，何曾一日爲君王」
的平庸無能、膽小怕事之徒。在國難當頭，他無退敵良策，不顧民族氣節，
只會苟且偷安，勸元帝獻出王昭君，氣得元帝痛斥他：「有一朝身到黃泉後，
若和他留侯、留侯廝遘，你可也羞那不羞？您臥重裀食列鼎，乘肥馬衣輕裘。」
可當強敵之面，一個個「似箭穿著雁口，沒個人敢咳嗽。吾當僝僽，他也、
他也紅妝年幼，無人搭救。昭君共你每有什麼殺父母冤仇？休、休，少不的
滿朝中都做了毛延壽！我呵，空掌著文武三千隊，中原四百州。」「我道您文
臣安社稷，武將定戈矛；恁只會文武班頭，山呼萬歲，舞蹈揚塵，道那聲誠
惶頓首。」可五鹿充宗仍然是要元帝「望陛下割恩與他，以救一國生靈之命。」
足見，馬致遠把宋元易代時那些庸臣劣將的醜陋行徑全部都附著在五鹿充宗
之流身上，故漢元帝對他們的怒斥也正是作者情感的噴發。比五鹿充宗更壞
的是投敵叛國的毛延壽，他是馬致遠採用《西京雜記》等野史小說材料加工
而成的人物。馬致遠把他的身份由一般畫工升爲中大夫，他一登場的自白便
勾勒出其是一位徹頭徹尾的姦佞惡人：「某非別人，毛延壽的便是。見在漢朝
駕下，爲中大夫之職。因我百般巧詐，一味諂諛，哄的皇帝老頭兒十分歡喜，
言聽計從；朝裏朝外，那一個不敬我，那一個不怕我。我又學的一個法兒，
只是教皇帝少見儒臣，多昵女色，我這寵幸才得牢固。」馬致遠可以說把姦
臣的壞全都投在了毛延壽身上，他爲了穩固自己的寵幸，討好皇帝給元帝在
全國選妃，可他又是個「大塊黃金任意攛，血海王條全不怕」的貪官，爲索
賂金，他有意點破昭君美人圖，醜事敗露，他便投敵賣國，給漢朝帶來了一
場災難，此人不正是南宋宰相秦檜之流的所作所爲嗎？這正是馬致遠塑造此
類人物的用意。故陶宗儀感慨：「使宋之公卿將相貞守一節若此數婦者，則豈
有賣降覆國之禍哉！」馬致遠對這類誤國害民的奸臣非常痛恨，所以在作品
結束時特意寫到叛徒應得的下場：

> 尚書上，云：「今日早朝散後，有番國差使命綁送毛延壽來，說
> 因毛延壽叛國敗盟，致此禍釁。今昭君已死，情願兩國講和，伏候

聖旨。」

駕云：「既如此，便將毛延壽斬首，祭獻明妃。著光祿寺大排筵席，犒賞來使回去。」〔註17〕

這個結尾，馬致遠賦予它深刻的寓意：叛國投敵者決沒有好下場，必然受到正義的懲罰；同時也表現了馬致遠希望民族和睦的良好願望，這也給昭君出塞的傳統故事賦予了新的時代精神。

寫到這裏，正巧看到中央電視臺《東方時空》介紹中科院院士、黃土研究專家劉東生先生，劉先生說：「研究歷史，只是爲了現在、未來。」我把這句話借用來，創作、研究歷史劇也同樣是爲了現在、未來，創作者的時代精神必然折射在他所創作的歷史劇中，這是時代的要求，也是歷史劇的必然使命，正像張鐵燕先生所說「沒有『五四』運動激流的衝擊和西方個性解放思潮的影響，郭沫若寫不出歷史劇《王昭君》；沒有今天民族大融合的局面，也就沒有曹禺的《王昭君》；同樣，沒有元代壓迫的背景，也不會產生《漢宮秋》」。〔註18〕作爲我國歷史劇發軔時期的作品，《漢宮秋》應該成爲歷史劇藝苑里藝術地反映歷史的傑作！

二、瀟瀟秋雨打梧桐──感慨歷史興亡的時代悲音

《梧桐雨》和《漢宮秋》一樣，既是寫帝妃之愛的名篇，又是元代四大悲劇之作，都是通過愛情故事對歷史的興亡進行著藝術的反思。但這兩種名劇反映歷史的側重點是不同的，《漢宮秋》可以說主要是從庸臣、佞臣誤國的角度總結歷史，而《梧桐雨》則主要是從皇帝本人的角度來展示歷史的興亡變化和唐明皇的帝業由盛變衰的過程，表達了一種人類對歷史無法預料和掌握的幻滅與迷惘情懷。

元雜劇中寫唐玄宗和楊貴妃故事的劇作很多，如朱彝尊在《長生殿題序》中說的：「元人雜劇輒喜演太眞故事，如白仁甫之《幸月宮》、《梧桐雨》，庾吉甫之《華清宮》、《霓裳怨》，關漢卿之《哭香囊》，李直夫之《念奴教樂》，岳伯川之《夢斷眞妃》是也。」完整流傳至今的只有白樸的《梧桐雨》，可見它是此類作品中的佼佼者，正像王國維所評價的：「白仁甫的《秋夜梧桐雨》

〔註17〕 徐徵等主編：《全元曲》（第三卷），第 1709 頁。
〔註18〕 《從〈漢宮秋〉〈王昭君〉看同一題材古今作品的評價》，《中國文學研究》，1990 年，第 2 期。

沉雄悲壯，爲元曲冠冕。」(《人間話話‧64》)該劇之所以有很強的藝術感染力，首先來源於白樸在劇作中融入了自己對歷史的深沉感懷和個人不幸的人生遭際。

白樸是元雜劇作家中較爲奇特的一個，他出身仕宦家庭，卻又終生未仕，他並不是像馬致遠等那樣對仕途有一種熱望而無緣上攀退而超脫，而是有機會他卻再三推辭，「棲遲衡門，視榮利蔑如也」。那他爲什麼會形成如此的奇特個性呢？無疑，幼年的不幸對他影響太大了。白樸於金正大三年（1226）出生在汴京（今河南開封市），父親白華仕金爲樞密院判官、右司郎中等職，是當時有名的文士，與金大詩人元好問爲故交。在他七歲那年，也就是天興二年（1233）四月，蒙古軍隊進入汴京，燒殺擄掠，此時他父親隨金哀宗外出就兵，他與母親在城中，母親卻失蹤了，他便由父親的好友元好問收養。元好問對白樸非常好，「嘗罹疫，遺山晝夜抱持凡六日，竟於臂上得汗而愈，蓋視親子弟不啻過之。即讀書，穎悟異常，兒時親炙遺山，謦咳談笑悉能默記。數年寓齋北歸，以詩謝遺山云：『顧我真成喪家狗，賴君曾護落巢兒。』」（《天籟集序》）幼年的這段遭遇對他的人格發展和人生價值觀的形成影響特別大，他的好友王博文在他的詞集《天籟集序》中的這番話語是非常值得重視的：

> 然自幼喪亂，倉皇失母，便有山川滿目之歎。逮國亡，恒鬱鬱
> 不樂，以故放浪形骸，期於適意。中統初，開府史公將以所業力薦
> 之於朝，再三遜謝，棲遲衡門，視榮利蔑如也。〔註19〕

王博文把白樸「恒鬱鬱不樂」、「放浪形骸」的原因歸結爲「自幼喪亂，倉皇失母」是很有說服力的。從現在人格心理學研究成果來看，人的少年時期對一個人後來人格的形成影響特別大。英國人格心理學家卡特爾在論述人格的發展過程時就非常注重人的童年時期，「在6～13歲階段，兒童先是只對父母的忠實，隨後轉到對同等的人。這是個無憂無慮的時期。兒童繼續加強他們的自我，並把愛擴大到對父母和對自己之外的其他人。這是一個鞏固時期。在青春期，男孩和女孩都發生迅速的生理變化，增加了情緒的不穩定性，對社會難以把握和對性的興趣，他們也產生或增長了利他主義和對社會做貢獻的想法。」〔註20〕卡特爾是從正常的生長環境下闡明這一時期對孩子人格形

〔註19〕李修生主編：《全元文》（5），江蘇古籍出版社，1998年版，第90頁。

〔註20〕陳伸庚、張雨新：《人格心理學》，遼寧人民出版社，1986年版，第108頁。

成的正面結果，如果這一時期孩子生活的穩定環境被打破，那無疑給他們造成負面影響也是終生的，將會給他們心靈上烙下難以撫平的創傷，白樸的幼年喪母，給他造成的正是如此的打擊，以致使白樸「自是不茹葷血，人問其故，曰：『俟見我親則如初』」（《天籟集序》），正如趙維江說，「母親的喪失，使他過早地感到了死亡的恐懼和人生的無常；家破和國亡的事實，殘酷地擊碎了他童年一切美好的夢想。這使他不能不對士大夫身份所體現的社會價值取向和人生價值取向產生困惑和懷疑。」〔註21〕正由於此，白樸的作品中融注了作者對社會歷史的更替和人世滄桑變幻的深重的感慨情懷。因此，我們從作家的感情外化的角度來解讀作品，便可得出更接近作家賦予作品的本來意義。

　　由於早年的不幸遭遇，使白樸具有很強的憂患意識，使他的作品中有很大一部分是對歷史進行反思，個人的情感與民族的命運往往緊密連接在一起。如他初到金陵寫的《水調歌頭》包含著對歷史變遷、朝代更替的悲傷情感，儘管金陵有「龍盤虎踞」、「石城鍾阜」、「形勢爲誰雄」？可仍然阻擋不了朝代的更替，江山的易主，最後白樸深深感歎：「新亭何苦流涕，興廢古今同。朱雀橋邊野草，白鷺洲邊江水，遺恨幾時終？」在第二首結尾時寫道：「莫唱《後庭花》，聲在淚痕中！」更是悲傷無比，表現出對國家興亡的一種強烈的反思情懷，他認爲自然的地勢山峰難以阻隔歷史的興亡，朝代的變遷，那麼究竟是什麼力量左右著這一歷史的走向？在《水調歌頭·咸陽懷古》中他對歷史進行藝術的思考：

　　　　鞭石下滄海，海內漸成空。君王日夜爲樂，高枕望夷宮。方歡
　　東門逐兔，又慨中原失鹿，草昧起英雄。不待素靈哭，已識斬蛇翁。
　　笑重瞳，徒叱吒，凜生風。阿房三月焦土，有罪與秦同。秦國亡人
　　六國，楚復絕秦三世，萬世果誰終？我欲問天道，政在不言中！

他通過項羽、劉邦推翻秦的統治，尋找歷史朝代變化的答案。秦統一六國後，「君王日夜爲樂」，終究釀成「中原失鹿」，秦亡人國，楚人又滅了秦，白樸由此對這種歷史的暴亂變化何時能終結對天發出詰問，表現出他對人世滄桑的感慨之情。在《石州慢·書懷用少陵詩語》中，他翻用老杜詩意，飽含對國破家亡的感傷情懷：「千古神州，一旦陸沉，高岸深谷。夢中雞犬，新豐眼底，姑蘇麋鹿。少陵野老，杖藜潛步江頭，幾回飲恨吞聲哭。歲暮意何如，

〔註21〕趙維江：《金元詞論稿》，中國社會科學出版社2000年版，第172頁。

快秋風茅屋。」詞中滿懷憂國憂民之情的杜甫，正是白樸自己的寫照。可以說《梧桐雨》是他感慨歷史興亡情感的集中體現之作。

《梧桐雨》所寫故事，在史書《舊唐書》、《新唐書》和《資治通鑒》等中均有記載，關於這個題材的文學作品在白樸之前有影響的也有白居易的《長恨歌》、陳鴻的《長恨歌傳》、郭湜的《高力士外傳》、樂史的《楊太眞外傳》和無名氏的《梅妃傳》等，儘管所寫故事的主要人物相同，但對材料的取捨、情節的調整可顯示作者不同的創作意圖。《長恨歌》在諷喻的同時歌頌李隆基和楊玉環的愛情顯然是作家的主要目的，因此，白居易把李、楊愛情寫的純潔而動人，他將楊玉環本是李隆基之子壽王妃的史實隱去，也對她與安祿山的曖昧關係一字不提，而重點描寫李、楊從相見歡愛到死別招魂的感人至深的愛情悲劇，白居易對李、楊二人因生活荒淫而招致禍亂帶有明顯的諷刺，但主要是對他們的兩情相思的悲劇之情給予極大的同情和讚頌。而陳鴻的《長恨歌傳》在寫愛情的基礎上加大了諷諭的力度，他沒有隱瞞楊玉環是壽王妃之史實，明確說明李隆基「詔高力士潛搜外宮，得弘農楊玄琰女於壽邸」，而且對唐玄宗的荒淫怠政予以揭露，直接斥責玄宗「在位歲久，倦於旰食宵衣，政無大小，始委於右丞相，稍深居遊宴，以聲色自娛」，以表現他「不但感其事，亦於懲尤物，窒亂階，垂於將來者也」的創作意圖。因此，《長恨歌傳》比《長恨歌》顯然對歷史的興亡之歎的情懷要深沉得多。宋人樂史顯然是接受了陳鴻的「懲禍階」之說，他在《楊太眞外傳》結尾說：「夫禮者，定尊卑，理家國。君不君，何以享國？父不父，何以正家？有一於此，未或不亡。唐明皇之一誤，貽天下之羞。所以祿山叛亂，指罪三人。今爲《外傳》，非徒拾楊妃之故事，且懲禍階而已。」這段話語，儘管他用的是「史臣曰」，實際就是他的觀點。由此可見，作爲文學作品，李、楊愛情故事，是文學家喜歡的題材，但在這一題材的歷史演進中，諷喻的成分在不斷加大，白樸正是在此基礎上，賦予了這一傳統故事以時代的精神。

《梧桐雨》是一本末本戲，唐玄宗是全劇的中心人物，劇本通過他與楊貴妃的感情糾葛主要展示的是興亡變化、滄桑之歎的緣由。因此，《梧桐雨》沒有像《長恨歌》那樣對李、楊生死不渝的愛情進行歌頌和讚美，而是極力渲染唐玄宗沉湎於情，不但誤國而且也給自己造成了難以排遣的綿綿痛苦，而且也給國家、人民帶來了一場大災難，從而使強盛的大唐也由此轉向衰敗，這便使作品具有強烈的對歷史盛衰規律揭示的厚度。

劇中的唐玄宗一登場，便是以一位好色的皇上露面：「寡人唐玄宗是也。……去年八月秋，夢遊月宮，見嫦娥之貌，人間少有。昨壽邸楊妃，絕類嫦娥，已命爲女道士；既而取入宮中，策爲貴妃，居太眞院。寡人自從太眞入宮，朝歌暮宴，無有虛日。」這完全是昏君所爲，爲滿足自己的色欲，居然連自己的兒媳也收爲妃。爲了討貴妃的開心，他可以不聽忠良之士張九齡殺安祿山的忠言，而聽從貴妃的話「這人又矬矮，又會舞旋，留著解悶倒好」，便把安祿山賜給貴妃解悶。他專寵貴妃，愛屋及烏，於是使楊家「姊妹弟兄皆列土，可憐光彩生門戶」，得到貴妃，唐玄宗更是獲得了極度的滿足：「朝綱倦整，寡人待痛飲昭陽，爛醉華清。卻是吾當有幸，一個太眞傾國傾城。珊瑚枕上兩意足，翡翠簾前百媚生。夜同寢晝同行，恰似鸞鳳和鳴。」第一折開場玄宗的這一曲，充分表露了他的心跡，得到貴妃他是多麼的興奮，連朝綱也倦整，只知道與貴妃飲酒作樂，卿卿我我，七夕之夜，他們在長生殿裏贈送信物，互訴衷腸：「七寶金釵盟厚意，百花鈿盒表深情。」貴妃也不失時機地要求長久的專寵：「妾身得侍陛下，寵幸極矣。但恐容貌日衰，不得似織女長久也！」玄宗即刻表態：「妃子，朕與卿盡今生偕老，百年以後，世世永爲夫婦，神明鑒護者！」又以金釵鈿盒相贈，博得妃子之芳心。在這折戲裏，玄宗所表現的還確實有點如洪昇所說的「情之所鍾，在帝王家罕有」的味道，但戲曲重點卻不在歌頌其愛情，而是反襯他這種不適當的情給他個人、國家種下的惡果。所以緊接著第二折便寫安祿山的叛亂，「漁陽鼙鼓動地來，驚破霓裳羽衣曲」。當他與愛妃在御園中宴樂縱情、品嘗鮮荔枝、欣賞霓裳舞時，安祿山叛變的消息傳來，他竟然責怪前來稟報的臣子李林甫：「止不過奏說邊庭上造反，也合看空便覷遲疾緊慢。等不的俺筵上笙歌散，可不氣丕丕冒突天顏！」面對藩將作亂，君臣相互埋怨，李林甫說是因爲「陛下只爲女寵盛，讒夫昌，惹起這刀兵來了。」而玄宗卻指斥大臣們無能「你道我因歌舞壞江山，你常好是占奸。早難道羽扇綸巾笑談間，破強虜三十萬。」「你文武兩班空列些烏靴象簡、金紫羅襴，內中沒個英雄漢掃蕩塵寰？」在這裏，白樸揭露出君的荒淫無度、臣的無能平庸是造成賊兵反亂的原因，這同《漢宮秋》一樣，都具有強烈的金元時期漢人受異族壓迫的民族情緒。第三折「馬嵬兵變」是全劇情節的轉變關目，與第一折李、楊的情話形成鮮明的對照。面對不發的「六軍」，玄宗也無奈，他也感歎：「兵權在手，主弱臣強。」當陳玄禮強逼讓殺掉貴妃時，請看這對「有情」人生離死別前的對話：

　　旦云：「妾死不足惜，但主上之恩，不曾報得。數年恩愛，教妾
怎生割捨？」

　　正末云：「妃子，不濟事了，六軍心變，寡人自不能保。」

　　旦云：「陛下，怎生救妾身一救？」

　　正末云：「寡人怎生是好？」「高力士，引妃子去佛堂中，令其
自盡，然後教軍士驗看。」

在這裏，玄宗確實令人同情，堂堂的九五之尊，竟然保不住自己的愛妃，面
對愛妃強烈的求生的呼救，他卻無能為力，為了保住自己的性命，他採用丟
卒保車之策，賜愛妾一丈白綾，將往日的情話拋到了九霄雲外，他只有接受
這自己種下的苦果，自我追悔：「恨無情卷地狂風刮，可怎生偏吹落我御苑名
花。想他魂斷天涯，作幾縷兒彩霞。天那！一個漢明妃遠把單于嫁，止不過
泣西風淚濕胡笳。幾曾見六軍廝踐踏，將一個屍首臥黃沙！」這一悲劇結局，
確實引發人的深思，難怪白樸下來用了整整一折戲讓玄宗對此懷戀。從蜀歸
來，玄宗無限的感慨，政治大權旁落，朝夕相陪的愛妃已死，人生的年輪也
已到暮年，幾多的失去，幾多的無奈，怎能不使他睹物思舊！「芙蓉如面柳
如眉，對此如何不淚垂！春風桃李花開日，秋雨梧桐葉落時」。此時的他已經
遠離了政治漩渦，失去了權柄，告別了喧囂，孤守於西宮，只有用觀賞貴妃
的「真容」來打發那無聊的時間。第四折完全是一首抒情詩，將玄宗的內心
情感細膩地抒發出來。白樸沒有像白居易那樣讓臨邛道士殷勤覓，也沒像洪
昇那樣讓他們在月宮團圓，而是讓他在孤寂的現實中思緒翻騰，有夢也難聚，
「把太真妃放聲高叫，叫不應雨淚號啕」，夢醒後「斟量來這一宵，雨和人緊
廝熬；伴銅壺點點敲，雨更多淚不少。雨濕寒梢，淚染龍袍。不肯相饒，共
隔著一樹梧桐直滴到曉！」雨打梧桐，驚醒美夢，雨淚相伴，情景相融，從
而就更突出了玄宗的感傷情懷，促使人產生對歷史興亡之歎的極度幻滅感。
由此可見，《梧桐雨》中的玄宗形象，是白樸展示對歷史興衰感慨的符號，在
他的身上飽含著白樸對歷史更替的哲理思考，玄宗是白樸的代言者，白樸讓
玄宗對歷史反思：「是兀那當時歡會栽排下，今日淒涼廝輳著，暗地量度。」
今日失去愛妃，失掉權柄，「孤燈挑盡未成眠」的憂思，都是往日「歡會」種
下的禍種。這裏既有他對與貴妃昔日情愛的懷戀，又表現了他對自己執政所
作所為的總結，正如么書儀先生說：「白樸在這個劇中，是要借李、楊故事抒

發他的一種在詞中反覆表現過的『滄桑之歎』，一種在美好的東西失去以後又無法復得的哀傷和追憶，表現極盛之後的寂寞給人帶來的無可排解的悲哀，一種對盛衰無法預料和掌握的幻滅。」〔註22〕

　　如果說唐玄宗形象的符號意義在於表現對歷史的反思，抒發「滄桑之歎」，那麼楊貴妃形象的象徵性喻義卻是抒發在歷史的變遷、人世的遭際時個人命運的難以把握，同樣具有悲劇的意味。《梧桐雨》中的楊玉環，沒有《長恨歌》裏的楊玉環形象清純，她對玄宗的愛值得懷疑，甚至可以說簡直對玄宗就沒有真誠的愛，加之，馬嵬兵變後，她就再沒登場表演，不像《長恨歌》、《長生殿》都有讓她再次展現的機會。如果我們借用加拿大原型批評文學理論家諾思洛普‧弗萊（1912～1991）的理論來分析楊玉環形象，或許能得到新的發現。弗萊認為文學的一個原型就是「一個象徵，通常是一個意象，它常常在文學中出現，並可被辨認出作為一個人的整個文學經驗的一個組成部分」。〔註23〕在文學作品中常常出現的形象往往具有一種象徵性喻義，而這種喻義又往往是作為一種種族的記憶被保留下來，使每一個作為個體的人先天就獲得一系列的意象和模式。《梧桐雨》中的楊玉環，正是這樣的一種意象，她實際上就是一個「女人」的符號，在中國的封建社會，女人往往沒有主宰自己命運的權利，她們是作為男權社會的附庸，特別是在朝代的更替、歷史的盛衰的動盪期，她們往往被男人們視為爭奪的戰利品。《梧桐雨》通過楊玉環的人生遭遇充分地展示了這一歷史命題。

　　在「楔子」裏，白樸就毫不隱諱地言明楊貴妃是唐玄宗從兒子那裏強奪來的，這本身就帶有一種強迫性，如果我們從普通人的感情上揣測楊玉環的內心，那很可能是一種無奈，一種怨恨，所以才會有玄宗的百般寵幸、千般嬌慣，以贏得她的芳心。史書《新唐書‧楊貴妃傳》載：「（楊玉環）幼孤，養叔父家。始為壽王妃。開元24年武惠妃薨，後庭無當帝意者。或言妃資質天挺，宜充掖庭。遂召內禁中，異之，即為自出妃意者，丐籍女官，號太真。更為壽王聘韋昭訓女，而太真得倖。」可見，楊玉環入宮並非出於自願，而更多的是懾於皇權而只得順從。她與丈夫李瑁的感情還是很不錯的，但不得不離開年輕英俊的丈夫，侍奉兩鬢已秋的公公，這怎能不使她感到難言的尷尬而心懷有二呢？晚唐以描述細膩情感見長的詩人李商隱在《驪山有感》中

〔註22〕　么書儀：《元人雜劇與元代社會》，北京大學出版社，1997年版，第143頁。
〔註23〕　朱立元：《當代西方文藝理論》，華東師範大學出版社，1997年版，第171頁。

已揣摩到這種感傷情懷：「驪岫飛泉泛暖香，九龍呵護玉蓮房。平明每幸長生殿，不從金輿惟壽王。」詩人揣測被奪妻子的壽王見到昔日的愛妃楊玉環，已成今天長生殿裏的新寵時，內心產生難以排遣的怨憤與痛苦。由此推測楊玉環大概也有同感。因此，楊玉環對李隆基很難有發自內心的愛情，充其量是出於對權利的威儀、榮華富貴的追求而故作姿態的矯情和企求專寵的騷情。白樸對這一人物的感情世界體味很深，所以他在選材上不但保留了楊玉環是壽王妃的史實，還特意點明她見到安祿山就產生了二心的情節。她不但為一個喪師失機的蕃將說情救了他的性命，而且紅杏出牆，與之關係曖昧，被楊國忠看出破綻，安祿山被任漁陽節度使，楊玉環居然感傷：

> 近日邊庭送蕃將來，名安祿山。此人猾黠，能奉承人意，又能胡旋舞。聖人賜與妾為義子，出入宮掖。不期（孟稱舜《醉江集》本還有「此人乘我醉後私通，醒來不敢明言，日久情密」一句）我哥哥楊國忠看出破綻，奏准天子，封他為漁陽節度使，送上邊庭。妾心中懷想，不能再見，好是煩惱人也。

年輕少婦陪伴老翁，難免對少年男子的懷戀，從現在青年心理學角度分析，楊玉環對李隆基的背叛也是合乎人的生理、心理需要的，她也是值得同情的，她與李隆基根本沒有愛情，她只不過是唐玄宗用皇權從兒子手裏掠奪來的戰利品。因此，安祿山用同樣的手段要從李隆基手裏掠奪自己也傾心的女人。他在漁陽叛亂的目的就是「我今只以討賊為名，起兵到長安，搶了貴妃，奪了唐朝天下，才是我平生願足。」無辜的女人，又成了賊軍作亂的理由。安祿山要既奪美人，又要奪江山，但美人仍是第一位的。楊玉環也清楚，女人侍奉君王就是靠年輕美貌，所以在七夕乞巧時她對李隆基說：「但恐容貌日衰，不得似織女長久也！」「陛下請示私約，以堅終始。」她仍然擔心自己色衰顏老，得不到皇帝的寵幸。當安祿山叛亂後，李林甫就認為是由於玄宗「只為女寵盛，讒夫昌，惹起這刀兵來。」儘管玄宗不承認此，但也難改傳統的「女人是禍水」的思維定勢。馬嵬兵變時，面對「兵權在手，主弱臣強」的局面，唐玄宗失去了發號施令的威嚴，儘管他認為貴妃「他又無罪過頗賢達，須不似周褒姒舉火取笑，紂妲己敲脛戲人。早間把他個哥哥壞了，總便有萬千不是，看寡人也合饒過他。」她也肯求玄宗救她，可在這歷史大變遷的時期，降臨在女人身上的只能是屠殺與掠奪，她仍然逃不脫這一劫。白樸沒有讓這位「女人」的符號再登場說出一段段滿足男性意識所謂的崇高女性的情

話，玄宗儘管沒有救她，但她的靈魂至蓬萊仙境仍對聖上心念舊恩：「臨別殷勤重寄詞，詞中有誓兩心知；七月七日長生殿，夜半無人私語時：在天願作比翼鳥，在地願為連理枝。」真可謂：不管你怎樣的負心，我依然癡心不改！唉，這就是男人的思維。也許只有「幼經喪亂，倉皇失母」的白樸，才能體味女人受命運捉弄的悲哀現實，因而在楊玉環的形象把握上具有了新的思想意蘊。

《梧桐雨》和《漢宮秋》都是元雜劇裏以帝妃之情表現歷史興亡之感的著名悲劇，又都具有作家強烈的主觀情感，但在其悲劇風格上又各有其特點，正如孟稱舜所評：「此劇與《孤雁漢宮秋》格套既同而詞華亦足相敵。一悲而豪，一悲而豔；一如秋空唳鶴，一如春月啼鵑。使讀者一憤一痛，淫淫乎不知淚之何從，固是填詞家巨手也。」〔註24〕確實如此，此二劇都是元雜劇中的傑作！

第三節　英雄之歌——民族意識的最強音

如果說《漢宮秋》和《梧桐雨》重點是對歷史的反思，那麼以紀君祥的《趙氏孤兒》、李壽卿的《伍員吹簫》、關漢卿的《單刀會》等為代表的一大批歌頌英雄的歷史劇則是宣泄被異族統治的憤怒，激勵人們奮起以興漢業，表現了作家們的強烈的民族意識和對中興民族大業英雄的呼喚。

一、復仇之美

表現復仇，是古今中外文學作品的常見母題。在西方，從古希臘悲劇家歐里庇得斯的《美狄亞》，到人文主義大戲劇家莎士比亞的《哈姆萊特》；在我國，由《吳越春秋》中的伍子胥復仇、《史記》裏的刺客游俠，到元雜劇中的《趙氏孤兒》、《伍員吹簫》、《豫讓吞炭》、《哭存孝》，以及《忠義水滸傳》中眾多「殺人須見血，救人須救徹」、「有恩必還，有仇必報」的英雄豪傑，無不上演出一幕幕蕩氣迴腸、感人至深的復仇的悲劇。

人與動物最大的區別在於人具有意識，有豐富的感情，講求自我的人格尊嚴，大到一個民族、一個國家，小到一個個獨立的個體，都具有不可欺的尊嚴、榮譽。在我國傳統文化中，就很強調人的獨立人格、尊嚴，孔子就說：

〔註24〕 《古本戲曲叢刊四集：古今名劇合選》，上海商務印書館 1958 年影印。

「三軍可奪帥也，匹夫不可奪志也」（《論語·子罕》），「知者不惑，仁者不憂，勇者不懼」（《論語·子罕》），「志士仁人，無求生以害人，有殺身以成仁」（《論語·衛靈公》）。孟子也說：「吾今而後知殺人親之重也：殺人之父，人亦殺其父；殺人之兄，人亦殺其兄。」（《孟子·盡心下》）儒家講求人倫之禮，又把它上陞爲做人的道德規範和義不容辭的責任，董仲舒就說：「《春秋》之義，臣不討賊，非臣也；子不復仇，非子也」（《王道》第六）〔註 25〕。因此，復仇情結在我國不管是正統觀念還是民間意識都是受到肯定的，特別是在美善受到扼殺時，人們渴望正義的力量能夠戰勝邪惡，恢復美善，這便是復仇文學作品的意義所在。

元代是一個奉行民族壓迫，極其黑暗的時代。蒙古人在滅金亡宋時，進行了慘絕人寰的大屠殺，「軍法，凡城邑以兵得者悉坑之。德安由嘗逆戰，其斬刈首馘動以十億計。」（姚燧《序江漢先生事實》）〔註 26〕胡祇遹就記載了蒙古人佔領江南以後嗜殺成性的情景：

> （江南）自收附以來，兵官嗜殺，利其反側；叛亂已得，縱其擄掠。貨財子女，則入之於軍官，壯士巨族，則殄殲於鋒刃。一縣叛，則一縣蕩爲灰燼。一州叛，則一州淪爲邱墟。（《民間疾苦狀》）
> 〔註 27〕

蒙古人不但進行野蠻的大屠殺，而且從人格尊嚴上給被征服者以羞辱，給他們造成心靈上的打擊，如元丞相伯顏滅宋時「駐軍皐亭山，宋奉表及國璽以降，遣千戶囊加歹等人入城慰諭，令居民門首各貼『好投降』三字」〔註 28〕，更點燃了民族間復仇的火焰，加之元代吏治腐敗，官吏昏庸，貪贓枉法，巧取豪奪，民族歧視，文士困頓，如此現實使「書會才人」借雜劇將強大的民族復仇情緒噴發出來，紀君祥、李壽卿即是這種作家的代表。

紀君祥，《錄鬼簿》將他列入「前輩已死名公才人，有所編傳奇行於世者」，說他是「大都人，與李壽卿、鄭廷玉同時。」賈仲明補寫的挽詞說：「壽卿、廷玉在同時，《三度藍關》韓退之，《松陰夢》裏三生事。《騶皮記》情意資，冤報冤《趙氏孤兒》。編成傳寫上紙，表表於斯。」基本上概括了紀君祥的雜

〔註 25〕董仲舒：《春秋繁露》，上海古籍出版社，1989 年版，第 25 頁。
〔註 26〕李修生主編：《全元文》（9），第 372 頁。
〔註 27〕李修生主編：《全元文》（5），第 593～594 頁。
〔註 28〕陶宗儀：《南村輟耕錄》卷一，「浙江潮」「平江南」條，中華書局，1959 版，第 15 頁。

劇創作情況，他的雜劇作品《錄鬼簿》載有六種：《驢皮記》、《曹伯明錯勘贓》、《陳文圖悟道松陰夢》、《趙氏孤兒大報仇》、《韓湘子三度韓退之》和《信安王斷復販茶船》。可流傳下來的只有《趙氏孤兒大報仇》一部，此劇也叫《冤報冤趙氏孤兒》簡稱《趙氏孤兒》。這一部就足以使他贏得世界級的戲劇家的稱號，它是中國傳入歐洲最早的戲劇作品之一，早在 18 世紀就先後傳入法國、德國，1755 年法國文學家伏爾泰把它改編為《中國孤兒》，1783 年德國大詩人歌德把它改編為《埃爾佩諾》，西方人通過它對中國戲劇藝術有了瞭解，從這一點上說它在元雜劇裏就是很有特殊意義的。

　　《趙氏孤兒》所講述的故事最早見於《左傳》。《左傳》「文公六年七年」、「宣公二年」、「成公八年」記載春秋時晉靈公不像個國君，胡作非為，趙盾不斷進諫，惹怒靈公，從而君臣間矛盾激化，變成了一場相互的格殺。《國語》卷十一《晉語五》也有類似的記載。司馬遷在《史記》的《晉世家》、《趙世家》和《韓世家》中對這一故事記載更為詳細生動，其中《趙世家》記述最為詳細：

　　　　趙盾代成季任國政二年而晉襄公卒，太子夷皋年少。盾為國多難，欲立襄公弟雍。雍時在秦，使使迎之。太子母日夜啼泣，頓首謂趙盾曰：「先君何辜，釋其適（嫡）子而更求君？」趙盾患之，恐其宗與大夫襲誅之，乃遂立太子，是為靈公，發兵距所迎襄公弟於秦者。靈公既立，趙盾益專國政。

　　　　靈公立十四年，益驕。趙盾驟諫，靈公弗聽。及食熊蹯，胹不熟，殺宰人，持其尸出，趙盾見之。靈公由此懼，欲殺盾。盾素仁愛人，嘗所食桑下餓人反扞救盾，盾以得亡。未出境，而趙穿弒靈公而立襄公弟黑臀，是為成公。趙盾復反，任國政。君子譏盾「為正卿，亡不出境，反不討賊」，故太史書曰「趙盾弒其君」。晉景公時而趙盾卒，諡為宣孟，子朔嗣。

　　　　趙朔，晉景公之三年，朔為晉將下軍救鄭，與楚莊王戰河上。朔娶晉成公姊為夫人。

　　　　晉景公之三年，大夫屠岸賈欲誅趙氏。初，趙盾在時，夢見叔帶持要而哭，甚悲；已而笑，拊手而歌。盾卜之，兆絕而後好。趙史援占之，曰：「此夢甚惡，非君之身，乃君之子，然亦君之咎。至

孫，趙將世益衰。」屠岸賈者，始有寵於靈公，及至於景公而賈為司寇，將作難，乃治靈公之賊以致趙盾，遍告諸將曰：「盾雖不知，猶為賊首。以臣弒君，子孫在朝，何以懲辠？請誅之。」韓厥曰：「靈公遇賊，趙盾在外，吾先君以為無辠，故不誅。今諸君將誅其後，是非先君之意而今妄誅。妄誅謂之亂。臣有大事而君不聞，是無君也。」屠岸賈不聽。韓厥告趙朔趣亡。朔不肯，曰：「子必不絕趙祀，朔死不恨。」韓厥許諾，稱疾不出。賈不請而擅與諸將攻趙氏於下宮，殺趙朔、趙同、趙括、趙嬰齊，皆滅其族。

趙朔妻成公姊，有遺腹，走公宮匿。趙朔客曰公孫杵臼，杵臼謂朔友人程嬰曰：「胡不死？」程嬰曰：「朔之婦有遺腹，若幸而男，吾奉之；即女也，吾徐死耳。」居無何，而朔婦免身，生男。屠岸賈聞之，索於宮中。夫人置兒絝中，祝曰：「趙宗滅乎，若號；即不滅，若無聲。」及索，兒竟無聲。已脫，程嬰謂公孫杵臼曰：「今一索不得，後必且復索之，奈何？」公孫杵臼曰：「立孤與死孰難？」程嬰曰：「死易，立孤難耳。」公孫杵臼曰：「趙氏先君遇子厚，子彊為其難者，吾為其易者，請先死。」乃二人謀取他人嬰兒負之，衣以文葆，匿山中。程嬰出，謬謂諸將軍曰：「嬰不肖，不能立趙孤。誰能與我千金，吾告趙氏孤處。」諸將皆喜，許之，發師隨程嬰攻公孫杵臼。杵臼謬曰：「小人哉程嬰！昔下宮之難不能死，與我謀匿趙氏孤兒，今又賣我。縱不能立，而忍賣之乎！」抱兒呼曰：「天乎天乎！趙氏孤兒何罪！請活之，獨殺杵臼可也。」諸將不許，遂殺杵臼與孤兒。諸將以為趙氏孤兒良已死，皆喜。然趙氏真孤乃反在，程嬰卒與俱匿山中。

居十五年，晉景公疾，卜之，大業之後不遂者為祟。景公問韓厥，厥知趙孤在，乃曰：「大業之後在晉絕祀者，真趙氏乎？夫自中衍者皆嬴姓也。中衍人面鳥噣，降佐殷帝大戊，及周天子，皆有明德。下及幽厲無道，而叔帶去周適晉，事先君文侯，至于成公，世有立功，未嘗絕祀。今吾君獨滅趙宗，國人哀之，故見龜策。唯君圖之。」景公問：「趙尚有後子孫乎？」韓厥具以實告。於是景公乃與韓厥謀立趙孤兒，召而匿之宮中。諸將入問疾，景公因韓厥之眾以脅諸將而見趙孤。趙孤名曰武。諸將不得已，乃曰：「昔下宮之難，

屠岸賈爲之，矯以君命，並命群臣。非然，孰敢作難！微君之疾，群臣固且請立趙後。今君有命，群臣之願也。」於是召趙武、程嬰遍拜諸將，遂反與程嬰、趙武攻屠岸賈，滅其族。復與趙武田邑如故。

及趙武冠，爲成人，程嬰乃辭諸大夫，謂趙武曰：「昔下宮之難，皆能死，我非不能死，我思立趙氏之後。今趙武既立，爲成人，復故位，我將下報趙宣孟與公孫杵臼。」趙武啼泣頓首固請，曰：「武願苦筋骨以報子至死，而子忍去我死乎！」程嬰曰：「不可。彼以我爲能成事，故先我死；今我不報，是以我事爲不成。」遂自殺。趙武服齊衰三年，爲之祭邑，春秋祠之，世世無絕。

司馬遷的記述較之於《左傳》有如下改動：第一、故事發生時間的變化。《左傳》裏，趙氏家族遭殺戮發生在晉景公十三年（公元前 587 年），《史記》將時間向前提了十年，改爲「景公之三年」。第二、故事主要人物、悲劇緣由的改變。在《左傳》裏，主要人物除晉景公與趙氏家族外，只有韓厥，而《史記》裏又增加了屠岸賈、程嬰、公孫杵臼等人物。在《左傳》中趙氏家族的悲劇主要是由於君臣矛盾激化而引發的，而《史記》則改爲由大臣之間的矛盾衝突，即文武臣趙盾與屠岸賈之間的矛盾引發而致。第三、復仇力量的改變。在《左傳》裏，趙氏家族遭殺戮後，趙武和其母莊姬住在宮內，趙武最後得以繼承趙氏基業主要是得力於其母莊姬和韓厥；而《史記》則改爲趙氏孤兒得到公孫杵臼、程嬰等人的拼死相救，程嬰與其藏匿山中 15 年，趙氏孤兒最終報仇主要是靠韓厥的力量，同時利用了晉景公，不是趙氏孤兒和韓厥主動出擊以復仇，而是由於晉景公有病問卜的結果。司馬遷如是改動，儘管也受到後來的一些腐儒的指責，如清人趙祐就說：「讀《史記·趙世家》竟，慨然作曰：甚哉，傳聞之惑人也！《春秋》無屠岸賈滅趙事，而太史公娓娓言之，其稱程嬰、公孫杵臼義甚高，以予考諸內外傳，乃事之所必無者。……《史記》乃以誅趙事屬之景之三年，則爲魯宣十二年，於是云畫十五年，景公疾，乃與韓厥謀立趙孤，又云，趙氏復位十一年，而晉厲公殺三郤。所敘年數事本，全與《左氏》相悖，予故瑣悉辨之，以爲所必無者。不寧唯是，即賈也、嬰也、杵臼也，亦未必實有其人，何則？晉作六軍，其將皆卿也，賈既位司寇，且能擅兵權，役諸將如此，豈繄無一軍之任？……故曰，事之征信，史不若《傳》，《傳》不若經，義門何氏曰，程嬰公孫杵臼之事，最不

足據，特戰國任俠好奇者爲之，非其實也。」〔註29〕趙祐認爲司馬遷記述趙氏孤兒復仇此事多與《左傳》不同，便認爲這「特戰國任俠好奇者爲之，非其實也」，這種看法真乃愚魯之見！其實，司馬遷修史，並不是對前朝史料的簡單機械復錄，而是具有他超人的歷史觀和審美趣味，他既採用史料，也注重從民間搜集材料；既追求事實的真實，班固稱之爲「實錄」，也追求「成一家之言」。從接受美學的觀點來分析，接受主體依憑著自己的文化心理結構去解讀作品是一個複雜的過程，由於主體的生活經歷、文化修養、審美趣味等諸多因素與作者存在著明顯的差異，因此，接受主體不可能將所接受的作品的內容及其意義完全還原，而是必然要將自身的理解精神賦予其中。由此可推，司馬遷對趙孤復仇事件的改寫，恰恰表現出司馬遷超卓不凡的歷史觀，他將一個君臣之間的矛盾糾葛故事改變成姦佞陷害忠良、義俠援救遺孤的反映忠姦鬥爭的故事，既歌頌了春秋戰國以來的「士爲知己者死」的俠義行爲和勇於犧牲的精神，又使得復仇帶上了強烈的正義色彩，反映了人民的美好願望。

紀君祥的《趙氏孤兒》正是繼承並深化了司馬遷這種寫作思想，並根據自己所處時代精神的需要對這一古老的故事賦予了時代精神，因此，他對《史記》的記載又作了一番改動：首先、把晉靈公與趙盾的矛盾，改爲屠岸賈與趙盾的矛盾，而屠岸賈陷害趙盾的目的恰恰是出於姦臣對賢良的嫉妒；其次、把韓厥稱病不參與殺趙朔，改爲韓厥守府門放走箱子中裝有孤兒的程嬰，然後自刎；再次、把公孫杵臼由趙朔的門客改爲歸農的大夫；第四、把謀取他人嬰兒，改爲程嬰自己的親生嬰兒；第五、把趙氏孤兒隱匿山中，改爲屠岸賈認他爲義子養在元帥府裏。特別是紀君祥增加了屠岸賈揚言找不到趙氏孤兒就要把全國與趙氏孤兒大小差不多的嬰兒全殺掉的情節，從而使這一故事具有了強烈的社會意義，成爲了一場邪惡與正義的較量，於是又使戲劇的主題大大地提升了一步。

《趙氏孤兒》確實如王國維先生所讚歎的是「列之於世界大悲劇中，亦無愧色」之作，整個戲劇洋溢著驚心動魄、蕩氣迴腸的悲壯美，塑造了一系列爲正義捐軀的英雄，充分顯示了正義的力量。戲劇始終貫注了宋元時人們的悲憤情緒，在「楔子」裏趙朔就對妻子說：「公主，你聽我遺言：你如今腹

〔註29〕楊燕起等：《歷代名家評史記》，北京師範大學出版社，1986 年版，第 481～482 頁。

懷有孕，若是你添個女兒，更無話說；若是個小廝呵，我就腹中與他個小名，喚做趙氏孤兒。待他長立成人，與俺父母雪冤報仇。」在這種復仇的火焰中，包含著正義對邪惡的抗爭力量，爲了正義，仁人志士不惜以生命爲代價，演出了一出前仆後繼的崇高悲劇。全劇以「救孤」與「殺孤」爲中心線索展示了正義與邪惡的較量。爲了完成「復仇」大業，公主以死託孤、韓厥放孤自刎、公孫杵臼撞階而死、程嬰獻出親子而含辱養育孤兒，正是他們前仆後繼、義無反顧地與邪惡的代表屠岸賈的鬥爭，最終保住了「趙氏孤兒」，並使之完成了復仇。在韓厥、公孫杵臼、程嬰的身上飽含著作者對爲正義而獻身的大無畏精神的讚頌之情。身爲屠岸賈下屬的韓厥，深知放走孤兒對自己的後果，但在「道義」與「生死」的抉擇中他最終選擇了「殺身成仁」，因爲在他心目中充滿了對邪惡的憤恨：「列國紛紛，莫強於晉。才安穩，怎有這屠岸賈賊臣，他則把忠孝的公卿損。」但作者沒有對他簡單化、概念化，而是眞實地再現了他的心理活動，以完成人物的塑造。他三次放程嬰又三次喊回程嬰，在這一矛盾心理過程中更顯示了他的英雄氣概：「程嬰，我若把這孤兒獻將出去，可不是一身富貴？但我韓厥是一個頂天立地的男兒，怎肯做這般勾當！」他便放走程嬰而自刎了。

公孫杵臼和程嬰更是光彩照人的形象。公孫杵臼本來已是「罷職歸農」之人，但他對「不廉不公，不孝不忠，單只會把趙盾全家殺的個絕了種」的賊人屠岸賈充滿仇恨。當程嬰前來與他商量救孤之事，他便同意，並抱定一死也要幫助程嬰救孤。尤爲感人的是第三折中奸詐的屠岸賈讓程嬰親自栲打他，來檢驗程嬰的態度和逼他交代，在程嬰被逼無奈用棍子打他時，公孫杵臼在極度難耐時下意識說出「俺二人商議要救這小兒曹」的話，頓時氣氛是如此的緊張，公孫杵臼痛在身上，程嬰疼在心裏。屠岸賈搜出「孤兒」，實際是程嬰之子，當著程嬰的面將孩子連剁三劍，這對於一個父親來說是多麼大的痛苦啊！但爲了保護趙氏孤兒，程嬰只能強忍悲痛，迎合屠岸賈。公孫杵臼怕自己口有漏洞，便撞階而死，程嬰也取得了屠岸賈的信任，邪惡的化身屠岸賈取得了暫時的勝利，他把趙氏孤兒作爲了義子，改名屠成，傳授他以武功。二十年後，趙氏孤兒長大成人，程嬰將血淚斑斑的趙氏家史告訴了趙氏孤兒，他在晉悼公及大將魏絳的支持下，殺掉屠岸賈，爲國家除去姦臣，爲趙家完成了復仇大業。

弗羅伊德說：「在精神生活中一旦形成了的東西就不再消失；在某種程度

上，一切都保存了下來，並在適當的時候……它還會出現。」〔註30〕在宋元時期，由於特殊的民族關係，漢民族由往日的居支配地位的中心民族淪爲受異族侵犯、欺凌，以至於成爲亡國奴，如此大的更變，使漢族文人普遍具有一種民族復仇情結，「程嬰存趙」的故事便成爲宋元時期一個人們寄寓民族抗爭和復仇情結的最貼切的故事原型，同時與宋王朝大力倡導也不無關係。

程嬰等人的壯舉，符合中國人的道德倫理標準，故受到後人的讚賞，特別是到了宋代，由於帝王姓趙，自認其爲趙武後裔，故程嬰等存趙就更受到禮遇。北宋王朝爲褒獎忠義就在絳州太平縣（今山西絳縣）趙村建祀修墓，祭祀韓厥、公孫杵臼和程嬰三位先祖功臣。宋神宗元豐四年（1081）封程嬰爲成信侯，公孫杵臼爲忠智侯。宋徽宗崇寧三年（1104）加封韓厥爲義成侯。到了南宋，因孤兒趙構南渡而中興，北方淪陷，趙宋江山更需要像程嬰等忠臣義士，故高宗紹興二年十一月壬戌（1132年12月14日）在臨安（今杭州）南宋王朝始祭程嬰、公孫杵臼，紹興十六年（1146）封程嬰爲忠節信成侯，公孫杵臼爲通勇忠智侯，韓厥爲定義成侯。紹興二十七年（1157）封程嬰爲疆濟公，公孫杵臼爲英略公，韓厥爲啓祐公。開禧元年（1205）封程嬰爲忠翼強濟孚祐廣利公，公孫杵臼爲忠果英略孚應博濟公，韓厥爲啓祐翊順昭利公。南宋王朝對程嬰等人大加表彰的目的就是想借用程嬰等人「存趙」的義舉激勵大臣們盡忠以保趙宋江山，因此，「趙氏孤兒」故事對南宋王朝來說，具有特別重要的現實意義和相關興亡的象徵意義。統治階級呼喚程嬰等人的忠義精神，而忠義之士也正是用程嬰等人的精神以激勵自己，如終生主張抗金的大詞人辛棄疾在〔六州歌頭〕《西湖萬頃》中說：「君不見，韓獻子，晉將軍，趙孤存；千載傳忠獻，兩定策，紀元勳。孫又子，方談笑，整乾坤。直使長江如帶，依前是□趙須韓。」他把韓琦、韓侂冑視作韓厥，以寄託自己的抗金復宋理想。民族英雄文天祥更是把程嬰等人視爲忠義的楷模，他在《指南錄·無錫》詩中寫道：「英雄未死心爲碎，父老相逢鼻欲辛。夜讀程嬰存趙事，一回惆悵一沾巾。」在《使北》詩中以程嬰自勉，「程嬰存趙眞公志，賴有忠良壯此行。」

生活在宋室已亡、但漢族人民反抗元蒙的情緒仍在的元代初期的紀君祥，選擇了宋元時人們熟悉而又有特殊喻義的故事，並把它搬上舞臺，必然有其強烈的現實意義和民族的復仇情緒。在《趙氏孤兒》裏，「趙氏」便具有漢族江山的象徵義，這和馬致遠《漢宮秋》中的「漢元帝」、關漢卿筆下的「漢

〔註30〕弗羅伊德：《文明及其欠憾》，安徽文藝出版社，1987年版，第7～8頁。

家」一樣，都是民族情懷的象徵詞。因此，紀君祥在《趙氏孤兒》裏傾注了對救趙孤充滿了正義的力量，爲了這一正義的事業，仁人志士，出生入死，在所不惜。他們的目的就是「憑著趙家枝葉千年永，晉國山河百二雄。顯耀英材統軍眾，威壓諸邦盡伏拱。」爲此，他們以生命爲代價，同禍國殃民、殘害忠良的惡人抗爭，程嬰忍辱二十年，正是元初漢民族屈辱的寫照，故當趙氏孤兒長大成人，復仇的烈焰焚燒：「他、他、他把俺一姓戮，我、我、我也還他九族屠！」紀君祥借趙氏孤兒之口宣泄漢民族對野蠻屠殺漢人的元蒙統治者的憤慨之情：「摘了他鬥來大印一顆，剝了他花來簇幾套服。把麻繩背綁在將軍柱，把鐵鉗拔出他爛斑舌，把錐子生挑他賊眼珠，把尖刀細剮他渾身肉，把鋼錘敲殘他骨髓，把銅鍘切掉他頭顱。」這裏充滿了正義的吶喊和復仇時對邪惡力量的憤慨之情！

在寫復仇的歷史劇中還有李壽卿的《伍員吹簫》，日本學者青木正兒稱它「和《趙氏孤兒》是復仇劇的雙璧。」〔註31〕《錄鬼簿》在「紀君祥」條中特意注明「與李壽卿、鄭廷玉同時」，可見鍾嗣成掌握這三人有交往的材料，從三人的作品來看，確有相通之處，只是各自的個性不同而側重點各異。

《伍員吹簫》主要寫春秋時楚國姦臣費無忌在平王面前進讒言致使伍子胥父兄及家眷全部被殺，伍子胥逃亡吳國借兵復仇的故事。伍子胥的故事《左傳・昭公二十年》、《史記》中的《吳世家》、《楚世家》、《伍子胥列傳》、《范雎蔡澤列傳》中都有記載。他的故事在民間也有廣泛流傳，從《吳越春秋》、《伍子胥變文》到《東周列國志》都記述了大量有關伍子胥復仇的傳說故事。李壽卿正是採集正史與民間傳說，再融入他自己對歷史現實的感悟情懷從而寫出了《伍員吹簫》。

《伍員吹簫》同《趙氏孤兒》開篇的立意相同，作者都是把一個統治階級內部的相互殘害鬥爭寫成一場姦對忠的迫害、正義受到邪惡打擊的政治鬥爭。爲了完成表現姦臣殘害忠良、正義最終必戰勝邪惡這一主題，李壽卿對歷史素材也進行了大幅度改造。據《史記・楚世家》記載：

> 平王二年，使費無忌如秦爲太子建取婦。婦好，來，未至，無
> 忌先歸，說平王曰：「秦女好，可自娶，爲太子更求。」平王聽之，
> 卒自娶秦女，生熊珍。更爲太子娶。是時伍奢爲太子太傅，無忌爲
> 少傅。無忌無寵於太子，常讒惡太子建。建時年十五矣，其母蔡女

〔註31〕《元人雜劇概說》，中國戲劇出版社，1957年版，第94頁。

也，無寵於王，王稍益疏外建也。

六年，使太子建居城父，守邊。無忌又日夜讒太子建於王曰：「自無忌入秦女，太子怨，亦不能無望於王，王少自備焉。且太子居城父，擅兵，外交諸侯，且欲入矣。」平王召其傅伍奢責之。伍奢知無忌讒，乃曰：「王奈何以小臣疏骨肉？」無忌曰：「今不制，後悔也。」於是王遂囚伍奢。乃令司馬奮揚召太子建，欲誅之。太子聞之，亡奔宋。

由此可見，費無忌與伍奢的矛盾是根源於楚平王與太子建之間的矛盾，而造成這一矛盾的原因是無忌爲求寵，而他與伍奢之間實際沒有正面的衝突，伍奢被囚而後又遭殺完全是平王與兒子間矛盾的犧牲品。《伍員吹簫》則調整了這一矛盾起因，費無忌一上場便以姦臣醜惡嘴臉出現：「別人笑我做姦臣，我做姦臣笑別人。我須死後才還報，他在生前早喪身。」因而是他一手導演了伍奢全家被殺的悲劇，爲了「翦草除根，萌芽不發」，他又派他兒子費得雄到伍員所在的樊城「詐傳平公之命」，宣伍員入朝爲相，「若賺的來時，也將他殺壞了」，好在太子建早來一步通風報信才使伍員免遭一死。戲劇這一調整淡化了平王父子間矛盾，突出了忠姦鬥爭，具有了強烈的現實意義。費無忌是禍國殃民的姦臣，他心裏想的只是自己的榮華富貴，而伍氏父子卻是作者歌頌的忠臣良將，故伍員一登場一曲〔混江龍〕唱出了國之良才的治國理想：「俺本是個掌三軍的帥首，今做了撫百姓的循良。興學校，勸農桑，清案牘，恤流亡，寬稅斂，聚餱糧。也非是我爲臣子好出眾人先，則待要佐君王穩坐諸侯上。長享著萬邦玉帛，永保著千里金湯。」如此的好官卻遭殺戮，被逼外逃，這豈不是姦臣昏君給國家釀下的災難嗎？正如金聖歎點評《水滸》「高俅發跡」時說，「（《水滸》）未寫一百八人而先寫高俅者，……則是亂自上作也。」因爲姦佞在而忠良去，從而演出了一齣良才被逼、忍辱復仇的悲壯劇。

與《趙氏孤兒》相比《伍員吹簫》所表現的側重點不同，《趙氏孤兒》主要是通過邪惡勢力與正義力量的正面交鋒，以「殺孤」與「救孤」爲中心線索表現復仇的力量；而《伍員吹簫》則重在展示伍員忍受磨難、矢志不渝，有仇必報，有恩也必酬的英雄氣概，在他的身上具有孟子說的「君視臣如草芥，則臣視君如寇讎」的個體意識。與《趙氏孤兒》所相同的是爲了幫助伍子胥完成復仇大業，一個個烈女義士殺身成仁，洋溢著濃鬱的悲壯美的氣息。當伍員逃到鄭國時，子產卻想加害他，他火燒郵亭，與他一同逃跑的楚太子

建死在亂軍中，他抱著太子建的兒子逃往吳國。路上，遇到一個給她家人送飯的浣紗女，伍員飢餓難耐便向她乞食，女子給他飯吃。臨行，伍員告訴浣紗女替她保秘，「我去之後，願的你殘漿勿漏。」為了讓伍員不懷疑她走漏消息，浣紗女抱石投江了。伍員來到江邊漁翁闊丘亮用船把他送過江，臨別，同樣為了替伍員保秘，打消他的顧慮，漁翁拔劍自刎，又一個「好忠臣烈士也！」到了吳國，伍員身無分文，流落丹陽十八年，吹簫乞食度日。連鄉村無賴都欺侮他。他遇見了壯士鱄諸，結為兄弟，伍員說服了鱄諸同他一起去報仇，鱄諸的妻子為了使鱄諸放心去，也取劍自刎了。伍員借得十萬大軍攻破楚國，殺入郢城，「拿住賊臣無忌，再掘開平王墳地。與屍首三百鋼鞭，才雪我胸頭怨氣！」作者渲染出伍員對仇人的極度憤慨之情，讚揚了他為復仇忍辱受屈、百折不回，最終復仇的精神，結合作者所處的元代前期社會，多少個剛剛遭受國破家亡之痛、懷有滅賊復仇之心的仁人志士，在觀看此劇時無不從伍員身上受到精神的鼓舞，如趙氏孤兒所言「他把俺一姓殺，我也還他九族屠」！這正是此劇與《趙氏孤兒》異曲同工之妙處。

　　關漢卿的《鄧夫人苦痛哭存孝》（簡稱《哭存孝》）也是一部飽含悲憤復仇情緒的歷史劇，而它的重點是在表現漢族官僚在元蒙朝廷遭受迫害的悲慘境遇。本劇所寫人物事件新舊《五代史》均有記載。《新五代史·義兒傳》載：「存孝，代州飛狐人也。本姓安，名敬思。太祖掠地代北得之，給事帳中，賜姓名，以為子，常從為騎將。」他與李存信、康君立確實有矛盾，但他真正的死因卻是他同李克用的矛盾。《新五代史·義兒傳》載：「太順二年，（李存孝）徙邢州留後。是時，晉軍（李克用）連歲攻趙常山，存孝常為先鋒，下趙臨城、元氏。趙王求救於幽州李匡威，匡威兵至，晉軍輒引去。存孝素與存信有隙，存信譖之曰：『存孝有二心，常避趙不擊。』存孝不自安，乃附梁通趙，自歸於唐，因請會兵以伐晉。」歷史上的李存孝是一位爭功好利、心胸狹窄之人，他在李克用領導的晉與趙作戰時瞻前顧後，畏懼叛逆，最終戰敗，又「泥首請罪曰：『兒於晉有功而無過，所以至此，由存信為之耳！』太祖叱曰：『爾為書檄，詬我百端，亦存信為之邪？』縛載後車，至太原，車裂之以徇。然太祖惜其材，悵然恨諸將之不能容也，為之不視事者十餘日。」〔註32〕關漢卿在此史實基礎上進行藝術再創造，他目的不是再現五代時軍閥間的爭鬥，而是借其名而反映元代的現實。因此，他捨棄存孝的缺點於不顧，

〔註32〕《新五代史》，第392頁。

把他塑造成一位在大破黃巢戰鬥中立有大功的猛將，本來李克用已經答應把他們夫妻封到潞州為官，可李克用因聽信李存信、康君立讒言，卻把他們夫妻派到了艱苦的邢州為官。李存孝憤怒地責問：「康君立、李存信，想當日十八騎入長安，殺敗葛從周，攻破黃巢，天下太平，是我的功勞；你有什麼功勞也？」李存信卻厚顏無恥地回答道：「俺兩個雖無功勞，俺兩個可會唱會舞哩。」這又是一齣姦臣害忠良的範例。小人總是善於挑撥是非、無中生有。康君立於是與李存信密謀：「等俺到的潞州，別尋取存孝一樁事，調唆阿媽殺壞了存孝，方稱我平生之願。先往邢州，詐傳著阿媽言語：著義兒家將各自認姓。他若認了本姓，咱搬唆阿媽殺了存孝，方稱我平生之願也。」於是，這兩位姦佞小人到邢州詐傳李克用旨意，讓李存孝改姓本名「安敬思」，然後又向李克用進讒言，說存孝自己不滿被任命邢州，恢複本姓名，意謀造反。李克用大怒，將欲討伐存孝，被他妻子劉夫人勸住，劉夫人親自到邢州調查，才知道原來是李存信、康君立搞的鬼，她便帶著存孝回朝準備向李克用說明情況，可李存信、康君立又耍花招，設計將劉夫人騙走，然後借李克用酒醉之機，假傳旨令，車裂了一代功臣良將李存孝。在這裏，關漢卿飽含深意地在親子與義子間做文章，寓意深刻。當李克用的妻子劉夫人要到李克用面前給存孝澄清流言時，李存信怕自己的陰謀敗露，便造謠說她的親兒子啞子在圍場中落馬，劉夫人便焦急萬分：「我索看我孩兒去。」存孝趕快求情說：「阿者去了，阿媽帶酒也，信著這兩個的言語，送了您孩兒的性命也！」劉夫人卻回答說：「親兒落馬撞殺了，親娘如何不疼？可不道『腸裏出來腸裏熱』？我也顧不得的，我看孩兒去也。」於是存孝痛哭訴說：「阿者，啞子落馬痛關情，子母牽腸割肚疼。忽然二事在心上，義兒親子假和真。啞子終是親骨肉，我是四海與他人。『腸裏出來腸裏熱』，阿者，親的原來則是親！」但劉夫人還是去看望他親兒子了，存孝滿含冤憤，被李存信、康君立借李克用的酒話車裂了。他被車裂前傾吐胸中悲憤，控訴統治者冤殺功臣的不合理現象：「英雄屈死黃泉下，忠心孝義下場頭！」存孝冤死後，他夫人鄧氏給他伸冤復仇，到公公李克用面前伸訴存孝有功而被冤殺：「則聽的父親道，將孩兒屈送了。家將每痛哭嚎咷，想著蓋世功勞，萬載名標。都與他持服掛孝，眾兒郎膝跪著。」要求為丈夫復仇，懲罰惡人：「也是你爭弱，拿住你該剮該敲！聚集的人貞好鬧，準備車馬繩索，把這廝綁了，五車裂了，可與俺李存孝一還一報！」這裏表現出復仇者的憤怒的吶喊，顯示了正義之音的力量，姦佞終究得到了

應有的下場，但英雄忠良被屈殺卻不能再復活，從而使劇作仍然給觀眾留下深深的思索，一方面表現了在元蒙統治下漢族爲官者的隱痛和不公平的待遇，另一方面揭露了統治者屈殺功臣的罪惡。

　　元代雜劇作家，尤其是前期作家，親身感受到歷史的變遷、朝代的更替，漢人的遭遇，好人的受欺，於是具有極強的民族復仇情緒，從而使他們在作品中貫注了一種強大的復仇意志，借用歷史英雄之形，表現自己現實之魂。如上作品都寫了有仇必報的必勝決心，還有如《西蜀夢》、《竇娥冤》、《盆兒鬼》、《神奴兒》等劇表現出即使死了變成鬼，也一定要報冤仇，這種精神、這種鬥志，正是中華民族不屈不撓精神的生動寫照，是魯迅先生讚賞的「中華民族的脊梁」，敢於向惡勢力討還血債，懲惡揚善，愛憎分明，這也是中華傳統美德的精髓，激勵著後來的人們！

二、英雄讚歌的現實靈魂

　　元雜劇的歷史劇可以說是英雄的讚歌，它塑造了大量的歷史英雄，在這些英雄的身上都能找到元代人的精神寄託。元雜劇主要出自社會地位低下的「書會才人」之手，他們中大多人從小受到良好的儒學傳統教育，他們的人生理想是治國平天下，但在元代文人的這種理想很難實現，於是，他們把這種情感便借古代的英雄抒發出來。因而，在他們的筆下既有武藝高強、威震八方的武將，也有運籌帷幄、決勝於千里的謀士，他們既崇拜像廉頗那樣的將軍，更喜歡藺相如那樣的智慧之能臣。這些讚頌英雄的劇目主要有：《周公攝政》、《連環計》、《澠池會》、《介之推》、《智勇定齊》、《追韓信》、《霍光鬼諫》、《隔江鬥智》、《博望燒屯》、《黃鶴樓》、《單刀會》、《千里獨行》、《三戰呂布》、《不伏老》、《三奪槊》、《單鞭奪槊》、《小尉遲》、《薛仁貴》等，在這些作品裏都可以體味出劇作家是借古代英雄抒發的是他們自己的時代情懷。

　　俄國文藝理論家別林斯基曾說：「悲劇的任何一個人物並不屬於歷史，而是屬於詩人，哪怕他取了歷史人物的姓名。」同時他還贊同歌德的看法：「對詩人說來，沒有一個歷史的人物；他想描繪自己的道德世界，爲了這個目的讚揚某些歷史人物；把他們的名字給予自己的創作。」〔註 33〕確實如此，歷史劇的任務不僅僅是反映客觀歷史的眞實，更重要的是通過歷史的眞實，來

〔註33〕別林斯基：《戲劇詩》，引自《莎士比亞評論彙編》（上），人民文學出版社，1980，第 449 頁。

爲現實的人生有啓迪、鼓舞作用，即歷史的人物身上蕩漾著作家的情感。

歷史劇給我們展現出一大批具有高強武藝、英勇豪邁之氣的英雄，在他們身上充滿著正義戰勝邪惡的力量，又體現出作家的政治理想和民族情懷。這類英雄中首先當屬關羽。關漢卿充滿讚美情感塑造了威震千軍、叱吒風雲的一代英雄，表現出他驚人的膽略和神勇無敵的英雄氣概。關漢卿在歷史材料的基礎上對事件進行了藝術的再創造，使關羽形象更加豐滿、光彩照人。關於魯肅討要荊州的事實《三國志・吳書・周瑜魯肅呂蒙傳》這樣載：

> 先是，益州牧劉璋綱維頹弛，周瑜、甘寧並勸權取蜀。權以咨備，備內欲自規，仍僞報曰：「備與璋託爲宗室，冀憑英靈以匡漢朝。今璋得罪左右，備獨竦懼，非所敢聞，願加寬貸。若不獲請，備當放發歸於山林。」後備西圖璋，留關羽守，權曰：「猾虜乃敢挾詐！」及羽與肅鄰界，數生狐疑，疆場紛錯，肅常以歡好撫之。備既定益州，權求長沙、零、桂，備不承旨，權遣呂蒙率眾進取。備聞，自還公安，遣羽爭三郡。肅住益陽，與羽相拒。肅邀羽相見，各駐兵馬百步上，但請將軍單刀俱會。肅因責數羽曰：「國家區區本以土地借卿家者，卿家軍敗遠來，無以爲資故也。今已得益州，既無奉還之意，但求三郡，又不從命。」語未究竟，坐有一人曰：「夫土地者，惟德所在耳，何常之有？」肅厲聲呵之，辭色甚切。羽操刀起謂曰：「此自國家事，是人何知！」目使之去。備遂割湘水爲界，於是罷軍。

在這段史料記載中，居主動地位的恰恰是魯肅，他語氣逼人、充滿正氣，相反，關羽卻是自覺理短，結果以吳達到要去三郡的目的而告終。關漢卿則對如上史料作了合理的藝術的想像改造，以突出關羽的英雄豪氣，表達他自己的漢家情懷。《單刀會》在戲劇結構上獨出心裁，大量採用側面烘託手法以突出關羽的英雄豪氣，關羽是全劇的主人公，但到第三折才登場露面，前兩場分別通過喬公、司馬徽之口列舉了關羽一系列的英勇事迹，反倒認爲魯肅想從關羽手裏要回荊州是十分可笑的事情，對主人公關羽登場起到極好的烘雲託物的效果。第三折，關羽接到魯肅的請帖，明知是詭計，但仍然慷慨答應，兒子關平勸他不要去，關公卻表現出一身正氣，相信自己必然會勝利歸還：「你道他『兵多將廣，人強馬壯』，大丈夫敢勇當先，一人拼命，萬夫難當。」「他便有快對兵能征將，排戈戟，列旗槍，對鎮，我是三國英雄漢雲長，端的是

豪氣有三千丈。」這一折仍然以襯詫爲主，真正表現英雄形象的是第四折。
關羽率領周倉和少量人馬到江東赴宴，他一登場一曲曲慷慨激昂的唱辭更突
出了他英雄氣概：「大江東去浪千疊，引著這數十人駕著這小舟一葉。又不比
九重龍鳳闕，可正是千丈虎狼穴。大丈夫心別，我覷這單刀會似賽村社。」
面對濤濤江水，他撫今追昔，「破曹的檣櫓一時絕，鏖戰的江水猶然熱」，今
日又來東吳，胸中自有正氣在。本來魯肅提出索要荆州是理所當然的事，他
以爲劉備集團失信應該歸還荆州，但關公以劉備乃漢室正宗本應受「漢家基
業」：

　　〔沉醉東風〕想著俺漢高皇圖王霸業，漢光武秉正除邪，漢獻
　帝將董卓誅，漢皇叔把溫侯滅，俺哥哥合情受漢家基業。則你這東
　吳國的孫權和俺劉家卻是甚枝葉？請你個不克己先生自說！

話說鏗鏘，言詞有理，關公從封建正統的觀點批駁了魯肅不但沒資格要荆州，
而且東吳孫權憑什麼繼承我們漢家的江土，而只有劉備有這個資格。他發現
魯肅酒席間有埋伏，他厲聲叱斥：「若有埋伏，一劍揮之兩斷！」「便有那張
儀口、蒯通舌，休那裏躲閃藏遮。好生的送我到船上者，我和你慢慢的想別。」
魯肅一番絞盡腦汁擺下的鴻門宴，在關羽的凜然正氣面前毫無收穫，最終只
能徒然讓關羽一行安然離去。最後，關漢卿讓關羽高唱出漢家的氣節來：「說
與你兩件事先生記著：百忙裏趁不了老兄心，急且裏倒不了俺漢家節。」顯
然在這凜然不可侵犯的關羽身上充滿了民族的精神和靈魂，關漢卿正是出於
彰揚「漢家」精神的創作意圖賦予了關羽形象高昂的、無比英武的神韻。

　　《西蜀夢》則是寫英雄的悲劇結局。一代英豪關羽戰死荆州，張飛又被
小人所害，他們二人的陰魂不服，雙方來到西蜀託夢給劉備與諸葛亮，請求
出兵給他們報仇。他們的鬼魂來到劉備宮中，訴說冤屈、撫今追昔緬懷結義
之情，請求出兵報仇。全劇洋溢著濃厚的悲憤氣息，尤其是將關、張生時爲
人傑的雄赳赳豪氣與死後鬼魂的昏慘慘冤屈形成對比，突出了英雄對滄海人
世變遷的感慨，如張飛所唱道：「〔滾繡球〕俺哥哥鳳之目，兄弟虎豹頭，中
他人機彀，死的來不如個蝦蟹泥鰍！我也曾鞭及督郵，俺哥哥誅文醜，暗滅
了車冑，虎牢關酣戰溫侯。咱人三寸氣在千般用，一日無常萬事休，壯志難
酬！」「〔俏秀才〕往常真戶尉見咱當胸叉手，今日見紙判官趨前退後，原來
這做鬼的比陽人不自由！立在丹墀內，不由我淚交流，不見一班兒故友。」
活著時是那麼的威武，被小人暗害後又是如此的淒悲，「可以說，『英豪死了』

便是《西蜀夢》的主題；在英豪輕易地死於小人之手的時代，誰來救天下蒼生，則是《西蜀夢》的潛臺詞。」〔註34〕《關雲長千里獨行》則完全描寫的是英雄關羽的另一面，他不但武藝高強，而且很講仁義。為保全劉備三房家小而降曹，曹操封他為「壽亭侯之職」，但他仍然想著他兄弟們。一旦打聽到哥哥的下落，他毫不猶豫，領著劉備的三房老小，前往古城相會。作者借劉備妻之口對關羽的義舉也大加讚揚：「你今日棄印覓親兄，你則待封金謁故交。獨行千里探哥哥，似叔叔的少、少、少。」他來到古城，劉備、張飛反而不認他，還懷疑指責他投降曹操，不管他怎麼解釋，劉備妻子也解釋，可劉備、張飛還是不相信他，但他不責怪兄弟，他殺了前來追他的曹操部將蔡陽，才使得劉備、張飛認了他。劇中的關羽是一位仁義禮忠信俱全的英雄，在他身上所體現出的美德，更多體現出宋元時期平民的道德理想和審美情趣，表現出人民對仁義忠厚之士的呼喚。

元雜劇歷史劇的英雄畫廊裏，唐代開國英雄尉遲恭也是不可缺少的一個。寫他的有影響的現存劇目有：關漢卿的《尉遲恭單鞭奪槊》（簡稱《單鞭奪槊》）、尚仲賢的《尉遲恭三奪槊》（簡稱《三奪槊》）、楊梓的《功臣宴敬德不伏老》（簡稱《不伏老》）和無名氏的《小尉遲將對將認父歸朝》（簡稱《小尉遲》）。尉遲恭新舊《唐書》都有他的傳，《新唐書》卷八十九《尉遲敬德列傳》記述了尉遲恭原本是劉武周部將，後投降給唐，「尚書殷開山曰：『敬德慓敢，今執之，猜貳已結，不即殺，後悔無及也。』王曰：「不然。敬德必叛，寧肯後尋相者耶？釋之，引見臥內，曰：『丈夫以氣相許，小嫌不足置胸中，我終不以讒害良士。』因賜之金，曰：『必欲去，以為汝資。』是日獵榆窠，會世充自將兵數萬來戰，單雄信者，賊驍將也，騎直趨王，敬德躍馬大呼橫刺，雄信墜，乃翼王出，率兵還戰，大敗之，禽其將陳智略，獲排稍兵六千。王顧曰：『比眾人意公必叛，我獨保無它，何相報速耶！』賜金銀一篋。」在歷史史料的基礎上，關漢卿在這一人物身上主要傾注著是忠臣良將的坦蕩胸懷和正直謙恭之品行，熱情地歌頌了這位唐代開國的英雄。尉遲恭原本是劉武周的部將，徐茂公設計殺了劉武周，尉遲恭被圍困在介休城，裏無糧草，外無救兵，徐茂公招降他，他就是不投降，徐茂功拿出劉武周的首級，他知主帥已死才歸降了大唐。尉遲恭投降唐以後，李世民對他很好，可尉遲恭擔心「當日在赤瓜峪與三將軍元吉相持，打了他一鞭，今日尉遲恭降了唐，則

〔註34〕袁行霈主編：《中國文學史》（三），高等教育出版社，1999年版，第261頁。

怕三將軍記那一鞭之仇麼！」李世民讓他放心。尉遲恭大為感動，發誓「捨這一腔熱血，與國家出力，方顯某盡忠之心也。」果然，李元吉要報在赤瓜峪打他的一鞭之仇，利用李世民不在之機，將尉遲恭抓住囚禁起來，誣衊說他有反叛之心。李世民回來後把他放出來，李元吉又說尉遲恭逃跑時被他抓回。為了證明李元吉說的是假活，徐茂公讓他倆比武，結果李元吉三次被尉遲恭奪槊墜馬。正在此時，探馬報導：「有王世充手下前部先鋒單雄信特來索戰」。李世民在探軍情時，被單雄信追入榆窠園，徐茂公前來以他與單雄信的友誼救護李世民，單雄信不聽，就在這危急時刻，尉遲恭趕來，「一鞭打的那廝吐血而走，被我奪了那廝的棗木槊！」探子報告了徐茂公尉遲恭打敗了單雄信，徐茂公擺宴慶功。戲劇塑造的尉遲恭是有血有肉活生生的現實中的英雄，他不像關羽身上帶著幾份「神」氣，他胸懷坦蕩，武藝高強但從不張揚，正直謙恭而不狂妄。戲劇巧妙地通過心胸狹窄、狂妄自大的李元吉與他對比，更反襯出他的英雄本色。《三奪槊》同樣展示的是尉遲恭的超人武藝和正直品行，嘲弄了李元吉的卑下人格，為英雄以伸冤泄憤。劇寫：唐初，太子李建成和齊王李元吉為與秦王李世民爭奪王位，為除掉李世民打算先除掉他身邊的驍將尉遲恭，於是兩人在唐高祖李淵面前誣衊尉遲恭曾為「反臣」，李淵大怒，欲殺尉遲恭。劉文靜力諫，講述尉遲恭降唐後在榆窠園單鞭奪槊，打敗單雄信，救了李世民之事：「陛下則將這美良川裏冤恨想，卻把那榆窠園裏英雄忘。更做道世事雲千變，敬德呵則消得功名紙半張！」「那敬德自歸了唐，到咱行，把六十四處煙塵蕩。殺得敵軍膽喪，馬到處不能當。苦相持一萬陣，惡戰討九千場。全憑著竹節鞭，生並了些草頭王。」李淵於是讓李元吉扮成單雄信與尉遲恭比武。李元吉拜訪養病在家的秦瓊以打探尉遲恭的武藝，秦瓊極力誇讚尉遲恭的勇猛：「那鞭卻似一條玉蟒生鱗角，便是半截烏龍去了牙爪。那鞭著遠望了吸吸地腦門上跳，那鞭休道十分的正著，則若輕輕地抹著，敢教你睡夢裏驚急列地怕到曉。」他勸告李元吉不要和尉遲恭比武，「留得性命，落得軀殼」，可李元吉不聽。尉遲恭於是到李世民面前訴說自己胸中的怨憤：「你今日太平也不用俺舊將軍，把這廝豁惡氣建您娘一頓。」「想我那撞陣沖軍，百戰功名百戰身；枉與你開疆展土，也合半由天子半由臣。俺沙揚上經歲受辛勤，撇妻男數載無音信。劃地信別人閒議論，將俺胡羅惹沒淹潤。」他並發誓明日比武時：「水磨鞭來日再開葷，元吉打死須並無論。」在榆窠園比武中，李元吉使槊，尉遲恭用鞭，他想起李元吉這廝在朝廷弄權「不分良

善」，「不納賢、不可憐」，於是怒從心頭起，「把這廝不打碎天靈吵怎報我冤？怎不交我忿氣衝天！」於是他當場打死了李元吉，並得到了李淵的赦免。這個劇，由於只有唱詞，沒有對白，所以故事情節前後連貫不甚明瞭。但又易於抒發人物的內心情感。尤其是後兩折都是由尉遲恭唱，表現出人物內心對功臣受到無端的猜忌的憤怨，揭露了統治階級的卑鄙與狠毒，也從一個側面說明了仕途的險惡。《不伏老》寫唐太宗擺下功臣宴，按功勞大小排列座次，秦瓊與尉遲恭相互推讓坐第一、誰也不願飲第一杯酒，可無功而傲慢的皇叔李道宗卻全無謙遜，坐了首頭，又喝了頭杯酒。尉遲恭憤起一拳打掉了李道宗兩個門牙，從而被貶到職田莊爲平民。徐茂功和文武百官在長亭給尉遲恭餞行，尉遲恭回到鄉村。此間，高麗國得知秦瓊病倒、尉遲恭被貶，便向唐朝挑戰，太宗命徐茂功宣尉遲恭，尉遲恭聽說高麗國單要自己出陣，便故意裝瘋。徐茂功識破了尉遲恭的裝瘋，用激將法有意說他年老，上陣不能取勝，尉遲恭不伏，唱出了一曲老當益壯、愛國之情不減的歌：「我老只老呵，老了咱些年紀。老只老呵，老不了我腦中的武藝。老只老呵，老不了我龍韜虎略，老只老呵，老不了我妙策神機。老只老呵，老不了我一片忠心貫日。老只老呵，尚兀自萬夫難敵！」表示一定要掛帥出征。他一出戰，活捉了高麗國將官鐵脅金矛，立了大功，受到獎賞。劇本歌頌了尉遲恭疾惡如仇、不畏權貴，敢於打無功自傲的李道宗，但又以國家大事爲重，不計較個人得失，在國家需要他時爲國赴難的可貴品質，表現出一代愛國老英雄的高風亮節。《小尉遲》則寫尉遲恭歸唐時留在北番的一個兒子叫保林，被北番劉季眞收爲兒子，改姓劉，名叫無敵。二十年後，劉無敵奉父劉季眞之命，領兵攻打唐朝，並向尉遲恭挑戰。在劉無敵出征前，他的養父宇文慶偷偷告訴了他的身世，尉遲恭才是他的生身父親，並取出當年尉遲恭留下的鋼鞭爲證。徐茂功和房玄齡商議，讓尉遲恭出戰。尉遲恭不顧年高邁，率領唐軍與北番軍相拒陣前，尉遲寶林與尉遲恭剛交戰，便佯敗逃至無人處，尉遲恭緊追，小尉遲便以竹節鋼鞭爲證物，父子相認，並約定明日拿住劉季眞作爲歸唐禮物。小尉遲捉住劉季眞歸順了唐朝，父子團圓，譜寫了一曲父子兩代效忠大唐的壯美華章。

　　這四種劇，可以說是尉遲恭一生，以及其兒子兩代人的愛國情懷的連續劇，儘管不是出於一個作家之手，但表現的主題是如此的相似，劇目一方面都極力突出尉遲恭有超人的武藝，爲人正直，特別是對大唐立有大功，在榆窠園救駕有功，而且至老愛國情懷不改；而另一方面又處處遭受到皇族中姦

佞之徒的誣衊、陷害、甚至關進大牢、貶謫為民，不管他個人受到多麼大的打擊，但只要大唐需要他，他都不管年老，仍然威懾強賊，以顯其英雄本色。在尉遲恭身上明顯具有元代文人的現實情懷，通過尉遲恭對大唐的忠心，他為唐平割據、滅番邦、敗高麗，表現出元人的對大漢王朝的懷戀之情，對正統漢人來說屬於蠻夷的元蒙的篾視與不滿，但同時通過尉遲恭所遭受的皇室貴族的不公平遭遇，實際上正是元代文人對仕途坎坷、宦海沉浮難以把握的感慨，故尉遲恭總述說「太平年不用俺老將軍」，流露出英雄對滄桑人生的慨歎之情。

此外，如張國賓的《薛仁貴榮歸故里》（簡稱《薛仁貴》）、孔文卿的《地藏王證東窗事犯》（簡稱《東窗事犯》）、朱凱的《昊天塔孟良盜骨》（簡稱《孟良盜骨》），以及無名氏《謝金吾詐拆清風府》（簡稱《謝金吾》）等都是具有強烈現實意識的歷史劇名篇。《薛仁貴》寫農家子弟薛仁貴不習農耕，學成一身好武藝，聞知朝廷募兵征遼，便告別親人，投奔張士貴為義軍，在征討高麗的戰鬥中，憑藉超人的武藝，「三箭定了天山」，殺退遼兵，班師回朝。可張士貴卻冒頂他的功勞，兩人相爭不已。於是軍師徐茂功讓他倆比武射箭，薛仁貴三發三中，擢升為天下兵馬大元帥，又娶徐茂功女兒為妻（元刊本被招為駙馬），衣錦還鄉。薛仁貴，新舊《唐書》均有傳，宋元話本《薛仁貴征遼事略》也記敘他征遼的英雄事迹。但張國賓在史料的基礎上獨闢蹊徑，他重點不是在寫英雄的武功，而是反映深刻的社會問題。全劇薛仁貴是主角，但沒有一折是由他來唱，第一折由徐茂功（元刊本由杜如晦）唱，第二折、第四折由薛仁貴父親唱，第三折由薛仁貴兒時夥伴伴哥唱，由此可見雜劇的中心是對戰爭給農民帶來貧困、痛苦作以深刻反映。如薛仁貴當兵走後親人對他的思念，他母親無奈地呼喚：「薛驢哥兒也，則被你思想殺我也！」他在夢中夢見的也是父親對他的思念：「兒也，自從您投軍出外，我每日家少精也那無神，失魂喪魄。」更感人至深的是他二老生活的艱難，正如伴哥所唱：「則你老爹娘受苦，你身榮貴」，「你娘可也過七旬，你爹整八十，又無個哥哥妹妹和兄弟。你爹也曾苦禁破屋三冬冷，您娘也曾撥盡寒爐一夜灰。餓的他身軀軟，肝腸碎。甚的是肥羊也那白面，只捱的個淡飯黃齏。」「他從黃昏哭到明，早辰間哭到黑，哭你個離鄉背井薛仁貴。」儘管劇目最後讓薛仁貴衣錦還鄉，一妻一妾皆賢，父母受封，皆大歡喜，但仍難掩去淡淡的愁緒。此劇元刊本與明刊本差別較大，元刊本更重對農民生活的反映，曲折地表現出人

們對元朝統治者窮兵黷武給人民帶來的災難的不滿情緒，而明刊本在反映人民疾苦的同時突出了「忠孝不能兩全」與「改換家門」不能兼得的矛盾，正如薛仁貴父親的一段唱詞所揭示的那樣：「兒也，知他那裏日炙風篩，博功名苦盡日來。我也只指望一箭成功把門聲改，光顯俺祖宗先代。我如今無親無眷，無靠無捱。」尤其是第四折，元明刻本差異較大，元刊本並沒有因為薛仁貴錦衣還鄉而沖淡悲傷情緒，而明刊本顯然濃墨渲染薛仁貴的衣錦還鄉，以突出「盡忠」大於「盡孝」的倫理價值觀。《東窗事犯》則是一齣悲憤的抒情悲劇。劇寫愛國將軍岳飛等被姦賊秦檜害死，地藏王化為呆行者在靈隱寺泄露秦檜東窗事犯。秦檜為殺人滅口，派何宗立去捉呆行者，呆行者離去，並留下一首詩，言「家住東南第一山」。何宗立見到地藏王，他讓何宗立看到披枷戴鎖的秦檜的鬼魂，秦檜鬼魂並要他轉告妻子東窗事犯了。岳飛託夢給皇帝，申訴自己的冤屈，請求誅殺秦檜。二十年後何宗立回京，向宋孝宗奏明情況，岳飛已昇天，秦檜已入地獄。此劇表現了人民對忠心愛國的民族英雄的禮贊與懷戀，對姦佞賣國賊秦檜的痛斥與鞭撻。第一折岳飛的一支支唱曲表現出他英雄壯志未酬的悲憤與怒髮衝冠的冤恨，「想挾人捉將，相持廝殺數千場，則落得擬枷帶鎖，枉了俺展土開疆。信著個挾天子令諸侯紫綬臣，待損俺守邊塞破敵軍鐵衣郎。」他「仰面將高天問，英雄氣怨上蒼！」人世公道何在？而陰間卻有正義，地藏王化為呆行者，為英雄申冤，懲罰了人間的姦佞賣國賊，英雄的冤魂升入天國得到了一定的補償。孔文卿正是從當時人們廣泛對英雄的懷戀與讚美、對賣國姦賊憤恨的立場創作了此劇，也是對宋亡的原因的藝術反思。《孟良盜骨》、《謝金吾》都是歌頌赤誠保國英雄「楊家將」的故事。前者寫楊業和楊七郎戰死疆場，他們的骨殖卻被遼人收藏在昊天寺塔內，被常用做箭靶子，因此二人鬼魂託夢給六郎楊景，讓他派人到遼把他們的骨殖盜回。孟良自告奮勇去盜骨，他與楊景到昊天寺，殺死廟中和尚，盜得骨殖，楊景背著骨殖先走，孟良在後面抵擋追兵。楊景在五臺山上遇見楊五郎，五郎殺了追趕六郎的遼將韓延壽，設道場超度楊令公和七郎。此時，孟良和寇準前來接六郎回朝。後者寫北宋樞密使王欽若是番邦蕭太后心腹之人，原名叫「賀驢兒」，為了謀害鎮守三關的楊景，命他女婿謝金吾篡改詔書拆毀了楊家清風無佞樓，並推傷佘太君。楊景聞訊同焦贊私下三關，回家探母，因而中了王欽若姦計，被王欽若的巡軍捉住。焦贊殺了謝金吾全家，又去殺王欽若被抓。王欽若奏准皇帝判斬楊景、焦贊。在綁赴法場之際，

被楊景岳母長皇姑所救，此時，孟良捉住邊關姦細截獲遼邦給王欽若謀反的密信，奏明皇帝，於是姦賊王欽若被殺，忠良楊景、焦贊受封，重建了清風樓。這兩劇謳歌楊家將殺敵衛國、不惜生命的英雄氣概，弘揚了抵禦外族入侵的民族精神，充滿著時代的最強音！

　　歷史未必是英雄獨立創造的，但歷史總會鐫刻上英雄的芳名。英雄的身上總會有人們所敬仰的優秀品質，可以說那是一種民族精神的寄託。元雜劇裏塑造的眾多英雄形象，正是元代人們的精神的寄託，他們在殘暴的種族統治下需要民族的英魂來鼓勵他們奮起，也需要在戲劇英雄的酣暢淋漓的壯烈行動中得到一種精神的補償和慰藉。因而他們讚美英雄、理解英雄，與英雄共鳴！

第四節　文人心靈歷程的藝術展示

　　翻開元雜劇，給人強烈印象的就是裏面充滿了文人的悲憤與辛酸，無論是寫那類題材的作品，文人們自覺不自覺地就把他們胸中的積憤表現了出來，尤其是在寫歷史上的那些不得志文人時，他們尋覓到精神上相通的契合點，正如吳偉業所說「蓋士之不遇者，鬱積其無聊不平之慨於胸中，無所發抒，因借古人之歌呼笑罵，以陶寫我之抑鬱牢騷；而我之性情，爰借古人之性情，而盤旋於紙上，宛轉於當場。亦恒借他人之酒杯，澆自己的塊壘。」（《北詞廣正譜序》）在元代，文人地位低下的原因前文已作充分論述，元代確實是中國讀書人最不幸、所以抱怨情緒也最強的時代，因為儒學傳統思維賦予他們的人格模式和價值體系就是「學而優則仕」，可在元代此路難以走通，於是他們胸中強壓憂憤，發出悲歎：「歎寒儒，謾讀書。讀書須索題橋柱。題柱雖乘駟馬車，乘車誰買長門賦。且看了長安回去。」（〔雙調·撥不斷〕）馬致遠巧用反襯手法，與漢代司馬相如相比，告訴元代書生讀書無用，因為讀了書本應像司馬相如那樣實現理想，乘駟馬大車，獲精神與物質上的雙重滿足。然而，生不逢時，元代偏偏是個「不讀書有權，不識字有錢，不曉事倒有人誇薦」（無名氏〔中呂·朝天子〕）的斯文掃地的社會，於是使元代文人普遍心理上有一種失落感。他們的心理普遍經歷了對仕途的熱望—彷徨—超脫的不同境界，如鍾嗣成的〔雙調·清江引〕概括的：

　　　　秀才飽學一肚皮，要占登科記。假饒七步才，未到三公位，早

尋個穩便處閒坐地。

即使學了一肚皮才能，具有曹植七步詩才，但在尚武輕文的元代他們也無所作爲，「沉抑下僚」，於是他們在寫歷史上的失意文人的遭際時往往產生情感共鳴，得到情感的發洩與心靈的撫慰，故寫下了大量反映文人儒士從對功名地熱望到幻滅，再到自我人格復醒的心靈歷程的歷史劇，其中有代表性的有馬致遠的《半夜雷轟薦福碑》（簡稱《薦福碑》）、《西華山陳摶高臥》（簡稱《陳摶高臥》）、吳昌齡的《花間四友東坡夢》（簡稱《東坡夢》）、費唐臣的《蘇子瞻風雪貶黃州》（簡稱《貶黃州》）、王伯成《李太白貶夜郎》（簡稱《貶夜郎》）、鄭光祖的《醉思鄉王粲登樓》（簡稱《王粲登樓》）、宮大用的《生死交范張雞黍》（簡稱《范張雞黍》）、《嚴子陵垂釣七里灘》（簡稱《七里灘》）、無名氏的《蘇子瞻醉寫赤壁賦》（簡稱《赤壁賦》）、《凍蘇秦衣錦還鄉》（簡稱《凍蘇秦》）、《孟德耀舉案齊眉》（簡稱《舉案齊眉》）等十多種。這些劇目，都深深地打上了元代文人不幸的印記，寄託著他們坎坷不遇的憤激之情，巧妙地使歷史人物命運與現實文人遭遇達到了爲一的境界。

一、讀書人困頓的形象畫卷

從宋及元，地位落差最大的可以說是讀書人。在宋代，讀書人可以通過讀書、科考走上自己「修治齊平」的理想之途，儘管有時難以如願，但只要有耐心，總會遂願。到了元代，這條讀書人已習慣的路卻長時被阻隔。因而，就深深的引起了這些「書會才人」對昔日的懷戀，對那些孜孜以求於科考的讀書人更傾注以同情的酸淚，馬致遠的《薦福碑》是這方面的代表，它集中地反映了文人士子在元蒙異族統治下的悲慘遭遇，寄託了一代文人對希望感到茫然的感傷情懷。馬致遠根據宋人釋惠洪《冷齋夜話》卷二《雷轟薦福碑》改寫而成，主要寫窮秀才張鎬的困頓人生。他拿著范仲淹給他的三封推薦信求人幫忙，以圖擺脫困境，第一封信給黃員外，黃員外第二天就得急病死了；第二封信給黃州團練副使劉仕林，劉也死了。他已無心投第三封信了，路遇一個叫「張浩」的財主，張鎬在他莊上教書，這張浩偏偏又假「張鎬」之名把范仲淹推薦他萬言長策所得的官職竊取了。張鎬生計無著落，寄身薦福寺，長老讓他拓廟中顏眞卿書「薦福碑」賣錢，以解決他赴考的盤纏，可碑又偏遭雷神擊碎。張鎬走投無路，就在他準備自殺之時，遇到了范仲淹，范仲淹帶他進京，張鎬終於考中狀元。此劇與其說是歷史劇，毋寧說是元代文人生

活貧困和追求功名的悲慘遭遇的真實展示。作品中充滿了文人追求功名時的辛酸淚，張鎬感慨：「我本是那一介寒儒，半生埋沒紅塵路，則我這七尺身軀，可怎生無一個安身處！」生活的極度貧窮，他「穿著些百衲衣服，半露皮膚」，使他心生怨憤，大聲吶喊：「天公與小子何辜？問黃金誰買《長門賦》？好不值錢也『者也之乎』！」於是他對讀書人傳統的思維模式產生了懷疑：「想前賢語總是虛：可不道書中車馬多如簇，可不道書中自有千鍾粟，可不道書中自有顏如玉，則見他白衣便得一個狀元郎，那裏是綠袍兒賺了書生處？」他認為「我去這『六經』中枉下死工夫：凍殺我也，《論語》篇、《孟子》解、《毛詩》注；餓殺我也，《尚書》云、《周易》傳、《春秋》疏。」因為在「如今這越聰明越受聰明苦，越癡呆越享了癡呆福，越糊突越有了糊突富」的不正常社會裏，「則這失志鴻鵠，久困鼇魚，倒不如那等落落之徒」。馬致遠借張鎬之口，將元代文人胸中積壓的懷才不遇的憤怨之情淋漓盡致地傾吐出來，確是千古奇文，如孟稱舜《酹江集》眉批云：「半真半謔，行文絕無黏帶，一種悲昂情懷，如寒蛩夜唧，使聽者淒然，自是絕高手筆。」《凍蘇秦》也是一出飽含文人為求功名充滿困頓酸淚的戲劇。蘇秦為求取功名，「俺把那指尖兒掐定，整整的二十年窗下學窮經。苦了我也、青燈黃卷，誤了我也，白馬紅纓。本待做大鵬鳥高搏九萬里，卻被這惡西風先摧折了六稍翎。端的是雲霄有路難僥倖，把我在紅塵中埋沒，幾能勾青史上標名？」為了功名，他不但要忍受生活痛苦，「可正是酒冷燈昏夢不成，則我那通也波廳，通廳土炕冷。兀的不著我翻來覆去直到明。且休說冰斷我肚腸，爭些兒凍出我眼睛。」還要遭受別人，乃至親人、朋友的譏諷、白眼。作者就借蘇秦之口說出了當時社會人們對文人的簽視：「如今街市上有等小民，他道俺秀才每窮酸餓醋，幾時能勾發跡。」連街市小民對文人都是如此看法，足見其地位的低下：「那一個不把我欺，不把我淩？這都是冷暖世人情。」王長者給他資助的銀兩，因他途中生病花盡，無功返回家鄉，「風又大，雪又緊，身上無衣，肚裏無食」，可回到家，父母還都不理他，妻不上機，嫂不為飲，還譏誚搶白他：「你當初去時，則要做官，到今日官在哪裏？」氣得蘇秦連連感歎：「可兀的乾受了你這一肚皮醃臢氣。」為了功名，他到秦國投奔哥哥張儀，張儀為了激勵他，故意冷淡他，「冷酒、冷粉、冷湯，著咱如何近傍？百般妝模作樣，訕笑寒酸魍魎」，將他羞辱一番逐出，讓蘇秦感到徹骨透心之寒，徹底體味到人情的冷暖。《漁樵記》裏的朱買臣也是如此，他「幼年頗習儒業」，四十九歲了功名仍未

遂，他也滿腔憤怨：「十載攻書，半生埋沒。學干祿，誤殺我者也之乎，打熬成這一付窮皮骨。」「老來不遇，枉了也文章滿腹，待何如？俺這等謙謙君子，須不比泛泛庸徒。」現實的困頓，使文人人生價值觀也發生變化，對傳統人生道路產生懷疑，朱買臣和張鎬一樣，認為讀書究竟有何用？「人都道書中自有千鍾粟，怎生來偏著我風雪混樵漁？」他空學成七步才，靠買柴為生，「他肩將那柴擔擔，口不住把書賦溫，每日家穿林過澗誰瞅問？他和那青松翠柏為交友，野草閒花作近鄰，但行處有八個字相隨趁，是那斧鐮繩擔，琴劍書文。」這八個字放在一塊，是多麼大的諷刺，但真切反映了元代文人的物質地位。他養活不了妻子，妻子要求「與我一紙休書，我揀那高門樓大糞堆，別嫁人去也。」後來他一舉中第，被授會稽郡太守，始困終亨，只不過是元代文人的白日夢罷了，正如清人梁廷枏在《曲話》卷二中說：「《漁樵記》劇劉二公之於朱買臣，《王粲登樓》劇蔡邕之於王粲，《舉案齊眉》劇孟從叔之於梁鴻，《凍蘇秦》劇張儀之於蘇秦，皆先故待以不情，而暗中假手他人以資助之，使其銳意進取；及至貴顯，不肯相認，然後旁觀者為說明就裏，不特劇中賓白同一板印，即曲文命意遣詞，亦幾如合掌。」〔註35〕其實，這種不同劇的同一情節模式安排，決不是偶合現象，它正是元代特殊的吏治文化的產物。元代前期廢除科舉制，廣大文人大多走為吏之路，往往把功名實現的希望寄託在賞識他的親朋好友的幫助提攜上，以謀求實現他們的功名理想，因此，這些雜劇雷同的情節正是元代文人悲苦求仕路的真實寫照。

二、沉浮宦海人生的理性思考

　　吳宓曾告誡他的學生說：「宦海浮沉終非學人所宜。」〔註36〕因為讀書人大多不會權變狡詐，不會應付，聖賢的孤傲耿直的人格的鑄造又往往使他們在需要沒有自我主見、一味附聲迎合的官場文化中保持自己的個性，於是往往遭遇不幸。元雜劇的文人歷史劇中就有好幾種反映出仕進文人的不幸，使他們對封建官場有了清醒的認識，從而產生了背離的情緒。

　　如果說《薦福碑》、《凍蘇秦》等劇重點反映元代讀書人求取功名的艱辛，那麼《貶夜郎》、《貶黃州》等劇則是反映了他們走上仕途後在官場遭受的打擊，揭露了封建官場的腐敗黑暗，從而又對追求功名思想予以否定；如果說

〔註35〕《中國古典戲曲論著集成》（八），第262頁。
〔註36〕蔡恒、高益榮：《會通中西》，中原農民出版社2001年版，第227頁。

《薦福碑》等類劇側重情感的傾泄，那麼《貶夜郎》等劇則是理性的反思。《貶夜郎》通過才華橫溢、個性奇倔的大詩人李白的仕宦行跡否定了文人士子的為官求宦的人生追求，歌頌了文人士子的奇倔獨立的人格風範。李白鄙視功名利祿，傲視王公卿相，敢於讓「娘娘捧硯將人央」，高力士侍候他脫靴，他表面大醉，實際上具有敏銳的政治嗅覺，他一眼就看破京城「鳳凰歌舞地」，不過是「龍虎戰爭場」，「咫尺舞破中原，禍起蕭牆」，他預感到唐王朝繁華的背後隱藏著危機。高力士宣他進宮，他告訴高力士「你朝冶裏不如我這裏」：「禁庭中受用處，止不過皓齒歌，細腰舞，鬧炒炒勿知其數，這其間眾公卿似有如無。奏梨園樂章曲，按廣寒羽衣譜，一聲聲不叶音律，倒不如小槽邊酒滴眞珠。你那裏四時開宴充肥鹿，我這裏萬里搖船捉醉魚，胸卷江湖。」他進宮後，玄宗責怪他無禮，他傲然回答是因為「玉驄錯認西湖路」，是陛下馬的不是。出宮時，他看到了安祿山和楊貴妃，便預感安祿安必然造反，「忽地興兵起士卒，大勢長驅入帝都，一戰功成四海枯。」儘管他有如此的治國之才，可因為「大唐家朝冶裏龍蛇不辨，禁幃中共豬狗同眠」，「宮中子母，村裏夫妻，覷得俺唐明皇顛倒如兒戲。」朝廷的醜惡、黑暗使他對此完全失望，於是他「自休官，從遭貶，早遞流了水地三千。待教殘蓑笠綸竿守自然，我比姜太公多來近遠。」他又歸回自然，過起了自由無拘、保持個性的生活。

　　幾個以蘇軾為主角的雜劇，通過蘇軾對生命及人生、官場的得意與失意的苦澀體驗，從而展示了文人士子對入仕、出仕的理性反思，蘇軾蹭蹬於仕途的遭遇正體現出元代文人對入仕的種種思考。以蘇軾貶黃州為題材的雜劇有六種，就現存的三種來看，很顯然，作者都不是在完全拘泥於歷史事件的前提下再現這一歷史史實，而是借歷史之軀載現實之魂，作者各自從自己對歷史、現實的理解抒發著自己的人生觀、政治觀。《貶黃州》是這三種劇中具有凝重歷史厚度的作品。蘇軾因為與王安石政見不合，王安石便「欲報復」，就「著御史李定等劾他賦詩訕謗，必致主上震怒，置之死地。」於是皇上大怒，多虧張丞相「再三申救」，蘇軾免遭死罪，被謫貶為黃州團練副使。蘇軾滿腔怨屈：「臣上萬言書諫諍，今日反受謫貶，兀的不屈死忠臣義士呵！」謫貶黃州的途中，遭遇一場寒雪，大自然的冰冷與詩人內心的淒涼相融，他想到歷史上與自己有相同命運的書生：「我怕不文章似韓退之，史筆如司馬遷，英俊如仲宣、子建，豪邁如居易、宗元，風騷如杜少陵，疏狂如李謫仙……困煞英賢！」「這其間騷客遷，朝士貶。五雲鄉杳然不見，止不過隔蓬萊弱水

三千。不能戮風吹章表隨龍去，可做了雪擁藍關馬不前，哽咽無言。」他同韓愈一樣「欲爲聖明除弊事」，卻「脫離了長安市廛，須捱到黃州地面，更狠似夕貶潮陽路八千。」宦海沉浮，人情冷暖，使他內心萌發了保持自我清閒、對仕進功名冷淡的念頭：「我情願閒居村落攻經典，誰想悶向秦樓列管絃。枕碧水千尋，對青山一帶，趁白雲萬頃，蓋茅屋三間。草舍蓬窗，苴蓿盤中，老瓦盆邊，樂於貧賤，燈火對床眠。」儘管他最終被皇帝招回朝廷，但人生的變故卻早已冷卻了他的一顆功名之心。他深有體會地感慨：「我想升沉榮辱，好無定呵。」「造化通神，鏡裏功名夢裏身。無常忽近，一分流水二分塵。名流蝸角幾時分，塵隨馬足何年盡？」「那裏顯騷客騷人俊，到不如農夫婦蠢。繞流水孤村，聽罷漁樵論，閉草戶柴門，做一個清閒自在人。」這裏顯然表現的是對仕途險惡的理性思考，與其將自己的性命繫於他人、被功名牽著走，還不如辭官歸隱、過著白雲野鶴的自在生活更愜意，這正表現出元代讀書人注重自我的意識在覺醒。《赤壁賦》沒有《貶黃州》有深度，它把蘇軾被貶的原因歸結爲文人之間的個人恩怨。由於蘇軾在王安石的家宴上，醉寫豔詞《滿庭芳》，王安石認爲它語義輕佻，「戲卻大臣之妻」因而遭貶黃州，路逢大雪，「冷凍皮膚，寒侵肌肉。雪擁難行馬，風緊懶抬頭。我這裏戰兢兢把不住渾身冷，也是我官差不自由。」於是也產生了對仕途厭倦之情：「我從今後無榮無辱無官守，得淨得閒得自由。」他同黃魯直、佛印夜遊赤壁，並寫下千古名篇《赤壁賦》。在與大自然的擁抱中他對人世的功名參破了，「隱遁養姓名，不戀恁世情。無利無名，耳根清淨。一心定，不受恁是非優寵辱驚。」與《貶黃州》相比，此劇的重點從對官場的險惡、世態的炎涼的揭露轉向文人對自己輕佻性格缺陷的反省。因而，當蘇軾最後被皇帝招回朝廷、官復舊職時，他發出的是從貶官中得到了反省自身的呼喚之語：「勸君莫惜花前醉，我不合開懷飲醲醅，霎時間不記東西。惹起詞中意，也是我酒後非，這的是負罪合宜。」《東坡夢》則從另一側面反映了文人士子對仕宦功名的否定而歸心於佛的心理歷程。蘇軾被貶黃州，途經廬山東林寺，特攜妓女「白牡丹」拜訪同窗故友僧人佛印，想勸他還俗，佛印不肯。蘇軾又讓「白牡丹」千方百計誘惑佛印破戒，佛印始終不爲所動。相反，蘇軾在夢中卻被佛印差遣的「桃柳竹梅」花間四友所誘惑，多虧廬山松神怕蘇軾犯錯誤到蘇軾夢中把桃柳竹梅趕走。蘇軾夢醒，與眾人向佛印問禪，佛印一一解答，「白牡丹」被點省悟，削髮爲尼，蘇軾也大受教育。正如李春祥先生所說：「作品保留了宋元以來『說

參請』習俗，充滿了人生哲學精神」。〔註37〕此劇實際上是作者吳昌齡對自己仕途遭遇的藝術反思。據孫楷第先生《元曲家考略》得知，吳昌齡出任過婺源知州等小官，因此可知，此劇必然有作者的仕途真切感受。劇中的佛印與蘇軾，就像蘇軾《前赤壁賦》中的蘇子與客，其實是作者內心的兩種對立的思想。蘇軾要勸佛印還俗大談為官的好處：「俺這為官的，吃堂食，飲御酒；你那出家的，只在深山古刹，食酸餡，捱淡齏，有什麼好處？」而佛印回答說：「雖然是食酸餡，捱淡齏，淡只淡淡中有味。想足下縱有才思十分，到今日送的你前程萬里。」「你受了青燈十年苦，可憐送得你黃州三不歸。」在佛印的一番說禪中，蘇軾終於歎服：「果然是真僧，問他不倒。蘇軾從今懺悔，情願拜為佛家弟子。」作者於是借佛印之口點題：「從今後識破了人相、我相、眾生相，生況、死況、別離況，永謝繁華，甘守淒涼。唱道是即色即空，無遮無障。笑殺東坡也懺悔春心蕩，枉自有蓋世文章，還向我佛印禪師聽一會講。」這正反映出元代如吳昌齡們的小吏在宦海浮沉中所產生的真實念頭，欲進不能，最終歸於佛道，求得心靈的須臾超脫，表現出他們正從孜孜以求仕宦的美夢中醒悟！

三、文人內在獨立人格的讚歌

李澤厚先生說：「由於對人生採取超脫的審美態度，由於對惡劣環境和政治採取不合作的傲世態度，由於重視直觀、感受、親身體悟，等等，它們又常常使藝術大放光彩，使藝術家創作出許多或奇拙或優美或氣勢磅礴或意韻深永而名垂千古的作品來。」〔註38〕在元雜劇歷史文人劇中，宮天挺的《范張雞黍》、《七里灘》就是這樣的作品。宮天挺是元雜劇後期的主要作家，鍾嗣成把他列在《錄鬼簿》「方今才人相知者」之首，介紹說：「宮大用，名天挺，大名開州人，歷學官，除釣臺書院山長。為權豪所中，事獲辯明，亦不見用，卒於常州。先君與之莫逆，故余常得侍坐，見其吟詠。文章筆力，人莫能敵。樂章歌曲，特餘事耳。」傳後的弔曲讚揚他：「豁然胸次掃塵埃，久矣聲名播省臺。先生志在乾坤外，敢嫌他，天地窄。辭章壓倒元、白。憑心地，據手策，是無比英才。」可見，宮大用是一位很有才氣，但久困下吏的不得志文人。他大約生活在 1260～1329 年之間，而元代恢復科舉制是延祐元

〔註37〕李春祥：《元雜劇史稿》，河南大學出版社，1989 年版，第 234 頁。
〔註38〕李澤厚：《中國古代思想史論》，第 217 頁。

年（1314），本來憑著他的蓋世英才完全可以實現他的政治理想，但他也已五六十歲的人了，加之元代恢復了的科舉制只不過是裝飾品，收錄名額很少，又給漢族文人種種的限制，更令人憤慨的是科選中權錢交易、賣官鬻爵等醜惡現象層出不窮，從而使具有真才實學、品行正直的文人往往難以步入仕途，品行惡劣但有錢財者「跛驢鳴春風」。作為「書院山長」的宮大用對奔波於科考場中的形形色色的文人是很瞭解的，從而使他對這條羈絆、腐蝕文人的鏈條認識更深刻，於是揭露、鞭撻其醜惡的東西，讚揚其優秀的東西，讓文士們從外在的迷失了自我的痛苦仕進中求得內在自我獨立人格之覺醒。

《范張雞黍》根據《後漢書‧獨行列傳‧范式傳》改寫的，但他在重鑄歷史上「名節」之士范式、張劭「獨行」的品行時，給他們身上注入了強烈的時代精神，即對「選舉之弊」的批判是融入了他自身遭際的不平和對現實政治的強烈不滿，正如吳梅先生在《瞿安讀曲記》中說：「（此劇）詞中痛論選舉之弊，與漢制無涉，當是影射時政。……大用生卒年雖不可考，大抵在中葉以後，則其時初復科舉，僚進必多，宜其言之憤激也。」正是出於這一創作意圖，作者對歷史素材進行了有意的加工，既保留了范式張劭守信重義、生死不渝的高尚品節的原故事精神，又增加了見利忘義的小人王韜，從而完成了對在醜惡現實中保持自我高尚品行、不與諂佞之徒為伍者的歌頌，以及對見利忘義、奴顏媚骨者鞭撻的主題。

范式、張劭二人情意深厚，「結為死生之交」，同遊帝學，「蓋因志大，恥為州縣，又見諂佞盈朝，辭歸閭里」。他二人約好，兩年後的今月今日，范式不遠千里專程到汝陽拜訪張劭老母，張劭答應到時他殺雞炊黍以招待范式。兩年以後，范式如期赴約，途中遇到他的同學王韜，此人將同學孔嵩的萬言書假稱己作，又通過做學士判院的岳父送交貢院而得杭州僉判的官職。於是二人同行，范式知道王韜不學無術、品行不端，但卻輕易得官，可見官場是多麼的腐敗。宮大用給范式安排了一段段飽含憤激之情的唱段，揭露官場的黑暗，科考的腐敗：

〔天下樂〕你道是文章好立身，我道今人都為名利引，怪不著赤緊的翰林院那夥老子每錢上緊。（王仲略云：）怎見得他錢上緊？（正末云：）有錢的無才學，有才學的卻無錢。有錢的將著金帛干謁那官人每，暗暗的衙門中分付了。到舉場中各自去省試殿試，豈論那文才高低？（唱）他歪吟的幾句詩，胡謅下一道文，都是些要

人錢謟佞臣。

〔那吒令〕國子監裏助教的尚書，是他故人；秘書監裏著作的
參政是他丈人；翰林院應舉的，是左丞相的舍人。

〔麼篇〕口邊廝奶也猶未落，頂門上胎髮也尚自存。生下來便
落在那爺羹娘飯長生運，正行著兄弟後財帛運，又交著夫榮妻貴催
官運。

官場是如此的黑暗，舉選是那樣的不堪賢愚，其結果是「滿目姦邪，天喪斯
文也！今月個秀才每遭蓬著末劫。有那等刀筆吏入省登臺，屠沽子封侯建節。」
從而使范式這樣的真儒冷卻了一顆功名仕途心，不願與官場醜惡東西同流合
污，於是內心的保持自我人格之高潔的獨立意識在覺醒。范式就說：「爭奈這
豺狼當道，不若隱居山林為得，吾聞仲尼有言：『邦有道則仕，邦無道則卷而
懷之』。」「男子漢非不以功名為念，那堪豺狼當道，不如只在家中侍奉尊堂。」
因而他更看重朋友間的信，當第五倫「奉聖人的命，特來敦請」時，他卻回
答道：「本待要求善價而沽諸，爭奈這行貨兒背時也。」聽著第五倫的話便睡
著了，在夢中張劭便託他給自己主喪下葬。夢醒，他便去給張劭奔喪，果然，
他未到張劭的靈車就不動。他親自挽拉靈車，埋葬了張劭，尤其是他給張劭
做的祭文：「維公三十成名，四十不進，獨善其身，專遵母訓，至孝至仁，無
私無遜，功名未立，壯年壽盡。吁嗟元伯，魂歸九泉。」飽含熱淚，情感複
雜，既有對朋友高潔品節的讚頌，也有對其懷才不遇的同情，亦不乏對造成
朋友悲劇的社會的控訴。這正如李鳴先生所說：「張劭之死在劇中即象徵了道
德風節在現實中的摧殘，也象徵了文士的時代厄運。」「有了象徵的功能，范
式的哭弔也因而泛化，成為一曲受戕害的知識分子的輓歌。這曲輓歌中沉痛
的哭訴，實際上成為對造成元代知識分子悲劇性命運的時代的控訴，成為對
道德風節這知識分子的價值原則遭到摧折的悲憤。」〔註39〕正由於《范張雞
黍》重在歌頌文人士子重義守信的名節，表現出文人士子在黑暗腐敗的社會
中追求完美獨行的人格，所以在眾多歷史文人劇中它具有非常的意義。如果
將它與《薦福碑》、《王粲登樓》、《赤壁賦》等劇作以比較，就可以清楚地看
出元代雜劇作者人生追求的心理發展軌跡。《薦福碑》所展示的是元代前期文
人的悲慘遭遇，但主要是仕途困頓而帶來的生計艱難，文人連基本生存的保

〔註39〕《〈范張雞黍〉析論》，載《元代文化研究》，北京師範大學出版社 2001 年版，
　　　　第 592～593 頁。

障都沒有，故滿含元代前期文人士子由生計問題帶來的對待功名追求的不顧自我名節尊嚴而孜孜以求的辛酸。《王粲登樓》中的王粲比張鎬自我個性獨立意識要強多了，他對自己充滿自信：「我則待大走上韓元帥將壇，我負貧呵樂有餘，便賤呵非無憚，可難道脫不的二字『飢寒』？」他為人高傲，岳父蔡邕故意怠慢羞辱他，使他一氣之下離開京城投奔了劉表，又因傲慢不被任用，病困交加，感傷萬分，登樓作賦，以抒其懷。他在遭到荊王劉表侮辱後滯留荊州時反醒自己：「想當初只守著舊柴扉，不圖甚的，倒得便宜。」他已表現出求得自我人格尊嚴的端倪，閃現出願意遠離塵世、過起田園隱居生活的念頭。但王粲的懷才不遇、窮愁潦倒的人生遭際和孤傲倔強的個性體現出的是元代文人對自身處境的不滿。《范張雞黍》則把關注的重點落在文人士子的精神面貌的描寫，從歌頌他們高尚的品節的層面以鞭撻封建官場、科選的醜惡行徑，天下無道則隱，與統治階級持不合作的態度，表現出了文人的自我人格的覺醒。到了《七里灘》，嚴光不願做官，堅決回到七里灘垂釣，他把「富貴榮華」視為「草芥塵埃」，以及《陳摶高臥》中的陳摶寧肯高臥華嶽也不願留在京都為官，都表現出元代文人超越功名倫常的人格獨立意識。

總之，元雜劇的歷史劇表現出了那些在元蒙統治時期由原先受人尊敬居於中心位置階層而淪落為邊緣、乃至下層的失意文人的內心複雜的情愫，儘管其取材於歷史，演義古人古事，但無不具有強烈的現實精神，既有對歷史更迭的興亡慨歎，又有對現實鬥爭的折射，還有對文人仕也苦、隱也苦的兩難心態的反映，不管寫何內容的歷史劇，在其中都有劇作者的影子，都具有強烈的現實精神！

第五節　元雜劇歷史劇繁盛的原因讞論

元雜劇裏歷史劇占的比重特別大，可謂一派繁盛景象。《丹丘先生論曲》云：「構肆中戲房出入之所，謂之鬼門道，言其所扮者皆已往昔人，出入於此，故云鬼門，愚俗無知，以置鼓於門，改為鼓門道。後又訛而為古，皆非也。蘇東坡詩有云：『搬演古人事，出入鬼門道。』」可見，元雜劇就是以扮演古人古事為主，那麼，為什麼元雜劇對扮演古人古事是那麼的鍾愛呢？究其原因，正如馬克思主義認識論所認為的那樣是社會存在決定了社會意識。歷史劇的繁盛，除了和元雜劇的繁盛有共性的社會政治、經濟等因素外，還主要

來源於作家對現實的觀照、史官文化的鑄造，以及審美趣味的偏好等內外在因素的相互影響。

一、史官文化的鑄造

我國是一個「史」的概念很早的古老國度，號稱有五千年的文明史，人們早早就重視對歷史的記載，史官設制也很早，范文瀾先生在《中國通史簡編》中就說：「黃炎族掌文化的人叫做史，苗黎族掌文化的人叫做巫。黃炎族與一部分苗黎族混合成華族，巫史兩種文化並存，互相影響也互相鬥爭」，「史重人事，長於徵實；巫事鬼神，富於想像。……《楚辭》是巫官文化的最高表現。其特點在於想像力非常豐富，爲史官文化的《詩》三百篇所不能及。戰國時期北方史官文化、南方巫官文化都達到成熟期。」顧準先生解釋說：「所謂史官文化，以政治權威爲無上權威，使文化從屬於政治權威，絕對不得涉及超過政治權威的宇宙與其它問題的這種文化之謂也。」〔註 40〕史官的責任是「左史記事，右史記言」，「太史、內史、掌記言行」「史謂國史，書錄王事者」。許愼《說文解字》說：「史，記事者也。從又持中。中，正也。」意思是說「史」字就是象徵手持中正以寫事的人。因此，古代史官是帝王身邊的侍從，所記之言、事都與政治權威相關，而統治者爲了維護其權威性也有意識用其思想來教化民眾；另外，中華民族又是一個崇拜祖先意識非常濃厚的民族，對先人的經驗極爲重視。因而「中國於各種學問中，惟史學爲最發達」。〔註 41〕「史官因掌管天文術數而成爲中國文化學術之宗；在春秋末年王道衰微之際，孔子從史學角度作《春秋》明王道，從而使王道成爲中華民族的文化哲學；戰國史官參與了戰國士文化的創造，形成了一種新的士林價值觀。中國史官文化以其獨特的創造而在中華民族文化中佔有極其重要的地位。」〔註42〕由於深受史官文化的影響，形成了中國人注重歷史的思維模式，人們在思考問題往往回溯往事，樂於接受傳統的東西，習慣從故有史實中選取能指導現實的素材，不僅文人士子如此，而且對一般平民同樣形成一種集體的無意識。以史爲鑒、借古論今已成爲中國古代文人學術研究和文藝創作的自覺行爲，這就是中國詩歌中「詠史懷古」之作爲什麼如此之多的文化因素。文人

〔註40〕　《希臘、基督教和中國的史官文化》，載《顧準文集》，貴州人民出版社，1994年版，第 244 頁。
〔註41〕　梁啓超：《桃花扇注》，《飲冰室合集》，中華書局，1989 年版，第 10 頁。
〔註42〕　陳桐生：《中國史官文化與史記》，汕頭大學出版社，1993 年版，第 2 頁。

們的史官文化意識使他們喜好選擇歷史素材，而民眾的史官文化的集體無意識也使他們樂於、幷易於接受歷史題材的作品。孔尚任寫《桃花扇》的目的就是「借離合之情，寫興亡之感」，「場上歌舞，局外指點，知三百年之基業，隳於何人？敗於何事？消於何年？歇於何地？不獨令觀者感慨涕零，亦可懲創人心，爲末世之一救矣。」元雜劇歷史劇的創作多也是如此，作者的史官文化意識使他們更偏愛歷史的題材，寫出大量的歷史劇。

二、以「曲筆」反映現實的需要

馬克思說：「一切已死的先輩們的傳統，像夢魘一樣糾纏著活人的頭腦。當人們好像只是在忙於改造自己和周圍的事物並創造前所未聞的事物時，恰好在這種革命危機時代，他們戰戰兢兢地請出亡靈來給他們以幫助，借用它們的名字、戰鬥口號和衣服，以便穿著這種久受崇敬的服裝，用這種借來的語言，演出世界歷史的新場面。」「由此可見，在這些革命中，使死人復生是爲了讚美新的鬥爭，而不是爲了勉強模仿舊的鬥爭；是爲了提高想像中的某一任務的意義，而不是爲了迴避在現實中解決這個任務；是爲了再度找到革命的精神，而不是爲了讓革命的幽靈重行遊蕩起來。」〔註43〕借用馬克思談論法國革命的這段名言說明我國古代作家常用歷史題材以反映現實精神的情況是非常的貼切。歷史劇的作家往往都有非常強烈的對現實生活的觀照意識，如前文分析的那樣，不管是關漢卿、高文秀，還是白樸、馬致遠，以及鄭光祖、楊梓等的歷史劇中都具有強烈的反映現實的意識，儘管元代文網沒有明清那樣嚴密，但也有控制，如《元史·刑法志》載有：「諸亂製詞曲爲譏議者，流」，「諸妄撰詞曲誣人以犯上惡言者，處死」等戒律，也使劇作家們對反映一些現實敏感的問題採用歷史上與之所欲表達的情懷有類似點的題材，曲折地反映現實，表達心聲，如明代戲劇理論家王驥德所說：「古人往矣，吾取古事，麗今聲，華袞其賢者，粉墨其慝者，奏之場上，令觀者藉爲勸懲，興起，甚或扼腕裂眥，涕泗交下而不能已，此方爲有關世教文字。若徒取漫言，既已造化在手，而又未必其新奇可喜，亦何貴漫言爲耶？此非腐談，要是確論。」〔註44〕同樣，在西方的戲劇理論中也有相類似的觀點，德國劇論

〔註43〕 馬克思：《路易·波拿巴的霧月十八日》，《馬克思恩格思選集》（第一卷），人民出版社，1972年版，第603頁，第605。

〔註44〕 《曲律雜論第三十九》，《中國古典戲曲論著集成（四）》，第160頁。

家恩斯特・舒瑪赫在評論布萊希特的《伽利略傳》時說：「布萊希特運用歷史題材來表現當前的歷史，這在當時（在三十年代也是如此）並不是孤立的，尤其是在德國流亡文學當中。流亡作家利用歷史這個媒介，表現了他們的切身體驗，表現了人類和歐洲在這個發展時期的經歷。阿爾費雷特・德布林當時在巴黎寫了一篇題爲《歷史小說和我們》的文章，爲這種利用歷史題材進行創作做了辯護。他指出，任何時代的流亡，都面臨著被迫創作歷史小說的情況，因爲作家在肉體上脫離了在他們所生活的社會中發揮作用的場所，又不能進入一個新的發揮作用的場所。利用歷史進行創作的意思並不是逃避和厭棄，而是進攻，是面對當前的歷史，面對『應該如何』的歷史。」〔註45〕歷史劇作家選用歷史題材確實並不是「逃避」、「厭棄」現實、而是爲了更具有深厚的歷史凝重感而感動同代的人們，他們的目的是把現實放在歷史中展現，尋求古今相通的精神，而發展歷史上偉大的英雄精神，更好地激勵現在人們的民族奮起精神。關漢卿的《單刀會》中關羽的豪邁氣勢，紀君祥《趙氏孤兒》中程嬰、公孫杵臼等展示爲正義獻身之精神，馬致遠《漢宮秋》中王昭君的愛國情懷……無不展現出元代漢民族在異族統治下的民族不屈之志，歷史劇作家巧妙地完成了歷史與現實的組接，表面的歷史化，內在的現實性，正所謂「借古人之酒杯，澆自己之塊壘」。

三、豐富的史料是劇作家創作歷史劇豐富的題材庫

如前所說，我國歷史悠久，又非常注重歷史的記載，所以留下了相當豐富的歷史材料，從先秦的《尚書》、《春秋》、《左傳》、《國語》、《戰國策》，到漢代的《史記》、《漢書》直至元代的各代史書，豐富的歷史典籍中充滿著可化爲歷史劇的生動的故事，爲劇作家提供了豐富的歷史劇素材。由於元雜劇作家群主要是仕途坎坷而墜入書會中的才人，他們從小受到傳統的教育，具有豐富的歷史知識，因而在創作歷史劇時他們可以遊刃有餘地從浩如煙海的歷史材料的海洋中選取能表現他思想情感的材料。如元雜劇的歷史劇選材非常廣泛，從先秦到宋代都有，表現出劇作傢具有廣博的歷史知識的儲備。另外，在劇本的曲詞中，也往往流露出劇作家有時有意賣弄其歷史知識，一段唱詞大用典故，如鄭光祖的《王粲登樓》中王粲出口便是連用典故：「〔鵲踏

〔註45〕 恩斯特・舒瑪赫：《布萊希特的〈伽利略傳〉是怎樣通過歷史化達到陌生化的》，《布萊希特研究》，中國社會科學出版社，1984年版，第183頁。

枝〕赤緊的世途難，主人慳，那裏也握髮周公，下榻陳蕃？這世裏凍餓閒谷的范丹，哎，天呵，兀的不憂愁殺高臥袁安！」每一句一個歷史故事，貼切地表現出主人公懷才不遇的憤懣情感，也表現出作家駕馭歷史材料嫻熟的能力。

特別是我國史傳文學中豐富生動的戲劇性情節、富有個性化特徵的人物語言、虛實結合的創作手法，無不對戲劇作家產生影響。戲劇是高度濃縮的生活，更講求矛盾衝突的激烈性，又要受時空的局限。因此，對反映的生活更要集中、突出、典型。可以說豐富的歷史史料是歷史劇形成的礦藏，歷史劇作家從中提煉他所需的精華，正如姚華在《曲海一勺‧駢史》中所說：「考雜劇、傳奇所標題目，或命曰『記』，或命曰『傳』，其次曰『譜』，其次曰『圖』，史職自居，何關附會。雖徵之古人，或張冠而李戴；而按之世態，則形贈而影答。跡若誣於稗官，實則信於正史。」

四、觀眾的審美心理需求更認可歷史劇

戲劇屬於訴諸人視覺形象的藝術，它主要是通過舞臺表演來完成故事的敘述、人物的刻畫，觀眾也是通過觀看演員表演而獲得知識，得到審美心理的滿足。因此，創作劇本必然要考慮到觀眾的欣賞習慣和審美情趣。

郭沫若先生曾經說：「賦、比、興是歷史劇的主要的動機，另外還有一個原因是迎合觀眾。在內地的鄉鎮上，假如演一個現代戲，那就很少觀眾，他們都不願看那隨地皆是的現實。這也是幾千年來的習慣，偏僻地方的人民大多數喜歡看歷史劇。戲劇的演出自然不能沒有觀眾，為了迎合觀眾，就不能不寫歷史劇。」〔註 46〕郭沫若先生是著名劇作家，他的話具有切身體會，道出了歷史劇為何多的原因。那麼，觀眾為什麼喜歡歷史劇呢？因為歷史與現實具有一段距離，對於觀眾來說就有一種陌生感，對其產生誘惑力，「有一點遙遠的生疏，有一點異代的新奇，反而會增添特殊的美色。觀眾在看歷史劇的時候，如果感受的直捷性與看現代劇一模一樣，這並不是好事。」〔註 47〕從審美學理論理解，「距離產生美」，在對歷史人物的欣賞中不但能使觀眾獲得對歷史事件的知識期待感，而且還能給他們帶來審美心理上的愉悅。另一方面，歷史劇又必須具有歷史哲理，「既取信於歷史又施惠於現實，即無『為

〔註46〕《郭沫若論創作》，上海文藝出版社，1983 年版，第 507 頁。
〔註47〕余秋雨：《戲劇審美心理學》，四川人民出版社，1985 年版，第 377 頁。

古而古』之弊，又無『以今代古』之虞。歷史眞實與現實意義之間的複雜關係，憑著歷史哲理這一媒介，可望獲得較好的解決。」〔註48〕由於傳統歷史觀的影響，形成了國人對歷史的理解總是需要它對現實具有一種借鑒意義，古爲今用，以史爲鑒，歷史與戲劇的聯姻，也同時繼承了這一歷史觀。「人生如戲」，「戲如人生」，「當年眞如戲，今日戲如眞」(《桃花扇孤吟》)，也就如李調元所說：「古今，一場戲也，開闢以來，其爲戲也多矣。巢、由以天下戲，逢、比以軀命戲，蘇、張以口舌戲，孫、吳以戰陣戲，蕭、曹以功名戲，班、馬以筆墨戲。至若偃師之戲也以魚龍，陳平之戲也以傀儡，優孟之戲也以衣冠，戲之爲用，大矣哉……夫人生無日不在戲中，富貴貧賤、夭壽窮通，攘攘百年，電光石火，離合悲歡，轉眼而畢，此亦如戲之傾刻而散場也。故夫達而在上，衣冠之君子戲也；窮而在下，負販之小人戲也。今日爲古人寫照，他年看我輩登場。戲也，非戲也；非戲也，戲也。尤西堂之言曰：『《二十四史》，一部大傳奇也。』豈不信哉。」〔註49〕這種歷史與現實的貫通，往往使劇作者借古人古事以狀今人今事，欣賞者同樣也可與之產生共鳴，二者的相通相融，從而使歷史劇既具有歷史的哲理，又具有現實的深度；既是展現歷史風貌，又是抒寫現實的人生；讓觀眾也感受到它既是歷史上的人、事，但又在現實中是那麼的熟知。如元雜劇歷史劇中的文人劇，既是展現歷史上的文人蘇秦、王粲、朱買臣、張鎬等的遭際，更是表現元代文人的辛酸。正是歷史劇所獨具的歷史感與現實感的統一性贏得了觀眾的審美情趣，它「不是一味追求近切，也不是一味追求悠遠，而是近中含遠，遠中見近，若遠若近，方得歷史劇審美感知之妙」。〔註50〕

　　正由於如上的原因，歷史劇在元雜劇藝苑中得到繁榮，但它也僅僅是中國歷史劇濫觴時期的作品，儘管有些歷史劇還存在著明顯的不足，但大多作品還是不錯的，它爲後世的歷史劇打下了良好的基礎，提供了有價值的可參考的創作經驗。相當的作品起碼比今天充斥熒屏的粗製濫造的假歷史劇之名而隨意閹割歷史的所謂歷史劇要好得多，這也正是我們今天研究古代歷史劇的意義之所在。

〔註48〕　余秋雨：《戲劇審美心理學》，四川人民出版社，1985年版，第383頁。
〔註49〕　《劇話序》，《中國古典戲曲論著集成》(八)，第35頁。
〔註50〕　余秋雨：《戲劇審美心理學》，四川人民出版社，1985年版，第378頁。

第六節　史傳文學名著《史記》對元雜劇歷史劇影響的個案分析

被譽爲中華文化百科全書的《史記》不但記載和保存了大量有關我國戲曲方面的資料，而且是後世作家創作的豐富材料庫，正如馬克思評價希臘神話時說：「希臘神話不只是希臘藝術的武庫，而且是它的土壤」〔註51〕一樣，《史記》也是我國各類文學的武庫和土壤。本節主要從《史記》對元雜劇影響的角度來顯現其思想及藝術的博大。

一、司馬遷「不虛美，不隱惡」的正直精神對元雜劇的影響

司馬遷具有剛正不阿的獨立人格，儘管他也說過「考信於六藝」，「折中於夫子」之類話語，但他絕不以聖人的準則作爲自己審視歷史、評判人物的尺度。他可以把自己的思想觀念傾注在自己的文章中，從而形成他敢於正視現實、不爲尊者諱的正直精神。因此，《史記》眞實地記錄了從黃帝到漢武帝時長達三千年的歷史，尤其是對漢高祖劉邦、漢武帝劉徹的描寫，充分表現出司馬遷正直不阿的精神風範。正是他這種精神激勵和鼓舞著後來無數個正直志士面對黑暗現實敢於爲民吶喊。元雜劇作品所具有的揭露社會黑暗的批判現實精神正是司馬遷這種精神的體現。例如，被明人韓邦奇比作司馬遷的元雜劇最傑出的作家關漢卿「能夠像司馬遷那樣褒貶分明地描寫元代社會上的各色人物，敢於深刻揭露元代社會政治的黑暗和社會上惡勢力的猖獗」。〔註52〕

關漢卿所處的元代社會極爲黑暗，元蒙統治階級實行民族歧視政策，又廢除了文人賴以進身的科舉制度，廣大文人淪落爲與娼丐爲伍，從而使他們對社會的黑暗認識更清楚，對廣大人民的苦難瞭解更深刻，於是他們通過自己的作品反映下層人民的生活和感情，揭露社會的陰暗面，關漢卿正是這方面的代表。

關漢卿的雜劇始終貫穿著反映現實的精神，體現了他的正義、自由、平等的理念。據鍾嗣成《錄鬼簿》載，他共有雜劇 63 種，其中《薄太后走馬救周勃》、《升仙橋相如題柱》、《魯元公主三嫩奢》三種取材於《史記》，可惜今皆佚。但由此可證關漢卿肯定熟悉《史記》，故司馬遷正直的人格必然對這位

〔註51〕《馬克思恩格斯選集》（第 2 卷），北京：人民出版社，1972 年版，第 113 頁。
〔註52〕俞樟華：《史記新探》，北京：民族出版社，1994 年版，第 241 頁。

本身就具有狂傲不羈個性的戲劇家產生深刻的影響。在他現存的雜劇裏，最具有批判現實精神的是《竇娥冤》，它表現出關漢卿對貪官當道、好人受欺的黑暗現實的極度憤慨，尤其是揭示出封建天道思想對人民的欺騙性，這點無疑來源於司馬遷。竇娥原本是一位恪守封建婦道，服從命運安排的弱女子，但潑皮惡棍張驢兒的威逼陷害，昏聵貪婪縣官的嚴刑拷打，終於使她認清了封建天命思想的虛偽性，從而對「天地」提出了大膽的懷疑，表現出她強烈的叛逆個性：

　　〔滾繡球〕有日月朝暮懸，有鬼神掌著生死權。天地也，只合把清濁分辨，可怎生糊突了盜跖顏淵？為善的受貧窮更命短，造惡的享富貴又壽延。天地也，做得個怕硬欺軟，卻元來也這般順水推船。地也，你不分好歹何為地？天也，你錯勘賢愚枉做天！哎，只落得兩淚漣漣。

　　關漢卿借竇娥之口，對象徵封建統治的天地予以懷疑、並大膽否定。封建統治階級一向鼓吹「天地」保佑善良的人們，但「為善的受貧窮更命短，造惡的享富貴又壽延」的現實，怎能使善良的人民相信上天能保佑好人呢？如果我們把這段充滿反抗精神的唱詞同《史記・伯夷列傳》作以比較，便可尋找到其精神淵源。司馬遷說：

　　或曰：「天道無親，常與善人。」若伯夷、叔齊，可謂善人者非邪？積仁潔行如此而餓死！且七十子之徒，仲尼獨薦顏淵為好學。然回也屢空，糟糠不厭，而卒早夭。天之報施善人，其何如哉？盜跖日殺不辜，肝人之肉，暴戾恣睢，聚黨數千人橫行天下，竟以壽終。是遵何德哉？此其尤大彰明較著者也。若至近世，操行不軌，專犯忌諱，而終身逸樂，富厚累世不絕。或擇地而蹈之，時然後出言，行不由徑，非公正不發憤，而遇禍災者，不可勝數也。余甚惑焉，倘所謂天道，是邪非邪？

司馬遷對「天道」的大膽否定，從而超越了封建統治者鼓吹的「天道」觀的樊籠對人的主體意識的束縛，他意識到人的主體意識可以同污濁的社會抗爭。這種具有超前性的思想無疑是後來者航行的燈塔。關漢卿無疑是在這燈塔的指引下的前進者，所以他以竇娥的冤屈控訴黑暗的現實，告誡人們應與之抗爭，這正是《竇娥冤》感人之所在。除此之外，《蝴蝶夢》、《魯齋郎》以及無名氏的《陳州糶米》等都具有強烈的揭露社會黑暗的現實主義精神。更

值得一提的是取材《史記》的《追韓信》、《氣英布》和《賺蒯通》三劇圍繞人才問題來揭示封建統治階級殺害忠良的反動本質。如果我們把這三種劇聯繫起來考察，便可發現它正是《淮陰侯列傳》和《黥布列傳》思想的再現。前兩種劇重點反映出統治階級在得天下之前對人才的搜羅，而《賺蒯通》則反映出統治階級得天下之後對人才的摧殘，從而深刻地揭露了封建統治階級自私又殘忍的本質。如《賺蒯通》第四折蒯通斥責蕭何時唱道：

〔沽美酒〕兀的不是狡兔死走狗僵，高鳥盡良弓藏？也枉了你薦舉他來這一場。把當日個築壇拜將，到今日又待要築墳堂！

〔太平令〕便做有春秋祭享，也濟不得他九泉下魂魄淒涼。倒不如將我油烹火葬，好和他死生廝傍。我可也不慌不忙，還含笑就亡。呀！這便算你加官賜賞。

劇作在《史記》基本材料的基礎上，又作以適當的想像，塑造出機智勇敢、具有正義感的辯士形象蒯通。他面對油鑊，毫不畏懼，慷慨陳詞，為韓信申冤：

且韓信負著十罪，丞相可也知道麼？（蕭何云）蒯文通，既是韓信有十罪，你對著這眾臣跟前，試說一遍咱。（正末云）一不合明修棧道，暗渡陳倉；二不合殺章邯等三秦王，取了關中之地；……九不合九里山十面埋伏；十不合追項王陰陵道上，逼他烏江自刎。這的便是韓信十罪。

（蕭何歎介）（云）此十件乃是韓信之功，怎麼倒是罪？（正末云）丞相，韓信不只有十罪，更有三愚……韓信收燕趙破三齊，有精兵四十萬，恁時不反，如今乃反，是一愚也；漢王駕出城皋，韓信在修武，統大將二百餘員，雄兵八十萬，恁時不反，如今乃反，是二愚也；韓信九里山前大會垓，兵權百萬，皆歸掌握，恁時不反，如今乃反，是三愚一也。韓信負著十罪，又有此三愚，豈不自取其禍？今日油烹蒯徹，正所謂兔死狐悲，芝焚蕙歎。

蒯通一番陳詞，歷述韓信之罪，實則說明漢有天下乃是韓信之功。可今有功之人反遭殺戮，豈不反映出統治者的殘忍嗎？這正是蒯通說的「太平本是將軍定，不許將軍見太平。」戲劇基本表現出《史記》的思想核心：「狡兔死，良狗烹；高鳥盡，良弓藏；敵國破，謀臣亡。」同時又具有元代文人對現實的感受。由此可見，元雜劇繼承了司馬遷關注現實，揭露黑暗的精神，這正是貫穿中華文化史的一條紅線。

二、「愛奇」審美觀的影響

李澤厚先生說：「在司馬遷的思想中，我們看到了儒道兩家思想精華的一種很爲理想的結合。」〔註53〕司馬遷「愛奇」的審美觀正是儒道兩家思想精華的集中體現。他「雖生活在君主專制社會，但在情感氣質上卻最接近戰國士林，尤其是這個階層中的俠義之士。」〔註54〕他崇尚的是儒家「三軍可奪帥也，匹夫不可奪志也〔註55〕」的個體意識和道家莊子所追求精神自由、不受羈絆的獨立精神。由此，形成了他獨特的審美觀念和評判歷史人物的價值尺度，這就是揚雄所說的「愛奇」。對「愛奇」的具體含義歷來有多種解釋，如劉勰解釋爲「愛奇反經」（《史傳》篇），魯迅在《漢文學史綱要》中解釋爲「恨爲弄臣，寄心楮墨，感身世之戮辱，傳畸人於千秋」。魯迅說出了司馬遷「愛奇」的本質。司馬遷由於個人的遭際，形成了他喜愛千古奇人的審美意識。「愛奇」使他敢於突破傳統，描寫千古的倜儻之士，從而形成了《史記》使後來史書難以達到的思想高度。

首先，「愛奇」使司馬遷在歷史人物的選擇上持不同於傳統的新尺度。司馬遷說：「扶義倜儻，不令己失時，立功名於天下，作七十列傳。」〔註56〕（《太史公自序》）「古者富貴而名摩滅，不可勝記，唯倜儻非常之人稱焉。」（《報任安書》）他以此作爲選擇審視歷史人物的標準，從而使他突破了正統的陳俗，不管人物的地位、出身，而重在他們的歷史作用。因此，他可以把項羽寫進本紀，陳涉列入世家，尤其是敢於肯定讚揚游俠、刺客。凡是在自己的事業中做出突出貢獻，表現出超卓奇偉英姿的人，不管他是王侯將相，還是屠夫商販，都是他讚頌的對象。他的這種進步的價值取向爲元雜劇作者所讚賞，在元雜劇中得以發揚。

在現存的一百六十餘種雜劇中，不管取材於歷史，還是描寫現實生活，都表現出劇作者不受禮教約束，崇尚奇特無羈精神的審美取向。這些劇作者大都是「書會才人」，他們都是才華出眾，有濟世救國的遠大理想，但偏偏身置元蒙的愚昧殘暴的統治下，遠大的理想在現實中實現不了，因而只能借助

〔註53〕 李澤厚、劉綱紀：《中國美學史》（第1卷），北京：中國社會科學出版社，1984年版，第502頁。

〔註54〕 《司馬遷與史記論集》（第3輯），西安：陝西人民出版社，1996年版，第315頁。

〔註55〕 楊伯峻：《論語譯注》，北京：中華書局，1980年版，第95頁。

〔註56〕 司馬遷：《史記》，北京：中華書局，1959年版。

戲曲以抒其志，這如同司馬遷借《史記》「究天人之際，通古今之變，成一家之言」一樣，他們要通過雜劇表現自己對生活的理解，抒發其遠大的情懷和對濟世匡正理想的追求。因此，這類作品多取材於歷史，正所謂「借他人之酒杯，澆自己胸中之塊壘」。在元雜劇的歷史劇中，取材《史記》的最多。（據今人傅惜華《元代雜劇全目》載，有一百八十多種，今存十四種）這些作品大多保持了原作的精神，表現出司馬遷「傳畸人於千秋」的「愛奇」審美觀。如《輔成王周公攝政》寫周武王死後，年幼的成王即位，太后讓周公攝行國事。周公「抱孤攝政」，管叔、蔡叔、霍叔「三監」散佈流言說周公將「不利於孺子」，便夥同武庚反周。周公請求歸田，太后不允，周公領兵東征平叛，凱旋，受到成王的熱烈歡迎。戲劇塑造了一位仁政愛民、忠心爲國的賢臣形象。《蕭何月夜追韓信》寫了韓信具有傳奇色彩的一生。一個大雪天，韓信在淮陰道乞食，受到婦女的奚落，煩惱離去。又遭惡少欺負，忍受胯下之辱。後來投奔項羽不被重用，便又投奔劉邦也不被重用，便想去漢東歸。蕭何得知，月下急追，使其重歸漢王。劉邦築壇拜韓信爲大將，樊噲不服受責。韓信屢出奇計，使劉邦終於打敗項王。全劇緊扣韓信充滿傳奇色彩的人生，展示楚漢相爭時這位叱吒風雲、左右乾坤的英雄的人生。再如《伍員吹簫》中的伍員，《趙氏孤兒》中的程嬰等，《澠池會》中的藺相如，《介之推》中的介之推無不是偓儻非常之人。除取材《史記》外，描寫三國、水滸的雜劇也充滿奇偉的風格。《博望燒屯》、《黃鶴樓》、《隔江鬥智》形象生動地表現了諸葛亮超人的智慧和絕世的才能。《博望燒屯》展示的是諸葛亮初出茅廬時的英姿。他隱居隆中，對天下事瞭如指掌，初見劉備便告訴他宜取西蜀，形成三分天下之勢，表現其超人的洞悉世事的能力。面對夏侯惇十萬大軍進犯，採用火燒奇計一舉殲滅，充分顯示出他超人的軍事才能。《黃鶴樓》、《隔江鬥智》描寫諸葛亮和周瑜的鬥智。周瑜爲索失地，請劉備到黃鶴樓赴宴，扣住劉備。諸葛亮用計使劉備安然脫險。周瑜又用美人計，以孫尚香作爲釣餌，騙劉備到東吳成親，將他殺掉或囚困。諸葛亮經過周密安排，結果使周瑜「賠了夫人又折兵」，劉備安全返回。諸葛亮身上洋溢著神奇色彩，他膽大心細，神機妙算，具有超乎常人的智慧，是位「偓儻非常」之人。《單刀會》、《千里獨行》塑造了關羽威懾千軍、叱吒風雲的英雄形象，表現了他驚人的膽略和奇倔的氣概。在他的身上，充滿著不可侵犯的浩然正氣，表現出不甘屈辱的意志、正義必勝的信念和堅定樂觀的精神。由此可見，元雜劇描寫的這些英雄，不

管是取材《史記》，還是三國、水滸，乃至《單鞭奪槊》、《薛仁貴》等隋唐的，都具有奇偉超卓的壯美，他們同《史記》中的英雄有著極其相類的神情。

其次，司馬遷的「愛奇」除表現在描寫「倜儻非常」的英雄外，還描寫了大量的平凡而具有奇特性格的平民形象，表現了他具有超乎常人的平民意識。司馬遷突破儒家正統觀念，肯定讚揚刺客、游俠的人格美。游俠是漢代一個特殊階層，他們都是出身下層的人民。他們的行爲大都符合人民的道德標準，富有正義感，講求信義。司馬遷正是看到「其言必信，其行必果，已諾必誠，不愛其軀，赴士之厄困，既已存亡死生矣；不矜其能，羞伐其德，蓋亦有足多者焉」〔註57〕（《游俠列傳贊》）。他讚揚了游俠的輕生重義，樂於解人於危難之中的正直人格，肯定他們的品行要比那些「以術取宰相、卿大夫」的人要高尚得多。刺客可以說是春秋時期的游俠，他們是一種依附於統治階級的「士」階層。司馬遷讚賞他們「士爲知己者死」的豪俠悲壯精神，一篇《刺客列傳》充滿著悲壯美的神韻，所寫的曹沫、專諸、豫讓、聶政、荊軻，還有田光、高漸離、聶榮，個個都是悲壯英勇的富有陽剛之美的漢子烈女。因此，司馬遷稱讚他們：「此其義或成或不成，然其立意較然，不欺其志，名垂後世，豈妄也哉！」〔註58〕（《刺客列傳贊》）

元雜劇屬中國俗文學的範疇，主要表現下層人民的思想情感，審美追求，可謂平民文學。因此，具有強烈的平民意識，究其思想淵源，可追尋到司馬遷。元雜劇塑造了大量的具有悲壯奇偉精神的平民形象，歌頌他們的優良品質，從而體現出劇作者的審美情趣。如《豫讓吞炭》寫智襄子被趙襄子殺死後，他的家臣豫讓千方百計爲之報仇，一心想殺掉趙襄子。第一次刺殺不成，竟以漆身爲癩，吞炭爲啞，裝成瘋魔，行乞於市，再次行刺。仍未成功，最後請求趙襄子脫下衣服，拔劍剁衣自刎而死。雜劇基本繼承了《史記》的精神，讚揚豫讓「士爲知己者死」的俠義精神。儘管智襄子不聽其勸，以強凌弱，罪有應得，但豫讓對他的忠心卻值得肯定。爲了突出他的俠義精神，雜劇特意將他同智襄子的另一家臣綈疵進行對比：

〔云〕以子之才，臣事趙孟，必得近幸，子乃爲所欲爲，顧不易耶？今求報仇，不亦難乎？〔正末云〕你言之差矣。既委身爲臣，又縱而殺之，是二心也。凡吾所爲者極難，然且所以爲此者，將以

〔註57〕司馬遷：《史記》，北京：中華書局，1959年版。

〔註58〕司馬遷：《史記》，北京：中華書局，1959年版。

愧天下後世之爲人臣懷二心者。〔云〕豈不聞順天者昌，逆天者亡，趙氏既昌，合當順人應天，不宜苦苦直要報仇！〔正末唱〕你道順德者吉，逆天者凶，我怎肯二意三心，背義忘恩，有始無終。〔云〕前番不會報的，今日再不濟事，反罹鐵鉞，到那時悔將何及！〔正末唱〕者麼教鼎鑊烹，鐵鉞誅，凌遲苦痛，休想俺這鐵心腸半星兒改動。

絺疵勸豫讓不要苦苦追求報仇，要他順應天意，但豫讓決不聽從，寧可被鼎鑊烹，鐵鉞誅，報仇之志半星不改。戲劇如此描寫，正表現爲作者對司馬遷對刺客的這一評價的認同，表現出作者對「士爲知己者死」的道德觀的崇尚。

　　司馬遷具有的平民意識還表現在對人的本能欲望的肯定，尤其是對人追求情感欲望的肯定。他認爲夫妻間的情感是人類最爲眞誠的情感，更是人的正常欲望，是不可強壓，不可傷害的。他說：「甚哉，妃匹之愛，君不能得之於臣，父不能得之於子，況卑下乎！」司馬貞解釋爲「以言夫婦親愛之情，雖君父之身，不奪臣子所好愛，使移其本意，是不能得也。故曰：『匹夫不可奪志』是也」。〔註59〕（《外戚世家・索隱》）由此可見，司馬遷的情愛觀是多麼的進步，這比晚他一千餘年的程朱理學強調「存天理，滅人欲」的陳腐觀念要近乎人情的多。更爲可貴的是，司馬遷可以說是同情理解妓女遭遇的第一人，在《貨殖列傳》中他說：「富者，人之情性，所不學而俱欲者也。故壯士在軍，攻城先登，陷陣卻敵，斬將搴旗，前蒙矢石，不避湯火之難者，爲重賞使也。……今夫趙女鄭姬，設形容，楔鳴琴，揄長袂，躡利履，目挑心招，出不遠千里，不擇老少者，奔富厚也。」他認爲娼妓們「目挑心招」，「不擇老少」，這同馳騁疆場，衝鋒陷陣，攻城砍旗的將士一樣，都是爲了利祿，出自人的本性所需。如此觀念是多麼的了不起啊！由此也可以看出司馬遷進步的婦女觀。他以超卓的目光審視歷史人物，客觀地評價婦女在歷史上的地位，用大膽的筆墨描繪出一系列栩栩如生的婦女形象，她們中有爲成就弟弟義士之名不惜己身的烈女聶榮，敢於挑戰封建法律爲父訴罪的緹縈，無視封建禮教而大膽追求愛情幸福的卓文君，深明大義的春秋晉國的介之推之母和被項羽逼死的王陵之母等，他們也都是「倜儻非常」之人，是值得予以稱讚的。他的這種具有超前意識的情愛觀、婦女觀，在他身後受到腐儒們的強烈批判。直到元代，這種思想才有了知音，並在元雜劇中綻出鮮豔的花蕾。在

──────────

〔註59〕 司馬遷：《史記》，北京：中華書局，1959 年版。

元雜劇裏，歌頌女性的作品比比皆是。這些作品往往無視封建禮教，熱情歌頌女性，表現出反封建的新思想，其精神內核可謂上承《史記》。在元雜劇作家中，最具有司馬遷性格、最關心婦女命運的作家無疑是關漢卿。在他的身上具有類似司馬遷的「愛奇」氣質，他「生而倜儻，博學能文，滑稽多智，蘊藉風流，爲一時之冠」〔註60〕（熊自得《析津志》）。他多才多藝，「會吟詩、會篆籀、會彈絲、會品竹」〔註61〕（《南呂・一枝花・不伏老》），然而在黑暗的現實中理想難以實現，便身爲「驅梨園領袖，總編修師首，撚雜劇班頭」，〔註62〕他深深理解下層女子的遭際，他同名伎珠簾秀關係密切，因此，他在雜劇中塑造出各類不同個性的女子形象，都表現出他反對封建傳統觀念的新思想，「飽含著濃鬱的人文精神，至今閃耀著璀璨的光輝」。〔註63〕在他的雜劇中，不僅描寫了像竇娥、譚記兒這類出身良家、敢於同惡勢力抗爭的女性，而且塑造了大量遭社會蹂躪的妓女形象，從而說明「賣淫只是使婦女中間不幸成爲受害者的人墮落，而且她們也遠沒有墮落到普通所想像的那種程度」。〔註64〕關漢卿一改過去文學作品對妓女的誣衊歪曲，恢復了她們作爲人的尊嚴。《救風塵》中的趙盼兒性格大膽潑辣，具有豪俠氣概，又聰明美麗。她不畏惡少周舍，利用他好色的弱點，救出自己的結拜妹妹宋引章。《金線池》中的杜蕊娘，不畏生身母親妓院鴇兒的反對，大膽追求所愛的韓輔臣。《謝天香》中的謝天香，卻不同於趙盼兒、杜蕊娘，她缺乏反抗性，一味聽人玩弄，反映出妓女的軟弱性。關漢卿不是僅僅理解和同情妓女的遭遇，而是熱情歌頌她們的聰明才智和反抗精神，可以說關漢卿描寫妓女的戲劇是司馬遷在《貨殖列傳》中有關妓女那段話的詮釋與引申。另外，元雜劇中大量的愛情戲表現出的反傳統性，都可看作是司馬遷情愛觀在元代社會的再現。除直接取材《史記》的《卓文君白頭吟》、《卓文君駕車》、《漢相如四喜俱全記》（今佚），但由明初朱權的《卓文君私奔相如》看，它們都基本保持了《史記》原有精神，《西廂記》、《牆頭馬上》、《拜月亭》、《倩女離魂》等劇作，都有極強的反封建禮教、歌頌愛情的進步思想。除愛情劇外，還值得一提的是鄭光祖的《鍾離春智勇定齊》描寫了一位智勇雙全、相貌極醜的農村少女鍾離春，她「有

〔註60〕 轉引自鄧紹基主編的《元代文學史》，人民文學出版社，1991年版，第75頁。
〔註61〕 馮文樓：《元曲觀止》，陝西人民教育出版社，1998年版，第86～87頁。
〔註62〕 《錄鬼薄》（外四種），上海古籍出版社，1978年版，第8頁。
〔註63〕 《關漢卿雜劇集・出版說明》，杭州：浙江古籍出版社，1998年版。
〔註64〕 《馬克思恩格斯選集》（第四卷），北京：人民出版社，1972年版，第71頁。

安江山社稷之才，齊家治國之策」，解決了秦國讓解開玉環和燕國讓彈響蒲琴的難題。秦燕發兵，鍾離春領兵擊潰秦燕軍隊，使之尊齊為上國。鍾離春出身農家，貌又奇醜，然才華出眾，亦可稱得上「倜儻非常」之人。

再次，悲劇精神的影響。《史記》可謂是悲劇人物的畫廊，它裏面洋溢著濃烈的悲劇的壯美氣息。司馬遷塑造的悲劇人物主要有兩類：一是具有「力拔山兮氣蓋世」的氣概，敢於以生命成就英名的悲劇英雄，如項羽、荊軻、豫讓等。司馬遷衝破了儒家「樂而不淫，哀而不傷」的中和美的樊籬，極力讚頌他們活則活得痛痛快快，死則死得慷慨悲壯。另一類則是忍受屈辱，成就功名的悲壯之士，如伍子胥、范雎、韓信等。司馬遷歌頌這些人忍受屈辱，終究成就功名的精神也是值得人稱讚的。他在《伍子胥傳贊》中深有感觸地說：「向令伍子胥從奢俱死，何異螻蟻。棄小義，雪大恥，名垂於後世，悲夫！方子胥窘於江上，道乞食，志豈尚須臾忘郢邪！故隱忍就功名，非烈丈夫孰能致此哉？」無論哪類悲劇人物，都給後人以奮進的力量，正如韓兆琦先生說：「我們從《史記》中讀到的不是無所作為的哀歎，而是為壯麗事業而勇敢奮鬥的豪歌；不是一蹶不振的頹喪，而是百折不撓、無所畏懼的進取；不是失敗的感傷，而是一種勝利成功的快感，是一種道德上獲得滿足的歡欣。」〔註65〕《史記》的這種悲劇精神對後世文學影響極大，尤其是對元雜劇。

元雜劇中的悲劇，基本上保持了《史記》的悲劇精神，它們是我國戲劇的奠基之作。其中最著名的「如關漢卿的《竇娥冤》，紀君祥之《趙氏孤兒》，劇中雖有惡人交構其間，而其蹈湯赴火者，仍出於其主人翁之意志，即列之於世界悲劇中，亦無愧色也」。〔註66〕這類雜劇塑造的形象都屬《史記》里第一類悲劇人物。他們為了正義，不畏犧牲生命，決不向惡勢力低頭，竇娥如此，《趙氏孤兒》裏的英雄更是如此。《趙氏孤兒》取材於《史記》，保持了《史記》的悲劇精神。戲劇圍繞趙氏孤兒的命運展開「搜孤救孤」的激烈鬥爭，塑造了公孫杵臼和程嬰等英雄形象。戲劇謳歌了公孫杵臼、程嬰等義士為保存趙氏孤兒的自我犧牲的忠義精神。他們在同惡勢力鬥爭中，前仆後繼，雖然力量懸殊，但不惜赴湯蹈火，表現出悲壯慷慨之正氣。讀之，令人振奮，正如明代戲劇家孟稱舜在《酹江集》中說：「此是千古最痛快之事，應有一篇極痛快文發之。讀此覺太史公傳猶為寂寥，非大作手，不易辦也。」孟稱舜

〔註65〕韓兆琦：《史記評議賞析》，內蒙古人民出版社，1985年版，第114頁。
〔註66〕王國維：《宋元戲曲史》，上海古籍出版社，1998年版，第99頁。

並非貶低司馬遷，而是以此更突出《趙氏孤兒》的感人魅力。再如《豫讓吞炭》也屬此類悲劇，戲劇充分展示了豫讓重義輕生的豪俠氣概。《晉文公火燒介之推》也充滿著俠義精神。晉獻公寵愛驪姬，逼死申生，重耳出逃，介之推跟隨，路上無食，介之推割股奉君。重耳回國爲君，封賞功臣，卻忘了介之推。介之推背母隱入綿山。後來，晉文公到綿山聘介之推，他不出來，晉文公放火燒山，想迫使他出山，可他寧可焚身，也不肯出山。戲劇讚頌介之推的忠義精神，洋溢著攝人心魂的悲壯美。這類悲劇都具有朱光潛先生所說的「悲劇的基本成分之一就是能喚起我們的驚奇和讚美心情的英雄氣魄。我們雖然爲悲劇人物的不幸遭遇感到惋惜，卻又讚美他的力量和堅毅」。〔註67〕元雜劇描寫更多的還是忍辱就名，始困終亨的悲劇人物，這同司馬遷讚頌這類人物有著類似的心理。司馬遷受宮刑後忍辱要完成《史記》，他從這些戰勝困厄，建立功業的英雄身上汲取精神力量。元雜劇作家在現實中不得志，他們寫這類人物，也是爲了尋找一種精神力量和理想寄託。

這類悲劇直接取材《史記》的還有《伍員吹簫》、《馬陵道》、《凍蘇秦》、《誶范叔》和《追韓信》、《圯橋進履》等，還有的是寫歷史上的不得志文人，如《王粲登樓》、《貶夜郎》、《赤壁賦》等。《伍員吹簫》不僅洋溢著重義輕生的豪俠精神，尤其讚頌了伍員身置逆境而不沉淪，忍屈辱而遂其志的英雄氣概。《須賈大夫誶范叔》劇情與《史記‧范睢蔡澤列傳》基本相同，保留了原作的基本精神。寫須賈迫害范睢，讓他脫去衣服，嚴刑拷打，並逼范睢吃草料。在范睢被打昏死後，又被扔到廁坑裏。後他入秦，改名張祿，代穰侯爲秦相，便派人告訴六國，各遣中大夫前來稱賀。須賈到秦國後，范睢故意打扮成布衣試探須賈，須賈贈給他綈袍，范睢假說自己與張祿丞相有一面之交，引須賈到相府，須賈始知張祿即是范睢。范睢責備須賈，須賈膝行肘步請罪，范睢也令須賈吃草料，念他還贈自己綈袍，放他回國。戲劇讚揚范睢戰勝厄運，終究復仇的精神，尤其寫范睢困厄時的心態非常逼眞，透射出元代文人失意的心緒。如范睢唱道：「自古書生多命薄，端的可便成事的少，你看幾人平步躡雲霄。便讀得十年書也只受的十年暴，便曉得十分事也抵不得十分飽。至如俺學到老，越著俺窮到老，想詩書不是防身寶，劃地著俺白屋教兒曹。」顯然，范睢的遭際中蘊涵著元代文人的遭際，這同司馬遷寫這類人物的用意有相通之處。《龐涓夜走馬陵道》寫龐涓陷害孫臏的故事，龐、孫本爲同學，

〔註67〕　朱光潛：《悲劇心理學》，北京：人民文學出版社，1983年版，第83頁。

龐涓因比試陣法時輸了，便心生忌憚，設計陷害孫臏，便詐傳魏公子有命，兔孫臏死罪，刖其雙足。受刑後的孫臏佯裝瘋癲，白日與小孩玩耍，夜晚與羊犬同眠。齊國使臣小商趁機救出孫臏。孫臏到齊國，被拜為軍師，統率雄兵，與龐涓決戰，孫臏設計引龐涓至馬陵山下捉住龐涓，將其殺死。再如《張子房圯橋進履》也極力渲染張良落難時的遭際：「我本是一個賢門將相才，逃難在他鄉外。空學的滿腹中錦繡文，天也則我腹內恨幾時開？憂的鬢髮斑白。甘貧賤權寧奈，兀的不屈沈殺年少客，不能轂揭天關，穩坐在青霄，怎生來憂的這俊美傑容顏漸改。」顯然，張良的這段話是元代文人的內心獨白。《王粲登樓》裏的王粲「韜略不讓姜子牙，謀策不減張子房，膽氣不遜藺相如，才能不差管夷吾，用兵不亞淮陰侯」。可偏在仕途上不得志，從而使他意識到社會現實「如今他可也不論文章只論財」。但他仍保持自信，對理想充滿著必然實現的信念：「想蟄龍奮起非為晚，赤緊的春雷震動天關。有一日夢飛熊得志扶炎漢，才結果桑樞甕牖，平步上玉砌雕欄。」這類悲劇人物，都能從逆境中奮起，給人以奮進的精神。因此，這類悲劇的思想精髓可以說是司馬遷「困厄發奮」說的形象展示。司馬遷從先賢在困境中奮進的歷史事實中汲取了戰勝厄運的精神力量，元雜劇繼承並發揚了這種精神。由於元代知識分子的遭遇可以說在中國歷代知識分子中是最差的。他們既對黑暗的現實有清醒的認識，又不失文人的狂傲自信。因此，他們一方面對「都是些要人錢諂佞臣」的官僚無奈；另一方面，他們又不甘心向黑暗現實低頭，因而，便通過戲劇形式表現出自己的憤懣和對理想的追求。

三、藝術形式的影響

除思想內容外，《史記》在藝術形式上對元雜劇的影響也是顯而易見的。它不僅是元雜劇的素材庫，而且在人物塑造、情節衝突安排、語言技巧等方面，對元雜劇都有著重大的影響。

首先，在人物塑造方法上的影響。《史記》開始了真正寫人的歷史，確立了人在歷史中的重要位置，以寫人來再現歷史。所以《史記》在塑造人物方面取得的成就是它以前的史書難以達到的，而且對後來的敘事文學影響極大。《史記》的人物形象各具姿態，人物既具有其類型化特徵，更具有其個性化特徵，如《酷吏列傳》所寫酷吏都具有狠毒、殘忍等共性，但具體表現上張湯是張湯，決不同於杜周。再如戰國四大公子孟嘗君、平原君、春申君、

信陵君都以好士聞名，但又各具其個性。蘇秦、張儀同是戰國策士，但蘇秦以發奮精神著稱於世，張儀更多為狡詐權謀。張良、陳平都是劉邦的謀士，張良神異莫測，陳平智奇世俗。元雜劇在人物性格塑造上明顯吸取了《史記》這種手法。由簡單的類型化逐漸發展為個性化手法的運用。如元雜劇中的貪官污吏都是昏庸無能，才子聰俊風流，小姐美麗聰慧，流氓無賴坑騙虛偽，權豪勢要飛揚跋扈。元雜劇這種類型化人物主要表現為淨、丑等喜劇人物。但元雜劇中同一類型人物性格中也有其個性化特徵。如同是追求愛情和婚姻自由的千金小姐，崔鶯鶯情感細膩，內熱外涼，最終情戰勝了禮；張倩女對愛執著熱烈，生死不渝；李千金一見鍾情，大膽熱烈；《舉案齊眉》中的孟光對愛情堅貞專一，貧賤不移。

　　其次，《史記》在人物個性化語言方面成就很高。司馬遷往往通過人物富有個性的語言塑造人物形象。如《廉頗藺相如列傳》中寫藺相如同舍人的對話：

　　　　於是舍人相與諫曰：「臣所以去親戚而事君者，徒慕君之高義也。今君與廉頗同列，廉君宣惡言，而君畏匿之，恐懼殊甚。且庸人尚羞之，況於將相乎？臣等不肖，請辭去」。相如曰：「夫以秦王之威，而相如廷叱之，辱其群臣。相如雖駑，獨畏廉將軍哉？顧吾念強秦之所以不敢加兵於趙者，徒以吾兩人在也。今兩虎共鬥，其勢不俱生。吾所以為此者，以先國家之急而後私仇也」。

　　這段話把藺相如同其門客的不同個性都表現得非常鮮明，藺相如胸懷寬廣，見識遠博，而門客目光淺短，只從個人的情感看問題。《史記》諸如此類對話語言比比皆是。作為主要通過對話來刻畫人物性格的戲劇，更是重視對話的描寫，以此來展現人物的個性特徵。再看《澠池會》中這段對話：

　　　　〔呂成云〕丞相，論你有經綸濟世之才，補完天地之手，憑三寸舌完璧還朝，仗英豪澠池會救主除難，丞相何故懼怯廉將軍？〔正末云〕先生言者差矣。〔呂成云〕丞相，小官何差之有？〔正末云〕廉將軍他比我何強？〔呂成云〕廉將軍雖然不強，只因你名揚七國。〔正末云〕則視廉將軍比秦公如何？〔呂成云〕秦昭公乃虎狼之國，雄兵百萬戰將千員，廉將軍難以並比。〔正末云〕想秦公在澠池會上，大將數員，更雄兵百萬，我獨自一人，撥劍在手，張目叱吒之間，喝眾將不敢近前，使昭公擊缶。酒罷，我保趙公無事還國，量

　　廉將軍一人，我何懼之有，見今秦國不敢加兵於趙國者，徒以二人
　　在也。今若兩虎共鬥，其勢不俱生，吾所以爲此者，先國家之急也，
　　我豈懼廉將軍哉！

這段對話，基本保持了《史記》的語言特點，只是稍加改變，就變成戲劇語言，作者又加以合理的想像，更突出主要人物的精神風貌，藺相如形象較之於《史記》更顯得豪邁自信。但戲劇中門客的形象顯然遜色於《史記》。

　　再如《豫讓吞炭》第四折，寫豫讓爲智伯報仇時被趙襄子認出，豫讓說：「我就是豫讓，當日宮中刺你不著，因此向山中漆身爲癩，吞炭爲啞，變了形容，務要刺了你，爲我主報仇。」然後他請求趙襄子脫下衣服，拔劍將襄子衣服剁碎，高唱：「雖不能勾碎分肢體誅了襄子，燦剉了這件衣服便是報了俺主公。至如把殘生送，下埋黃土，仰問蒼空」。然後自刎。這段戲文幾乎是《史記‧刺客列傳》的語言照搬，只不過比《史記》語言顯得更俗，更接近民眾，正如李漁在《閒情偶寄》中說：「傳奇不比文章，文章做與讀書人看，故不怪其深，戲文做與讀書人與不讀書人同看，故貴淺不貴深。」像這樣的戲文在取材於《史記》的雜劇中比比皆是，由此可見，元雜劇在語言藝術上受《史記》的影響是顯而易見的。

　　再次，《史記》具有戲劇色彩的情節描寫對元雜劇，尤其是取材於《史記》的歷史劇在情節安排上影響極大。《史記》裏很多場面描寫都具有戲劇性。如《廉頗藺相如列傳》中「完璧歸趙」、「澠池會」、「將相和」，《淮陰侯列傳》中韓信的傳奇人生，「伍子胥乞食」、「龐涓被殺馬陵道」等，都具有跌宕起伏，扣人心絃的情節波瀾，這些故事，極易被劇作者攝入劇中，成爲美妙的雜劇作品。正如姚華在《曲海一勺》中說：「曲之於文，蓋詩之遺裔，於事，則史之支流也。」元雜劇作者喜歡攝取歷史題材，以史諷今，表現他們對元蒙黑暗統治的不滿。他們既取材於歷史，又不完全局限於歷史，往往根據表達思想情感的需要，加以豐富的想像，使劇情更加合理化。如《澠池會》的「完璧歸趙」與「澠池之會」在《史記》中本無什麼聯繫，但劇作者利用合理的想像，將它們變成因果相關的故事，從而使劇情發展更加合理集中。戲劇第一折藺相如完璧歸趙，秦昭公爲重騙得和氏璧，採取白起計謀「主公設一會於澠池，則說與趙成公會盟，他必然來赴宴，來時臣設三計，會上擒了趙成公，覷玉璧何罕之有。」於是引出第二折澠池相會，整個劇情發展渾然一體。再如《趙氏孤兒》中的程嬰和公孫杵臼爲救孤兒而分別獻子捨命，屠岸賈找

不到孤兒，要殺全國嬰兒；《介之推》中介之推為救重耳，把自己兒子的頭腐爛冒充重耳之頭，割下自己腿上的肉給重耳充饑；《馬陵道》中的孫臏中了龐涓之計，被誣為謀反而被處死，但他以傳寫六卷天書之計得以免死，又裝瘋魔，設計逃出齊國後用計報仇。這些情節既有歷史的眞實，又有合理的誇張，「雖徵之古人，或張冠而李戴，而按之世態，則形贈而影答，跡若誣於稗史，實則信於正史。」〔註 68〕這些帶有誇張性、看似失眞的情節，其實既有歷史的眞實，又具想象的影子，它要比完全純記史的東西更具有藝術感染力，這便顯示出戲曲藝術新的生命活力。

綜上所述，可見《史記》對元雜劇的影響是多方面的，它既是元雜劇的題材庫，又對元雜劇作者的思想人格、藝術素養和審美情趣諸方面的形成有深刻的意義。《史記》是我國紀傳文學的奠基之作，元雜劇是我國戲曲文學成熟的標誌性作品，研究這二者間的相承關係，更能顯示出《史記》對中華文學的巨大貢獻。

〔註68〕姚華：《曲海一勺》，載郭紹虞主編《中國歷代文論選》，（第四冊），上海古籍出版社，1990 年版，第 421 頁。

第七章 元代吏治與公案劇的文化內涵

　　蒙古人建立的元代，在吏治方面是我國歷史上很獨特的一個封建王朝，它不像它的前代官吏主要是來源於科舉考試，而是仕出多途，正如姚燧在《送李茂卿序》中說：「大凡今仕進三途：一由宿衛，一由儒，一由吏。由宿衛者，言出中禁，中書奉行制敕而已，十之一。由儒者，則校官及品者，提舉教授出中書者，則正錄而下出行省宣慰，十分一之半。由吏者，省、臺、院、中外度司、郡縣，十九有半焉。」又由於元代地方官員的正職都是蒙古人、或色目人，他們大多漢語水平差，故審案大權往往落在「吏」的手裏，而這些吏大多是惡吏，因而，元代的冤案很多，作爲現實社會生活反映的雜劇必然要表現這一社會現象。元雜劇裏通過一個破案故事反映社會的劇目有：關漢卿的《竇娥冤》、《魯齋郎》、《蝴蝶夢》、《緋衣夢》，鄭廷玉的《後庭花》、《金鳳釵》，王仲文的《救孝子》，孟漢卿的《魔合羅》，孫仲章的《勘頭巾》，李行道的《灰闌記》，無名氏的《陳州糶米》、《盆兒鬼》、《留鞋記》、《神奴兒》、《合同文字》、《延安府》、《生金閣》、《硃砂擔》、《張千替殺妻》等，透過這些劇目的分析，我們對元代社會將有更深刻的認識，這也正是公案劇的社會價值。

第一節 藝術地再現了元代昏聵吏治下的種種社會醜惡

　　蒙古人入主中原，在結束了五代以來的分裂割據局面、建立空前統一國

度的同時，也將游牧奴隸制的落後消極因素帶到了中原，華夏幾千年形成的完整的規範社會秩序的制度遭到破壞，尤其是統治階級實行民族歧視政策，在政治上、法律上的待遇、權利都不相同。元蒙統治者規定中央機構如：中書省、御史臺、樞密院等部門的官吏都用蒙古人擔任正職，色目人和漢人擔任副職。重要的地方官職正職也由蒙古人、或色目人擔任。另外，由於歷史、地理、民族、風俗等多種因素制約的結果，蒙古人官吏文化素質很低，常常使有些「省臣無一人通文墨者」〔註1〕，由於官員不懂漢語，無法親自批閱案卷、審理刑獄，加之其粗獷、直率、野蠻的個性使其對漢族長期受儒學薰陶所形成的法制傳統的漠視，「蒙古、色目不諳政事」〔註2〕，因而，他們就需要大批漢族文人代他們行施職權，這便形成官員不理政事，胥吏掌握實權的奇異現象。另外，由於蒙古人是特權階層，犯罪處理與漢人不同，「蒙古人居官犯法，……必擇蒙古官斷之，行杖亦如之。」〔註3〕判罪輕重與漢人也不同，犯殺人罪的，漢人必須抵命，還要徵燒埋銀給死者家屬。而「蒙古人毆死漢人者」，卻只「斷罰出征，並全徵燒埋銀」而已〔註4〕。正由於元蒙統治者奉行的是赤裸裸的民族壓迫政策，加之，官吏素質的低下，所以社會正氣不足，百姓受欺，權豪勢要為非作歹，善良民眾朝不保夕，他們的冤屈在現實中難以得到申訴，只有在舞臺上得到情感的宣泄，這便是元代公案劇眾多的原因。

一，對昏官惡吏的無情鞭撻

元代由於「官吏每無心正法，使百姓有口難言」，社會政治極度黑暗，官昏吏惡，社會良知受到踐踏，老百姓深受其害。元代從建國以來由於文化落後，就沒有什麼法律觀念，《元史·刑法志》記載：「元典，其初未有法守，百司斷理獄訟，循用金律，頗傷嚴刻。」《元史紀事本末》記載王暉在上政事書中就說：「今國家有天下六十餘年，大小之法，尚無定議。」直到成宗大德三年，鄭介夫在上書中仍然說道：「今天下所奉以行者，有例可援，無法可守。官吏因得以夤緣為欺。」「今者號令不常，有同兒戲，或一年二年，前後不同，或綸音初降，隨即泯沒。遂致民間有一緊二慢三休之謠。」「有司每視刑名為重，而昏田錢債，略不省察，殊不知百姓負冤，上無所訴，是開官吏受賄之

〔註1〕《元史·崔斌傳》。
〔註2〕李翀《日聞錄》。
〔註3〕宋濂等：《元史·刑法志》。
〔註4〕宋濂等：《元史·刑法志》。

路也。審囚決獄官，每臨郡邑，惟具成案，行故事出斷一二便爲盡職。……路練官吏，未飽其欲，每聞上司至，則將囚徒保候，審錄既畢，仍復收禁，皆元法之弊也。」正由於長期官吏無法可依，於是屢屢出現「強凌弱，眾暴寡，貴抑賤」的情景，就連元世祖忽必烈也不得不承認：「濫官污吏、夤緣侵漁，科斂則務求羨餘，輸納則暗加折耗，以致濫刑虐政，暴斂極徵，使農夫不得安於田裏。」〔註5〕元代的這種官昏吏貪的腐敗現象，在公案劇中被充分地揭露出來。

（一）昏而貪——元代官員的百醜圖

在公案劇中，老百姓的冤屈首先來源於昏聵而且貪婪的官員，元雜劇「以中國戲曲特有的科諢手法和漫畫式的誇張，把他們寫得愚蠢卑劣而又無恥可笑，具有滑稽丑角的鮮明特點，又鏤刻著元代的時代特徵。作品對他們極盡調侃挪揄之能事，字裏行間躍動著作者的憎惡鄙夷之情。」〔註6〕由此可以看到元代政治的腐敗，這也是元雜劇可以稱得上「活文學」的價值的體現。

公案劇對坐堂審案的官員的揭露，恰恰表現出其現實主義的精神所在，如《灰闌記》中鄭州太守聽到馬員外正妻訴訟案件時就聽不懂馬員外正妻的話：「口裏必力不刺說上許多，我一些也不懂的，快去請外郎出來。」外郎卻說：「相公呼喚我，必是有告狀的又斷不下來，請我去幫他哩！」別看這傢夥案子審不了，可貪欲大如天。他的上場詩便勾勒出其貪官嘴臉：「雖則居官，律令不曉，但要白銀，官事便了。」結果他把審案大權全部交給本案最大嫌疑人趙令史，任憑他枉法胡爲。儘管蘇太守心裏也想：「這一椿雖則問成了，我想起來，我是官人，倒不由我斷，要打要放，都憑趙令史做起，我是個傻廝那！」但他關心的不是案子審的如何，而是必須給他分贓：「今後斷事我不嗔，也不管他原告事虛眞，笞杖徒流憑你問，只要得的錢財做兩分分。」這個太守完全是個昏聵而貪財之徒，其無恥行徑，正是元代蒙古人子弟通過「承襲」、「承蔭」得到官職的反映，陶宗儀就說：「今蒙古色目人之爲官者，多不能執筆花押」〔註7〕。他們往往是「口邊廂奶腥也猶未落，頂門上胎髮也尚自存，生下來便落在那爺羹娘飯生生運，正行著兄行弟後財帛運，又交著夫榮妻貴催官運。」(《范張雞黍‧第一摺》)再如《竇娥冤》裏的楚州太守桃杌也

〔註5〕《元典章》三。

〔註6〕許金榜：《元雜劇概論》，齊魯書社，1986年版，第13頁。

〔註7〕陶宗儀：《南村輟耕錄》卷2「刻名印」條，中華書局，1959年版，第27頁。

是如此的貪官，他的上場詩是「我做官人勝別人，告狀來的要金銀。若是上司當刷卷，在家推病不出門。」他給告狀來的人下跪，他的隨從以為他下錯了，他卻振振有辭：「你不知道，但來告狀的，就是我衣食父母。」生動地勾畫出貪官的醜惡嘴臉。在他的人生詞典裏只有利用手中的權給自己索賄，哪裏管無辜百姓的死活。他信奉的審案教條是「人是賤蟲，不打不招。」於是棍棒的拷打代替了審問。結果，善良的竇娥被押上了斷頭臺，無賴小人卻逍遙法外，這就是昏官直接造成的人間奇冤。《神奴兒》裏的縣官也是如此的官，他的上場詩云：「官人清似水，外郎白似麵。水面打一和，糊塗做一片。」當人來告狀時，他也急忙叫外郎：「那人命事，我那裏斷的？張千，與我請外郎來。」外郎對官人更理解：「只因官人要錢，得百姓們的使；外郎要錢，得官人的使，因此喚做令史。」孤見了外郎便下跪說：「外郎，我無事也不來請你。有告人命事的，我斷不下來，請你來替我斷一斷。」外郎說：「請起來，外人看著不雅相。」結果，外郎接收了李二的賄賂，將李德仁妻子屈打成招。《陳州糶米》中的劉衙內、小衙內都是貪婪成性之官，劉衙內告訴他兒子：「孩兒也，您近前來。論咱的官位可也勾了，止有家財略略少些。如今你兩個到陳州去，因公幹私，將那學士定下的官價五兩銀一石細米，私下改做十兩銀子一石，米裏面再插上些泥土糠秕，則還他個數兒罷。斗是八升的斗，秤是加三的秤，隨他有什麼議論到學士根前，現放著我哩。你兩個放心的去。」結果，劉衙內的兒子、女婿到陳州大肆貪污，殘害百姓，正如農民張憋古說的「做官的要了錢便糊塗，不要錢方清正。」《救孝子》裏的鞏推官「我做官人單愛鈔，不問原被都只要。」他貪婪成性，見了一把刀子也要：「倒好把刀子，總承我罷，好去劫梨兒吃。」元雜劇裏的貪官，愚蠢、昏聵到無以可加的地步，他們既是作家藝術的加工，更是元代官治的真實反映。

貪官們「侵漁貪賄，以豪強相軋，其視官府紀綱及民疾苦殆土苴然。而貧弱冤抑，終莫得伸。」〔註8〕於是他們便使用暴力，製造了大量的人間冤案。他們的殘暴令人髮指，如陶宗儀所描寫的：

> 今之鞫獄者，不欲研窮磨究，務在廣陳刑具，以張施厥威。或有以衷曲告訴者，輒便呵喝震怒，略不之恤。從而吏隸輩奉承上意，拷掠鍛鍊，靡所不至，其不置人以冤枉者鮮矣。〔註9〕

〔註8〕蘇天爵：《元朝名臣事略》卷10引宣慰使張公德輝行狀。
〔註9〕陶宗儀：《南村輟耕錄》，中華書局，1959年版，第286頁。

《元典章‧刑部二》中也載：「今之官吏不體聖朝恤刑之意。不思仁恕，專尚苛刻，每於鞫獄問事之際，不察有無贓驗，不審可信情節，或懼不獲正賊之責，或貪照察之名，或私偏徇，或挾宿怨，不問輕重，輒加拷掠，嚴行法外，凌虐囚人，不勝苦楚。鍛鍊之詞，何求而不得，致令枉死無辜。」元雜劇正是如此官治現象的真實寫照，公案劇最有價值的文化精神，就是寫出了「覆盆不照太陽暉」的元代社會官員昏聵、良民受欺的社會現實。官吏們只圖索賄，根本不管百姓的死活，只知棍棒拷打，百姓深受欺侮，正如《救孝子》裏王婆婆憤怒控訴：「你要我訴說您大小諸官府，一剗的木笏司糊塗。並無聰明正直的心腹，盡都是那綳扒弔拷的招伏，把囚人百般拴住，打的來登時命卒。哎喲，這便是您做下的死工夫。」「則你那捆麻繩用竹簽，批頭棍下腦箍，可不道父娘一樣皮和骨，便做那石鑴成骨節也槌敲的碎，鐵鑄就皮膚鍛鍊的枯。打得來沒半點兒容針處，方信道人心似鐵，您也忒官法如爐。」《竇娥冤》中竇娥遭受的酷刑恰恰是昏官暴行的實證：「呀，是誰人唱叫揚疾，不由我不魄散魂飛。恰消停，一蘇醒，又昏迷。捱千般打拷，萬種凌逼。一杖下，一道血，一層皮。」「打得我肉都飛，血淋漓，腹中冤枉有誰知！」《魔合羅》裏的劉玉英被打得「濕浸浸血污了舊衣裳，多應是磣可可的身耽著新棒瘡，更那堪死囚枷床伏的駝了脊梁。他把這粉頸舒長，傷心處淚汪汪。」這一樁樁百姓受欺的控訴畫面，正表現出這些「書會才人」們走向民眾、瞭解了人民的疾苦，為他們吶喊，這遠比他們在元散曲中一味抒寫其書生們的哀怨有更深的現實意義。

（二）貪而酷——佞吏之形象

在元雜劇中，塑造了大量的「吏員」形象。他們中有如《魔合羅》、《勘頭巾》中的河南府六案都孔目「能吏」張鼎，但大多是如《灰闌記》中趙令史、《救孝子》裏的六案都孔目令史之流的「貪而酷」的佞吏。劇作者有力鞭撻了這類甘願做幫兇的惡吏，表現出他們敢於揭露社會黑暗、為民伸冤的正直人格。

在封建社會，官吏並稱，但「吏」主要指封建統治階層中的下層人員，即九品以下的胥吏。公案劇中的「吏」就是這類「刀筆吏」，把筆司吏、刀筆簡牘，謂之「六案都孔目」，即分管吏、戶、禮、兵、刑、工六部基層政權中的公事雜務。「令史」是縣令所屬之「書吏」，亦叫「外郎」。如前所說，由於元代統治者從馬背上得天下，崇尚武力，故意識不到文人對鞏固政權的作用，

廢除科考八十餘年，使得儒生很多人只能走「吏員」的道路。如王惲在《吏解》中所說「今天下之人，干祿無階，入仕無路，又以物情不齊，惡危而便安，不能皆入於農工商販，故三尺童子，乳臭未落，群入吏舍，弄筆無幾，顧而主書。重至於刑憲，細至於詞訟，生死屈直，高下與奪，紛紛籍籍，悉出於乳臭孺子之手，幾何不相胥而溺也。以至為縣為州為大府，門戶安榮，轉而上達，莫此便且速也。人烏得不樂而趨之。」元統元年進士及第的余闕在《楊君顯民詩集序》中也說：「我國初有金宋，天下之人惟才是用之，無所專主，然用儒者為屬多也。自至元以下始浸用吏，雖執政大臣亦以吏為之，由是中州小民粗識字能治文書者，得入臺閣共筆箚，累日積月，皆可以致通顯，而中州之士見用者遂浸寡；況南方之地遠，士多不能自至於京師，其抱才縕者，又往往不屑為吏，故其見用者尤寡也。」由於有才者「往往不屑為吏」，所以為吏的人大多是素質較差者，這就使吏員中很多是姦佞之徒，這種情況在公案劇中有充分的反映。除了如張鼎等個別能吏外，公案劇中大多是貪而酷的惡吏，如馬祖常所云「恃其名役之細微，縱其姦猾，舞文弄法，操制官長，傾詐庶民」〔註10〕的刀筆吏。如《神奴兒》中的外郎宋了人一上場便說：「自家姓宋名了人，表字賕皮，在這衙門裏做著個令史。你道怎麼喚做令史？只因官人要錢，得百姓們的使；外郎要錢，得官人的使，因此喚做令史。」他毫無羞恥地說出他與官狼狽為奸，坑害人民的醜惡勾當。由於他收取了李德義夫妻的銀子，便混淆是非、顛倒黑白，相信惡人誣陷之語，判李德仁之妻勾結姦夫，「勒死親兒」。當李德義向他伸出三個指頭，示意給他送三兩銀子時，他便說：「你那兩個指頭瘸了？」意思是說應給他五兩銀子，由此可見其貪也。《勘頭巾》中的趙外郎為得劉員外妻子兩個銀子，就把無辜的王小二判成死罪。這些外史，貪婪成性，根本就沒有基本的為官之道，只知一味斂財而草菅人命，作者借包公之口揭露他們的醜惡本質：「令史每死也波錢親，背地裏揣與些金銀，休想那正眼兒敢覰著原告人。」（《神奴兒》）再如《灰闌記》中的趙令史，既貪財又好色。他與馬員外的大婦私通，謀殺了馬員外，又讓馬員外大婦誣告馬員外小妾張海棠，他嚴刑拷打，逼張海棠承認毒死丈夫，謀奪家產。這些個令史惡吏，唯財是刮，濫用刑法，嚴刑逼供，根本不認真審案，《救孝子》裏的令史即是如此的吏。《救孝子》寫楊興祖、楊謝祖是兄弟，楊興祖被徵當兵，謝祖奉母之命送嫂嫂王春香回娘家。謝祖

〔註10〕馬祖常：《建白一十五事》，《石田集》卷七。

送到半路而回，王春香獨行遇到無賴賽盧醫，賽盧醫殺死他拐帶的梅香，毀壞其面容，並換上王春香的衣服，又把王春香所帶楊家的刀放在梅香屍體旁，帶王春香離去。王家來尋找春香，發現死屍，便告官說楊謝祖殺死春香。鞏得中將案子推給令史，令史不做詳細察案，自恃「我這管筆著誰死便死」，「我這支筆比刀還快」，結果酷刑威逼楊謝祖承認殺人罪。好在這一冤案後被清官王翛然昭雪。戲曲作者借王翛然之口直接揭露了惡吏的胡作非為：

> 俺這衙門如鍋灶一般，囚人如鍋內之水，祗候人比著薪柴，令
> 史比著鍋蓋。怎當他柴薪燄炙，鍋中水被這蓋定，滾滾沸沸，不能
> 出氣，蒸成珠兒，在那鍋蓋上滴下，就與那囚人銜著冤枉滴淚一般。

如此形象的比喻，深刻地描摹出元代吏治黑暗、百姓受欺的不正常社會現實。

　　元代是我國封建社會的一個特殊時期，「官有常職，位有常員。其長則蒙古人為之，而漢人、南人貳焉。」〔註11〕蒙古人文化程度低，可又往往做的是各級官府的正職，因而他們往往把審案大權交給「吏」辦理，自己只知道從中得利，根本不管老百姓的死活。所以元雜劇中的「吏」權利很大，可以掌握人的生死與命運，不僅僅是公案劇裏的「吏」是如此，在其它題材的劇中也可以看出吏員的炙手可熱。如《謝天香》裏謝天香就說「那禮案裏幾個令史，他每都是我掌命司。」《還牢末》、《酷寒亭》中的吏員李孔目、鄭孔目都可以將人命案輕易地改成「誤傷」罪，《鐵拐李》中的吏員李岳無不自豪地說吏的權威：「減一筆教當刑的責斷，添一筆教為從的該敲，這一管扭曲作直取狀筆，直狠似圖財致命殺人刀。」由此更可見吏的權威，故其為人若不正，即可化為狼與豺，殘害百姓、貪贓枉法，這便是公案劇中吏員的真實寫照。

二，對「權豪勢要」階層的鞭撻

　　元代在我國封建社會裏是一個具有獨特性的朝代。其獨特性就在於它是以野蠻的武力戰勝了中原的文明，元蒙統治者是奴隸主貴族集團，他們由游牧部落組成的蒙古鐵騎在侵入中原時就極為野蠻，大肆殺戮、瘋狂搶掠；入主中原後又實行民族等級制，因而，在元代就形成一個社會的特權階層。這些特權階層人物往往不受法律約束，他們可以強佔民田、霸佔人妻、貪污行賄、殘害百姓、逼死人命，完全是一個無法無天、膽大枉為的群體，是元代社會的一個毒瘤。在元雜劇中，特別是公案劇中，作家們充滿對這類殘害百

〔註11〕《元史》卷八十五《百官志序》。

姓、無惡不作的惡人的憤恨之情，對他們進行了無情的鞭撻，表現出劇作家們胸中迫切期望懲處權要，爲民除害的良好願望，這正是公案劇所體現出的進步意義之所在。

公案劇中的特權階層就是「權豪勢要」，他們的主要成分是王公貴族及其家屬，《通利條格》載：「諸王、駙馬權豪勢要」，《元典章》所說的「諸王、公主、駙馬位下行運斡脫人等及官豪勢要之家」。再加之蒙古人入主中原後駐守各地的軍官，也是特權階層，百姓不敢惹他們，如宋本《績溪縣尹張公舊政記》所說「萬夫長、千夫長、百夫長，恃世守，陵轢有司，欺細民，細民畏之過守令，其卒群聚爲虐。」這些個元蒙專制統治的特權階層及其權門貴族的不肖子孫便是欺壓百姓的「權豪勢要」，元雜劇對此進行了辛辣有力地揭露，生動形象地勾勒出他們的蠻橫、貪婪、好色的醜惡嘴臉。

《魯齋郎》裏的魯齋郎就是這樣的特權人物，他一上場便說：「花花太歲爲第一，浪子喪門再沒雙。街市小民聞吾怕，則我是權豪勢要魯齋郎。小官魯齋郎是也。隨朝數載，謝聖恩可憐，除授今職。小官嫌官小不做，嫌馬瘦不騎，但行處引的是花腿閒漢，彈弓黏竿，躭兒小鷂，每日價飛鷹走犬，街市閒行。但見人家好的玩器，怎麼他倒有我倒無，我則借三日玩看了，第四日便還他，也不壞了他的。人家有那駿馬雕鞍，我使人牽來，則騎三日，第四日便還他，也不壞了他的。」他完全是強盜邏輯，別人的好東西必須先借來讓他玩，所以別人的妻子也必須讓他先佔有。因而，他搶奪了銀匠李四和六案孔目張珪的妻子。儘管「齋郎」在宋代僅僅是伺候皇帝祭祀宗廟社稷時的執事人員，但其後臺是皇帝。關漢卿藉此顯然影射的是元代的特權階層，別說是百姓李四，就是吏員張珪聽到李四說魯齋郎的名字時也是萬般害怕：「哎喲，諕殺我也！早是在我這裏，若在別處，性命也送了你的。我與你些盤纏，你回許州罷，這言語你再也休題！」張珪對權豪勢要的迫害消極逃避，藝術地概括了那些依附統治階級當權派的下層官吏的性格特徵，其在李四面前擺架子，耍威風，聞魯齋郎之名就魂飛魄散：

「魯齋郎膽有天來大，他爲臣不守法，將官府敢欺壓，將妻女敢奪拿，將百姓敢踏踏。赤緊的他官職大的忒稀詫。」

他勸李四不要和魯齋郎鬥了，另找一個妻子。後來，魯齋郎又讓他把自己的妻子送上府來時，他妻子對他說：「你在這鄭州做六案都孔目，誰人不讓你一分，那廝甚麼官職，你這等怕他，連老婆也保不的！你何不揀個大衙門告他

去？」為什麼張珪怕魯齋郎？因為「他嫌官小不為，嫌馬瘦不騎，動不動挑人眼，剔人骨，剝人皮。」「他便要我張珪的頭，不怕我不就送去與他。如今只要你做個夫人，也還算是好的。」由此足見魯齋郎的霸道，連官吏都怕他，別說一般的小民百姓了。

《蝴蝶夢》中的葛彪就自己承認他是權豪勢要之家，「有權有勢盡著使，見官見府沒廉恥。若與小民共一般，何不隨他帶帽子？自家葛彪是也。我是個權豪勢要之家，打死人不償命，時常的則是坐牢。」他無事閒耍，結果把不小心撞了他馬頭的王老漢打死，還揚言「只當房簷上揭片瓦相似，隨你那裏告來。」結果，王家兄弟打死了他卻必須償命。如此黑暗的社會，是非顛倒，特權階層恃強凌弱，正如王婆婆斥責葛彪所說「似這般逞兇撒潑干行止，無過恃著你有權有勢有金貲！」所以，他們為非作歹，法律奈他不了，他們做了壞事就敢讓去告，因為法律恰恰成了他們的保護傘。

另外，公案劇塑造的大量的權豪勢要人物都是「衙內」。〔註12〕《生金閣》中的龐衙內就是如此之人，他一登場即說：

> 花花太歲為第一，浪子喪門世無對。聞著名兒腦也疼，只我有權有勢龐衙內。小官姓龐名勳，官封衙內之職。我是權豪勢要之家，累代簪纓之子。我嫌官小不做，馬瘦不騎，打死人不償命，若打死一個人，如同捏殺一個蒼蠅相似。

可以看出，龐衙內完全是個社會的特權人物。因此，他在客店中見秀才郭成妻子美貌，就把他們夫妻帶回家。他對郭成就說：「你的渾家與我做個夫人，我替你另娶一個，你意下如何？」郭成不同意，龐衙內大怒，便把郭成鎖在馬房裏，讓老嬤嬤勸郭成妻子李幼奴歸順他，李幼奴不肯，自己抓破面容，博得老嬤嬤同情，結果，老嬤嬤被龐衙內扔進井裏，郭成被鍘死。龐衙內不但佔有了郭成的生金閣，而且霸佔了他的妻子。《陳州糶米》裏的小衙內劉得中自稱：「見了人家的好玩器好古董，不論金銀寶貝，但是值錢的，我和俺父親的性兒一般，白拿白要，白搶白奪，若不給我呵，就踢就打就揪毛，一交別番倒，剁上幾腳，揀著好東西揣著就跑。隨他在那衙門內興詞告狀，我若怕他，我就是癩蝦蟆養的！」他到陳州，就大肆貪污賑災錢糧，殘害百

〔註12〕 《辭海》解釋：「五代及宋初，藩鎮的親衛官有牙內都指揮使、牙內都虞候等，多以子弟充任。後因稱官府的子弟為『衙內』。孔平仲《珩璜新論》卷四：『或以衙為廨舍，早晚聲鼓，謂之衙鼓，披牌謂之衙牌，兒子謂之衙內。』」。

姓，貧農張憋古和他辯理，就被他們用御賜的紫舍錘打死。《延安府》裏的葛彪，上場便趾高氣揚地說：「我父親是監軍，我是權豪勢要之家，累代簪纓之子。我打死人不償命，⋯⋯但是人家好女孩兒，我拖著便走。」果然，他見到衙門小吏劉彥芳妻子便調戲，因劉妻不從，他便打死劉彥芳妻子，馬踏殺劉的母親。劉彥芳父親告知劉彥芳，劉彥芳到衙門向他的上司龐衙內告狀，龐衙內恰恰是葛彪的姐夫，結果把原告劉彥芳關押進大牢。此外，再如《望江亭》中的楊衙內為奪人妻可以拿著皇帝給的勢劍、金牌、文書前來捉拿潭州太守白士中，《雙獻功》中的白衙內與孔目孫榮之妻郭念兒私通，孫榮到官府告狀，恰巧被「借大衙門坐三日」的白衙內抓個正著，孫榮被囚禁下獄。由此足見，衙內們是多麼的厲害！

　　元雜劇可謂人民之文學，它反映的是民眾的生活，再現了那個「覆盆不照太陽暉」的黑暗時代人民所遭受的苦難。為什麼這些「權豪勢要」會如此膽大枉為？首先是因為他們是特權階層，是元代等級制的反映，他們打死人不用償命。《元史》卷一百〇五《刑法志》就說：「諸蒙古人因爭及乘醉毆死漢人者，斷罰出征，並全徵燒埋銀。」《元史》卷一四三《自當傳》載：「時有以駙馬為江浙行省丞相者，其宦豎恃公主勢，坐杭州達魯花赤位，令有司強買民間物，不從輒毆之。」《元史》卷一百五十九《趙璧傳》載：「河南劉萬戶，貪淫暴戾，郡中婚嫁，必先賂之，將所請而後行，咸呼之為翁。其黨董主簿，尤恃為虐，敢取民女有色者三十餘人。」正是由於「法禁屈撓於勢族，恩澤不逮於單門」才形成了「權豪勢要」這一特權階層，所謂的法律成為他們幹壞事的保護傘。因此，這些個惡人幹了壞事的口頭禪就是「你隨便找衙門告去」、「我打死人就像揭一片瓦似的，」表現出十分的專橫，對人性的任意踐踏，這正是元代社會吏治混亂、腐敗的真實反映。其次，權豪勢要的後臺是皇親國戚，正是他們的縱容、包庇，助長了權豪勢要們的囂張氣焰。因此，清官們審判他們都不是以正常的法律程序來達到懲惡揚善的目的，而是突出其「智」在審案中的巨大作用，恰恰反映出了權豪勢要後臺的強大。劇作家對權豪勢要的鞭撻，使在現實中受盡欺凌的民眾在舞臺上能得到須臾間的情感渲泄，這也正是劇作家的社會良知的體現。

三，封建倫理虛弱的大曝光

　　由於昏官惡吏的貪贓枉法，從而使社會正氣受到遏制，邪氣上陞，好人

受欺，無賴橫行，公案劇對這一是非顛倒的社會進行了眞實的描繪，揭示出善良的人們的悲慘遭遇的起因往往是醜惡勢力行賄貪官污吏所爲，尤其反映了封建沒世社會倫理的虛僞性。

　　1. 反映封建家庭內部因財產繼承而引起的糾紛，揭露封建家庭倫理的虛弱性，《合同文字》和《神奴兒》就是這類作品的代表。「《合同文字》是以家族倫理觀念爲手段，達到了維護和張揚家族正統觀念的目的。」〔註13〕劇作通過一場天災讓封建家庭倫理受到一次審視，暴露出其在人的私慾面前的虛弱性，儘管作品最終讓家庭倫理獲得了勝利。戲曲描寫劉天祥、劉天瑞兄弟二人由於遭遇荒年，立兩紙合同文字，證明家產未分，弟兄各拿一份。結果，弟弟天瑞攜妻兒外出「趁熟」，來到潞州高平縣，幸有張秉彝收留。夫妻二人由於宵紡曉耕，積勞過度，雙雙染疾，先後病逝。十五年過後，劉天瑞的兒子劉安住已長大成人。張秉彝以合同文字爲證，講明了劉安住的眞實身世，將保存了 15 年之久的合同文字交給了劉安住，劉安住拿著合同文字，挑著父母骨殖，「急煎煎早行晚住」，急切地回到家鄉，急於認親。所以當伯娘要合同文字時，他便迫不及待地取了出來，可伯母由於想把家產傳給女婿，就騙取了合同文字，並誣說安住冒認親，又打破了安住的頭。儘管戲劇最後讓清官包公出場，「智賺合同文字」，劉安住得以被認，使具有我國封建倫理特徵的以家庭血緣關係爲紐帶的倫理關係得到肯定，而作者的創作意圖也似乎是在宣揚封建家庭倫理，如劉天祥、劉天瑞兄弟的互讓，弟弟主動提出到外地避難，哥哥也主動提出立合同文字，兄仁弟賢。張秉彝雖與劉家非親非故，但他樂善好施，重人之託，把劉安住撫養成人，又把合同文字交給他。而劉安住也是仁義之人，他得到合同文字，首先想到的不是家產，而是先將「凍餓死的爺娘」的骨殖安葬於家鄉。因而，他反覆向伯娘解釋說：「我又不索您錢財，又不分您土地，只要把無主的亡靈歸墓所」，「但能勾葬埋了我父母，將安住認不認待何如。」可劉安住的伯娘是一位自私狠毒、見利昧心的婦人。她唯恐家產被親侄子佔有，而自己的女婿不能獨吞家產，因爲封建倫理觀念講求嫡系關係。所以，她堅決不認劉安住，還騙取了劉安住的合同文字。表面上看來，劉安住的伯娘是位品行不正、自私狠毒的人，實際上她的所做所爲正反映出元代以降，隨著社會商業經濟的發展，傳統觀念受到的衝擊，人們普遍存在著價值的困惑和道德的危機，人心不古，物慾對天理的對抗。從

〔註13〕余秋雨：《中國戲劇文化史述》，湖南人民出版社，1985 年版，第 199 頁。

這個層面分析《合同文字》，我們就會理解這類劇的深刻的現實意義。

如果說《合同文字》所反映的封建家庭倫理與財富之間的衝突還是可以調和的，那麼，《神奴兒》、《魔合羅》則表現的是血腥的爭奪。《神奴兒》寫李家兄弟李德仁、李德義在一起過，李德仁的兒子叫神奴兒，李德義無子，為爭奪家產，他妻子王臘梅逼他與兄嫂分家，結果氣死了哥哥李德仁。李德義哭泣，他妻子卻高興地安慰他：「李二休啼哭，你哥哥已死了也。著嫂嫂領著神奴兒另住守寡。潑天也似家私，都是俺兩口兒的。」為了達到獨霸家私的目的，李德義的妻子王臘梅喪盡天良。神奴兒與院公出門玩耍，院公偶然走開，李德義就把姪兒抱到他家裏，王臘梅卻把這無辜的神奴兒給活活勒死了。當院公與李德仁的妻子來找神奴兒時，王臘梅不但抵賴，而且向官府誣告李德仁的妻子與姦夫合謀害死親子，並向官府行賄，致使李德仁的妻子陳氏被陷下獄。《魔合羅》裏的堂弟李文道也是一位喪心病狂之徒，他為霸佔嫂嫂劉玉娘，搶佔哥哥李德昌的錢財，竟然殘忍地殺死堂哥。這一類作品表現了家庭財產引起的矛盾，對弱勢者被欺凌迫害表示了同情，反映了封建家庭倫理的鬆動，但劇作者沒有看到那是在封建財產繼承權利所帶來的不平等所產生的衝突，而是將引起爭端的原因歸結到封建倫理的不振，從而希望通過對封建的道德的恢復，加強「仁義」、「孝悌」等封建倫理觀的教育，以療救世風不古的人心，其主觀的願望是良善的。這種創作意圖，在蕭德祥的《殺狗勸夫》中得到極好的闡釋。孫榮、孫華兩兄弟，一富一貧。孫榮由於受兩惡人柳隆卿、胡子轉的挑撥，責打弟弟孫華。孫華不記哥哥之仇，孫榮醉臥街頭，柳胡二人偷其錢而去，孫華卻把哥哥背回家，孫榮酒醒，發現丟了錢，又把弟弟痛罵一頓。孫榮妻楊氏設計警醒丈夫，殺了一條狗，假裝人屍，丟在門口，孫榮害怕，求柳胡二人幫忙移屍，柳胡拒絕，還是弟弟幫忙埋了屍首。儘管孫華對哥哥獨佔家產也充滿憤怨之情：「為甚麼小的兒多貧困，大的兒有金銀？爹爹奶奶呵，你可怎生來做的個一視同仁！」「若不是死了俺娘親和父親，這家私和你匹半停分」，但他仍然逆來順受，「卻始終還盡孝悌之道的情狀，非常能引起讀者的同情。」〔註14〕

2. 婚內姦情的罪惡。元雜劇裏描寫了很多惡性事件其導火線都是因為婚內的姦情所致，這也正是元代社會風氣影響的結果，是對傳統家庭倫理的反叛。由於元代在對婦女的貞節上大大不同於它的前代宋朝，蒙古統治者受其

〔註14〕青木正兒：《元人雜劇概說》，中國戲劇出版社，1957年版，第113頁。

本民族文化的影響，對婦女的離婚、再婚，甚至婚內的姦情的寬容，在社會上產生了很大的影響，一時出現了不重節烈的風尚，致使一些漢族士大夫對此極爲不滿，大聲疾呼：「如乾道、淳熙（南宋孝宗年號，1165～1189 年）時風厚俗美，男義女貞，又安得是，則其遂不克振可知也。」〔註 15〕因此，元代人在兩性關係上較爲隨便，以致使像平江路這樣受理學影響很深的地區，也出現「多淫，男女淫奔恬不爲愧」的現象。「『姑蘇』二字，讖云『一女養十口』是以風俗與溫州同，『溫』字遠觀似『淫』字。」〔註16〕這一社會風氣在元雜劇中也得以反映，但劇作家們的道德倫理認同感與士大夫們基本相同，所以在劇中對婚內姦情予以堅決的批判揭露。

這類劇作有鄭廷玉的《後庭花》和李潛夫的《灰闌記》、無名氏的《張千替殺妻》和《貨郎旦》，以及水滸戲《雙獻功》、《燕青博魚》等。這些作品的共同之處是裏面都有一位淫蕩而心狠手辣的婦人，她們都謀求姦情，謀財害命，但最終是玩火自焚，得到應該得到的懲處，從而使劇作傳遞出捍衛傳統的家庭倫理道德觀的信息。《後庭花》裏趙廉訪的管家王慶和僕人李順的妻子有姦情，二人便合謀讓李順殺了王翠鸞母女，李順卻放走了王翠鸞母女。王慶以此爲藉口，要挾李順休了妻子，李順不肯，王慶便把李順殺了。《灰闌記》裏馬員外的正妻與趙令史私通，便合謀害死了馬員外，並立刻令人將屍體埋於荒郊，又威脅張海棠，欲奪她的兒子，獨霸馬家財產。《勘頭巾》中劉平遠的妻子與道士王知觀私通，害死劉平遠，卻告貧民王小二殺死了自己的丈夫劉平遠。《張千替殺妻》鞭撻員外妻的淫邪惡欲的同時，歌頌了張千的知恩必報、講求義氣的思想品行。劇寫某員外因敬重屠夫張千的德行，和他結爲兄弟。員外出門討帳，張千陪員外妻上墳，她看中張千，百般勾引，張千不從，只好騙她回家。員外回家，其妻把他灌醉，想殺了員外，張千發現卻殺了員外妻然後逃走。員外蒙受殺人罪名，被判死刑，解押開封府，包公懷疑此案有冤屈，親自審訊，這時已做了開封衙役的張千自首認罪。劇尾題目正名爲「悍婦貪淫生惡計，良人好義結相知；賢明待制翻疑獄，鯁直張千替殺妻。」由此可以看出作者的傾向性是十分明顯的，淫婦就是應該被殺，知恩必報是義舉應該受到讚揚。再如《貨郎旦》裏李彥和的小妾張玉娥與姦夫合謀，放

〔註15〕胡長孺：《陳孝子傳》，《國朝文類》卷 69。

〔註16〕孔齊：《至正直記》卷三《平江讖語》，《宋元筆記小說大觀》（六），上海古籍出版社 2001 年版，第 6622 頁。

火燒掉房舍，趁李員外攜子春郎、乳母張三姑乘船逃難之機，將員外推墮落水，勒死張三姑，劫財而逃。水滸戲中幾乎都有一個惡婦，如《雙獻功》中與權貴白衙內私通的孫孔目的妻子郭念兒，《爭報恩》裏趙通判的妾王臘梅與丁都管有姦情，《燕青博魚》中燕和的妻子私通楊衙內，《還牢末》中六案都孔目李榮祖的次妻蕭娥與趙令史有姦情，故迫害李榮祖一家。如此多的姦夫淫婦，恰恰反映了元代病態的社會，舊家庭倫理觀念遭受到衝擊，人的惡欲在膨脹，「萬惡淫爲首」，故劇作家們通過對姦夫淫婦的嚴懲，以求整頓妻綱，這也反映出作家們企圖恢復傳統倫理觀念的願望。

　　3. 財欲對人性的泯滅。金元交替時期，連年戰爭，幾乎摧毀了中原大地的傳統社會結構和倫理觀念，正如宋子貞所言：「國家（元朝）承大亂之後，天綱絕，地軸折，人理滅，所謂更造夫婦，肇有父子者，信有之矣。」〔註17〕同時，元代又是一個商品經濟發達的時期，金錢對傳統倫理觀念的腐蝕無處不在，如《老生兒》裏所云：「錢呵，爲你搬得人大漢爲賊落草，搬得人幼女私期暗約。可知把良吏清官困罷了。搬得親兄弟分的另住，好相知惡的絕交，把平人陷倒。」人們貪財的惡欲幾乎使人性泯滅，道德淪喪，謀財害命，惡劣無比，《金鳳釵》、《盆兒鬼》、《硃砂擔》、《馮玉蘭》即是此類作品的代表。《金鳳釵》通過秀子趙鶚的遭遇，控訴了封建社會的暗無天日，金錢高於一切的罪惡。《盆兒鬼》寫小本商人楊國用爲避血光之災辭家出外經商，住在盆罐趙與其妻開的黑店裏，被盆罐趙夫妻害死，屍體在瓦窯裏被燒成灰，製成瓦盆。《硃砂擔》寫商人王文用出外經商，帶著硃砂等貨物，在店中遇到強盜「鐵幡竿」白正，白正欲殺人劫貨，被王文用用酒灌醉，王文用逃去，但白正窮追不捨，最終把王文用殺死，奪去了硃砂等貨物。《馮玉蘭》反映的卻是小官吏的悲慘遭遇。太守馮鸞前往福建泉州任職，帶著全家，到了長江，在黃蘆蕩避風，遇到巡江官屠世雄。屠世雄見馮鸞妻美貌，便殺了馮鸞全家，搶走馮鸞妻子，僅有馮鸞女兒玉蘭因藏在船梢幸免。這些劇作具有極強的現實意義，完全是作者從社會實際中提煉的，反映了元代那個綱常混亂、惡人橫行，好人受欺的不正常社會現狀，人們爲謀取錢財，道德淪喪，人性泯滅，民眾的生命財產沒有保障，別說小商人，就連官員也一樣，由此可見，元代社會是多麼的黑暗！

〔註17〕宋子貞：《中書令耶律公神道碑》，《國朝文類》卷五七。

第二節　壯美的悲劇精神大展示

　　身置於吏治腐敗、社會倫理喪失殆盡、小民受欺的黑暗時代的書會才人們，不甘讓現實中這些權豪勢要、無賴惡徒在戲劇舞臺上也耀舞揚威，而是要給人民以生活的希望。因此，公案劇最感動人心的魅力來源於作者對冤死的人們堅強而執著的復仇精神的熱情歌頌，酣暢淋漓地歌頌他們身上具有的抗爭精神，譜寫出一曲曲震撼人心靈的悲歌。

　　公案劇多爲悲劇，洋溢著悲劇的悲壯美，而悲劇又是戲劇藝術的最高形式。叔本華就曾說：「無論是從效果巨大的方面看，或是從寫作的困難這方面看，悲劇都要算作文藝的最高峰，人們因此也公認是這樣。」〔註18〕因此，西方人很看重悲劇，「要求悲劇有一個君主或一個大名鼎鼎的人作爲它的主人公，不僅是古典主義戲劇的金科玉律，正如我們在前一章中已經提到的，中世紀人們的頭腦裏，幾乎都有這樣一個心照不宣的準則：所有的悲劇都是寫帝王將相的。」〔註19〕由於如此觀念，西方悲劇更關注大人物的命運，表現偉大人物的毀滅，「悲劇，從本質上來講就是一個遭受苦難和災禍，最終導致死亡的故事。」〔註20〕古希臘悲劇是如此，莎士比亞悲劇也是如此。而我們中國的悲劇卻與此不同，我國悲劇更關注小人物的命運，表現他們面對貌似強大的惡勢力的欺壓，不是逆來順受，忍氣吞聲，自甘認命，而是面對慘淡的人生，直起抗爭，即使被冤殺，靈魂也不屈，噴射出復仇的怒火，生命無辜被毀滅，靈魂便要毀滅者毀滅。這種抗爭具有一種慘烈、悲壯的神韻，具有中國神活中「精衛填海」般的壯美，達到驚人心魂的藝術效果。

一、冤死而不服的厲鬼

　　公案劇中有相當一部分劇目描寫善良無辜的人們被惡棍姦佞所迫害致死，他們雖肉體已毀，但幽靈不滅，仍要復仇，與惡人戰鬥到底，直至平冤。這類戲曲表現出人民群眾強烈的抗爭精神，《竇娥冤》就是此類戲曲的代表作品。

　　《竇娥冤》正是通過竇娥的冤獄，一方面揭露了社會的黑暗和吏治的腐

〔註18〕叔本華：《作爲意志和表象的世界》，商務印書館1986年版，第35頁。
〔註19〕（英）阿·尼柯爾：《西歐戲劇理論》，中國戲劇出版社，1985年版，第123頁。
〔註20〕A.C.佈雷德利：《莎士比亞悲劇研究》，上海譯文出版社，1985年版，第3頁。

敗，另一方面又通過竇娥歌頌了人民反抗壓迫的鬥爭精神，從而構成作品的主題。竇娥是一個悲劇人物，她是中國漫長的封建社會陶冶出來的被壓迫婦女的典型，她的性格中既有善良溫順的一面，又有倔強反抗的一面。她對生活沒有過高要求，不準備逾越封建禮教的約束去謀求自己的幸福，只是恪守封建的倫理綱常，默默地忍受著命運加於她的種種磨難。安分守己地奉養婆婆，可隨著惡勢力的步步緊逼，她漸漸拋棄了逆來順受的態度，表現出堅強的反抗性格。她在家中拒絕潑皮無賴張驢兒父子的無理糾纏，在公堂上和貪官酷吏桃杌據理力爭，忍捱著無情的棍棒，也沒屈服，更沒求饒。在刑場上指天罵地，「這都是官吏每無心正法，使百姓有口難言」，於是她對命運開始懷疑，正是在冷酷的現實的欺凌壓迫下，竇娥結束了她那逆來順受的精神狀態，步入覺醒的新階段：

> 「沒來由犯王法，不提防遭刑憲，叫聲屈動地驚天！頃刻間遊魂先赴森羅殿，怎不將天地也生埋怨」。

> 「有日月朝暮懸，有鬼神掌著生死權，天地也，只合把清濁分辨，可怎生糊突了盜跖顏淵？為善的受貧窮更命短，造惡的享富貴又壽延；天地也，做得個怕硬欺軟，卻元來也這般順水推船。地也，你不分好歹何為地？天也，你錯勘賢愚枉做天？哎，只落得兩淚漣漣。」

臨刑前立下三樁誓願也是一種反抗方式。三樁誓願的實現，證明了她的冤屈，使她的故事帶有更為強烈的悲劇色彩。正因為竇娥性格不是單純的，她的從忍受到覺醒有著令人信服的發展過程。因此，這齣悲劇具有激動人心的力量，而竇娥那種「理不明，仇不報則死不瞑目」的反抗性格也顯示更動人的藝術光彩。被冤殺後鬼魂還出來訴說冤屈，仍不放棄鬥爭的行為，如同女娃化成精衛，復仇是她的信念，也成為她的行動。她魂飄天地間，「我每日哭啼啼守住望鄉臺，急煎煎把仇人等待」。她在父親夢中顯形，哭訴道：「枉自有勢劍金牌，把俺這屈死三年的腐骨骸，怎脫離無邊苦海？」當張驢兒被押至公堂還想抵賴時，竇娥鬼魂上前痛打張驢兒，與他對質。直到惡人被殺，冤情被平，她仍怨恨道：「這的是衙門從古向南開，就中無個不冤哉！」她還叮嚀父親：「從今後把金牌勢劍從頭擺，將濫官污吏都殺壞，與天子分憂，為萬民除害。」明代戲曲家呂天成在《曲品》中說：「元有《竇娥冤》劇，最苦。」竇娥的命運確實很悲苦，但她的性格卻很剛強。面對社會邪惡的凌暴，官府

的淫威，她沒有低頭，冤殺也不能讓她在精神上屈服。相反，邪惡使她從柔弱走向剛烈，冤屈使她迸發出憤怒的吶喊。她的悲苦命運摧人淚下，她的抗爭精神鼓舞人奮起，在她的身上充分表現出偉大悲劇人物的悲壯美！

《生金閣》中的郭成，傳家寶物生金閣被權豪勢要龐衙內搶佔，妻子被霸佔，自己也被鍘掉了頭顱，成了無頭冤鬼，但他仍不屈服，提著頭追趕猛打仇人龐衙內，呼喊報仇，嚇得仇人膽戰心驚。《盆兒鬼》中的楊國用被盆罐趙殺死，屍首被焚燒成灰做成瓦盆，但他的幽魂就附在瓦盆中，囑託張懶古拿著瓦盆到開府封尹包公那告狀。到了開封府，老人在盆兒上敲了幾下，趙國用的幽魂便叮叮噹當訴說冤情：「孩兒……在這四十里外瓦窯村盆罐趙家投宿，不意他夫妻兩個，圖了咱財，致了咱命，又將孩兒燒灰搗骨，捏成盆兒，其實好苦楚也！」當他見到盆罐趙夫妻便怒笞仇人。當包公嚴懲惡人盆罐趙夫妻時，幽魂也到法場，「權做個監斬官」，他要親眼看著惡人被懲處。《碟砂擔》中的王文用被惡棍白正所殺，他的鬼魂到陰司告狀，天曹官允准了他的訴狀，他的鬼魂同東嶽太尉活捉了白正，報仇雪恨。《神奴兒》裏的神奴兒被其嬸娘勒死，他的魂魄託夢給院公，告訴他被害的經過。當包公勘此案時，神奴兒魂魄特意趕到開封府申訴冤枉，於是案件真相大白，冤屈得到申張，惡人受要應得的懲處。

二、憤然而起的硬漢

在公案劇裏，除了展現了像竇娥、郭成這些個冤魂復仇的人物外，還塑造了很多遇見不平、憤然而起的硬漢形象，歌頌了他們的反抗精神，展示出他們身上所具有的悲壯美。

《蝴蝶夢》裏窮秀才王老漢在中牟縣長街上歇息，平白無故被權豪勢要葛彪打死，王家三兄弟氣憤不過，為父報仇，找到葛彪，怒斥之：「使不著國戚皇親，玉葉金枝，便是他龍孫帝子，打殺人要吃官司！」於是他們打死了葛彪，包公審案時根本不聽王母的陳述，不過問王氏兄弟為何打死葛彪，不理會王父先被葛彪打死的前因，便下令拷打王氏三兄弟，王大、王二爭著把責任攬在自己身上，王母情願受刑替兒子抵命，將悲劇氣氛推向高潮。包拯無計可施只得向王氏兄弟大施酷刑，眼看著兒子受罪的王母，憤怒抨擊開封府衙門：「渾身是口怎支吾，恰似個沒嘴的葫蘆，打的來皮開肉綻損肌膚，鮮血模糊，恰渾似活地獄。三個兒都教死去，你都官官相為倚親屬，更做道國

戚皇族」。揭露像包公這樣的清官，也是傾向於權豪勢要，不分皂白地折磨挺身反抗的小民。因爲王大、王二是前母所出，只有王三是她親養，她只好忍著極大的悲痛把親生的王三捨出抵命，表現出人民不向權貴低頭，敢於反抗，謀求公平的精神，這正是公案劇正義精神之所在。

無名氏《陳州糶米》是元雜劇中優秀的公案劇。寫陳州（今河南淮陽）亢旱三年，六料不收，范仲淹奉旨選官去開倉賑災，劉衙內薦兒子劉得中，女婿楊金吾前往，劉、楊二人擅將米價由五兩一斗提到十兩一斗，又使小斗大秤，貪污害民，村民張憋古疾惡如仇，在知道小衙內和楊金吾在糶米中營私舞弊後，不畏強暴，痛斥貪官：「都是些吃倉廒的鼠耗，咂膿血的蒼蠅」，「你道你奉官行，我道你奉私行，俺看承的一合米關著八九個人的命，又不比山藥野鹿眾人爭。你正是餓狼口裏奪脆骨，乞兒碗底覓殘羹，我能可折升不折斗，你怎也圖利不圖名？」，「他假公濟私，我怎肯和他干罷了也呵！」「他若是將咱刁蹬，休道我不敢掀騰。柔軟莫過溪澗水，到了不平地上也高聲。」小衙內被罵得惱羞成怒，揮起紫金錘猛擊張憋古，老頭被打倒，口吐鮮血，但他沒有絲毫畏懼，臨死仍然憤呼：「雖然是輸贏輸贏無定，也須知報應報應分明。難道紫金錘就好活打殺人性命？我便死在幽冥，決不忘情！待告神靈，拿到階庭，取下招承，償俺殘生，苦恨才平。若不沙，則我這雙鶻鴒也似眼中睛，應不瞑！」他囑咐兒子小憋古一定要到包龍圖那裏告狀，替他報仇。小憋古遵父命至開封找包拯告狀，包拯至陳州，先遇小衙內包下的粉頭王粉蓮，借與之籠驢之機，從王口中得知劉、楊罪行，先殺楊金吾，又使小憋古用紫金錘打死劉得中，劉衙內捧得赦書出來，赦書云：「赦活的，不赦死得」，包公藉此赦免了小憋古。惡人得到了懲治，正直的人們冤屈得到申張。尤其感人的是張憋古面對強大的貪官毫無懼色，敢於爲民請願，置自己安危於肚外，表現出小民百姓可以被欺壓，甚至被紫金錘「打殺」，但小民百姓決不是任人宰割的羔羊，他們似柔軟的溪間水，「到了不平地上也高聲」，如果被欺壓過分，他們便會拍案而起，向欺壓者討還血債，不達復仇目的決不罷休！

亞里斯多德說：（悲劇是）「一個人遭受不應遭受的厄運。」〔註21〕元雜劇恰恰反映出了善良的人們不該遭受的厄運，從而揭示出元代社會的不合理性。更爲感動人心魂的是表現了這些小人物不畏強敵、敢於抗爭的精神。不

〔註21〕 亞里斯多德：《詩學》第十三章，伍蠡甫主編《西方文論選》（上卷），上海譯文出版社，1979 年版，第 67 頁。

管是王家兄弟，還是張氏父子，他們所面臨的都是社會的特權階層，「打死人不償命」，但他們並不被嚇倒，而是以其人之道，還治其人之身，讓惡人受到應該受到的懲處。這顯然是作者將人們內心最眞實、最強烈的意願通過舞臺化展示出來，它正是在「覆盆」社會中人民的叛逆思想的一種折光，如果我們把《陳州糶米》中小懊古用紫金錘打死小衙內的事同益都千戶王著用銅錘打死權奸阿合馬的事聯繫起來分析，就更能理解這種反抗精神的現實意義。

三、正義必勝的信念

　　在這些公案劇中，幾乎無一例外要寫到受迫害、被冤屈的人們最終能獲得平冤，惡人受到懲治，具有一個光明的尾巴，這似乎消解了劇作的悲劇性。前輩學者對此批判最強烈的當數胡適和朱光潛先生。胡適在《文學進化觀念與戲劇改良》中說：「中國文學最缺乏的是悲劇觀念。無論是小說，是戲劇，總是一個美滿的團圓……這種『團圓的迷信』乃是中國人思想薄弱的鐵證。……他閉著眼不肯看天下的悲劇慘劇，不肯老老實實寫天工的顛倒。只圖說一個紙上的大快人心。這便是說謊的文學。」〔註 22〕朱光潛先生說的更絕對：「隨便翻開一個劇本，不管主要人物處於多麼悲慘的境地，你盡可以放心，結尾一定是皆大歡喜，有趣的只是他們怎樣轉危爲安，劇本給人的總印象很少是陰鬱。僅僅元代（即不到一百年時間）就有過五百多部劇作，但其中沒有一部可以眞正算得悲劇的。」〔註 23〕但他們的如是論述都是從西方悲劇觀念的角度來評判我國戲劇，故失之公正，甚有偏頗。其實，並不是我國缺乏悲劇觀念，而是同西方的悲劇觀念不同，這是在兩種截然不同的文化觀下所派生出的悲劇觀念。西方文化可謂是「罪感文化」，《聖經》認爲人類是上帝的背叛者，被上帝逐出了樂園，故人的一生是在「原罪」中不斷贖罪，以求死後回到上帝的懷抱中。因此，西方人信奉人死後靈魂可以得救，把死看成是一種充滿著殉道者犧牲精神的崇高行爲。而我國的文化可謂是「樂感文化」，「它已經成爲中國人的普遍意識或潛意識，成爲一種文化——心理結構或民族性格。中國人很少眞正徹底的悲觀主義，他們總願意樂觀地眺望未來。」〔註 24〕另外，西方美學原則強調文藝對現實的模仿，依靠作品富有眞

〔註 22〕　胡適：《胡適古典文學研究論集》，上海文藝出版社，1988 年版，第 761 頁。
〔註 23〕　朱光潛：《悲劇心理學》，人民文學出版社，1983 年版，第 218 頁。
〔註 24〕　李澤厚：《中國古代思想史論》，人民出版社，1986 年版，第 311 頁。

實感的人物形象教育人、感染人，故更看重偉大人物毀滅所帶來的巨大的震撼力；而我國傳統的美學原則則重視文藝的情感感染作用，而情感往往又伴隨著道德倫理的審視，我國人更堅信「善有善報，惡有惡報」，善者即使死了也要化作復仇的厲鬼，邪惡之徒雖然一時耀武揚威，但最終難逃滅亡的下場。正是從民族的這種文化心理出發，我國的悲劇才會有「圓滿」的結局。它並不是我國戲曲的缺點，恰恰是對正義必將戰勝邪惡充滿信心的體現。

王季思先生說：「我國古典悲劇以大團圓結局的要比歐洲多。這種結局，有的是劇情發展的結果，是戲劇結構完整性的表現，有的還表現鬥爭必將取得勝利的樂觀主義精神，但有的卻表現折中、調和的傾向，讓一個幹盡壞事的惡人跟悲劇主人公同慶團圓，這自然要削弱了悲劇動人的力量。」〔註25〕在元雜劇裏，有些劇作的「團圓」結局不甚合理，如《瀟湘雨》、《秋胡戲妻》等，確實像王季思先生所說的是「削弱了悲劇的動人力量」。但公案劇的「團圓」結局，大都是「表現鬥爭取得勝利的樂觀主義精神」，是應該予以肯定的。《竇娥冤》、《盆兒鬼》、《神奴兒》、《生金閣》、《硃砂擔》等劇中冤死的鬼魂的登場復仇，不僅有幻想的合理性，而且是人物反抗性格的繼續，是對勝利充滿信念的表現。這些鬼魂都是從人民現實生活中來的，具有善良人的真情實感，「完全矢終於真實的生活邏輯，是觸摸可得的人，而不是陰森可怖的鬼」。〔註26〕他們正是在封建社會裏被強大的惡勢力欺壓而屈死的人民不屈精神的真實寫照，通過他們表現了人民的反抗情緒，也激發了人民同惡勢力鬥爭的勇氣，因此，他們歷來為中國民眾所喜歡。再如《陳州糶米》、《蝴蝶夢》、《魯齋郎》等通過清官判案，最終懲惡揚善的劇作，更是顯示了正義必將戰勝邪惡的力量！因此，對公案劇的「團圓」結局應該給予合乎劇情實際的評價，而不能從庸俗的社會學的角度給予評判。

第三節　正義精神的象徵——清官形象的文化意義

公案劇更為可貴的是塑造了幾個愛憎分明、睿智聰慧、不畏權貴，敢於為民做主的清官形象，在他們的身上體現了身處吏治腐敗的元代的廣大民眾

〔註25〕王季思：《中國十大古典悲劇選·前言》，上海文藝出版社，1982年版，第20頁。

〔註26〕黃克：《關漢卿戲劇人物論》，人民文學出版社，1984年版，第65頁。

渴望獄案公平的美好願望。元代民眾在黑暗的現實中倍受權豪勢要的欺凌，通過告狀也難獲得公平的裁判，被社會已經擲入了下層人民中間的元雜劇的作者們，深深瞭解民眾的苦難，所以塑造了包公等清官形象，讓他們爲民主持公正，懲治惡人，從而使民眾在舞臺上能獲得須臾的酣暢淋漓的滿足。

一、清官崇拜意識的歷史淵源

　　我國是一個封建社會極其漫長的國度，而封建社會的政治文化核心就是等級制，封建帝王處在這一寶塔式的封建專制制度的最頂端，至高無上、唯我獨尊，爲所欲爲，不受任何法律條文的約束，正如《資治通鑑》上說：「生殺之柄，人主之所得專也」。因而便形成了中國古代的官場文化即是一味順從上司的意志，朝廷近臣一味奉承皇帝旨意，如漢武帝時掌管司法的廷尉張湯，「所治，即上意所欲罪，與監、史深禍者；所釋，即上意所欲釋，與監、史輕平者，上由是悅之。」〔註27〕封建官員那管百姓小民理之屈直，所以中國的百姓很難從專制政權那裏得到公正的權利，更別說是掌握自己的命運，於是，他們只能將自己的命運寄託在比較清明的帝王和比較清廉的官員身上，從而就對王權和清官產生了崇拜心理。我們可以借用馬克思在《路易‧波拿巴的霧月十八日》中分析法國小農生產方式特點時的一段話來說明這一問題：

　　　　小民的生產方式不是他們相互交往，而是使他們互相隔離。他們沒有形成一個階級，他們不能代表自己，一定要別人來代表他們。他們的代表一定要同時是他們的主宰，是高高站在他們上面的權威，是不受限制的政府權力，這種權力保護他們不受其它階級的侵犯，並從上面賜給他們雨水和陽光。

誠然如是，中國古代一直是一個農業爲主的社會，農民過著分散而自給自足的小農生活，長年束守在土地上，又承擔著繁重的勞動和生活的艱辛，總是處於被壓迫的地位，「民可使由之，不可使知之，」在經濟上，老百姓往往受到殘酷的剝削，在政治上沒有發言權，在文化上受到愚弄，像西漢諫大夫鮑宣所言：

　　　　今民有七亡：陰陽不和，水旱爲災，一亡也；縣官重責，更賦租稅，二亡也；貪吏並公，受取不已，三亡也；豪強大姓，蠶食亡厭，四亡也；苛吏徭役，失農桑時，五亡也；部落鼓鳴，男女遮列，

〔註27〕《資治通鑑》卷十八。

六亡也；盜賊劫略，取民財物，七亡也。七亡尚可，又有七死：酷
吏毆殺，一死也；治獄深刻，二死也；冤陷亡辜，三死也；盜賊橫
發，四死也；怨仇相殘，五死也；歲惡飢餓，六死也；時氣疾疫，
七死也。〔註28〕

老百姓處於如此悲慘的境地，正是魯迅先生所說的「中國人向來就沒有爭到
過『人』的價格，至多不過是奴隸。」〔註29〕因此，中國的老百姓缺乏自我
解放的意識，而往往被動的把自己的解放之命運寄託在明君清官身上。所以，
在中國的史籍中，很早就有「忠臣」與「姦臣」之分，「清官」與「貪官」之
辨。司馬遷的《史記》裏就專門寫有《循吏列傳》和《酷吏列傳》，贊循吏而
斥酷吏。三國時，出現「清吏」之說。魏文帝望見吏部郎許允身著敗衣，就
贊之爲「清吏」。「清官」一詞，始於唐代。唐貞觀年間修的《北史・景穆十
二王傳》云：「仲景三子，皆以宗室，早歷清官。」但這裏「清官」的含義是
指地位貴顯、政事不繁的官職。和我們今天含義相同的「清官」之詞，可以
說到了元代才確立。元好問在《薛明府去思口號》中說：「能吏尋常見，公廉
第一難，只從明府到，人信有清官。」只有到了元雜劇繁榮的時代，「清官」
形象才眞正深入中國老百姓的心中，人民群眾把清除貪官、反冤雪恨的希望
都寄託在清官身上，正如《灰闌記》裏張海棠所唱的「則您那官吏每忒狠毒，
將我這百姓們忒凌虐，葫蘆提點紙將我罪名招，我這裏哭啼啼告天天又高，
幾時節盼的個清官到。」

同時，清官形象的大量出現，又是中國「官本位」文化的潛意識體現。
在中國漫長的封建社會，人們的價值觀一直是「學而優則仕」，社會分工的排
序一直是「士農工商」，士居其首，中國的官吏的主要來源也便是「士」，正
如閻步克先生所說：「在中華帝國的漫長歷史之中，『士』或『士大夫』這一
群體具有特別重要的地位，當我們著重去觀察那些政治－文化性事象之時，
就尤其如此。從戰國時期『士』階層的誕生，此後有兩漢之儒生、中古之士
族，直到唐、宋、明、清由科舉入仕的文人官僚，儘管其面貌因時代而不斷
發生著變異，但這一階層的基本特徵，卻保持了可觀的連續性。就其社會地
位和政治功能而言，我們有理由認爲他們構成了中華帝國的統治階級；中國
古代社會的獨特政治形態，自漢代以後，也可以說特別地表現爲一種『士大

〔註28〕《資治通鑒》卷四十三。
〔註29〕魯迅：《燈下漫筆》，收入雜文集《墳》。

夫政治』。這種政治－文化形態有其獨特的運作機制，並構成了獨特的政治文化傳統。」〔註30〕幾千年來，中國的這種獨特的政治文化傳統影響著中國人的思想觀念，形成了國人對「官」的崇拜心理，中國人讀書的目的就是做官，而官僚階層也主要來源於讀書人，「官僚、士大夫、紳士、知識分子，這四者實在是一個東西，雖然在不同的場合，同一個人可能具有幾種身份，然而，在本質上，到底還是一個。……平常，我們講到士大夫的時候，常常就會聯想到現代的『知識分子』。官僚就是士大夫在官位時的稱號，紳士是士大夫的社會身份。」〔註31〕而「士」階層又是一個特殊的群體，處於支配與被支配階級中間，他們既有可能上陞爲支配階級，也可能降落爲被統治階級。如此的社會地位便形成了他們文化人格上的雙重性。他們中的正直之士具有「先天下之憂而憂，後天下之樂而樂」的品行，以「治國平天下」爲己任。所以，他們關心民眾、痛擊時弊、爲民請命、捨身求法，是「中國的脊梁」，這也正是清官產生的社會基礎。另一方面，由於他們又是封建官僚階級的附庸，往往又受制於他們所效力的階級，又受到官場潛規則的制約和影響，表現出姦猾的一面。加之，中國百姓社會地位的低下，不能掌握自己的政治生命，所以就非常希望爲官者清廉，爲官者要有仁愛之心，「愛民如子」，即是這種官本位崇拜的通俗詮釋。因此，中國老百姓對「官」有一種潛意識的崇拜，認爲他們是公正清廉的，是爲民做主的。由此，我們就能理解竇娥爲什麼在張驢兒提出見官時她毫不猶豫就同意時的心理了。

二、清官能吏形象的文化意蘊

公案劇裏的清官形象，第一當屬包拯，其次是張鼎和王翛然。歌頌包拯不畏權貴、爲民伸冤的戲曲有《蝴蝶夢》、《魯齋郎》、《後庭花》、《生金閣》、《灰闌記》、《留鞋記》、《合同文字》、《神奴兒》、《盆兒鬼》、《陳州糶米》、《張千替殺妻》等。歌頌能吏張鼎的有《魔合羅》和《勘頭巾》，歌頌王翛然的有《救孝子》和《殺狗勸夫》。此外，還有《延安府》中的李圭，《緋衣夢》中的錢可，《竇娥冤》中的竇天章，《金鳳釵》中的張天覺等，都是清官能吏。在他們的身上，作者賦予了共同的思想性格特徵：清正廉潔、恤孤憐貧、執法如山、剛直不阿、爲民請命、犯顏直諫、打擊豪強、爲民除害、聰明睿智、

〔註30〕閻步克：《士大夫政治演生史稿》，北京大學出版社，1996年版，第1頁。
〔註31〕吳晗、費孝通等：《皇權與紳權》，天津人民出版社，1988年版，第66頁。

斷獄精明，在他們身上蘊含著豐富的思想，體現出人民與黑暗勢力作鬥爭的堅強鬥志和不畏強暴、為民伸冤的正直精神，他們正是人民所期望的清明政治的化身，表現出人民對美好的社會理想的嚮往之情。

二、包拯──百姓理想化清官的典型

在現存的十幾種公案劇中，有十一種是寫包公破案的故事，也正是由於此，包公成為了中國老百姓心目中耳熟能詳的第一清官形象，在他的身上溶注了廣大人民對清明政治渴望的美好理想，他是人民按照自己理想清官模式所設計出的人物，正如胡適先生所說：「包龍圖─包拯─也是一個箭垛式人物。古來有許多精巧的折獄故事，或載在史書，或流傳民間，一般人不知道他們的來歷，這些故事容易堆在一兩個人的身上。在這些偵探式的清官之中，民間的傳說不知怎樣選出了宋朝的包拯來做一個箭垛，把許多折獄的奇案都射在他身上。」〔註32〕當然，老百姓能夠選擇包拯，也是因為他本身確實也是一位受民尊敬、為民做主的好官。包拯，《宋史》卷三百一十六《包拯列傳》云：

> 包拯字希仁，廬州合肥人也。……除天章閣待制、知諫院。數論斥權倖大臣，請罷一切內除曲恩。又列上唐魏鄭公三疏，願置之坐右，以為龜鑑。又上言天子當明聽納，辨朋黨，惜人才，不主先入之說，凡七事；請去刻薄，抑僥倖，正刑明禁，戒興作，禁妖妄。朝廷多施行之。

> 除龍圖閣直學士、河北都轉運使。……

> 復官，徙江寧府，召權知開封府，遷右司郎中。拯立朝剛毅，貴戚宦官為之斂手，聞者皆憚之。人以包拯笑比黃河清，童稚婦女，亦知其名，呼曰「包待制」。京師為之文曰：「關節不到，有閻羅包老。」舊制，凡訟訴不得輕造庭下。拯開正門，使得至前陳曲直，吏不敢欺。中官勢族築園榭，侵惠民河，以故河塞不通，適京師大水，拯乃悉毀去。或持地券自言有偽增步數者，皆審驗劾奏之。

> …………

> 拯性峭直，惡吏苛刻，務敦厚，雖甚嫉惡，而未嘗不推以忠恕

〔註32〕 胡適：《三俠五義序》，《中國章回小說考證》，上海書店 1980 年版。

也。與人不苟合，不僞辭色悅人，平居無私書，故人、親黨皆絕之。

雖貴，衣服、器用、飲食如布衣時。嘗曰：「後世子孫仕宦，有犯贓

者，不得放歸本家，死不得葬大塋中。不從吾志，非吾子若孫也。」

由此可以看出，包拯在任宦期間確實以清廉剛正著稱，積極參政，爲民眾做了一些好事，受到民眾的懷念。但是元雜劇中的包拯，已經不等同宋時的包拯，他是經過藝術家和民眾不斷的加工想像、豐富和理想化了的執法如山，秉公斷案，爲民除害的清官形象。儘管劇作多稱爲宋時事，但實際展示的完全是元代的黑暗社會。

第一，爲官清正、不畏權貴、勇於爲民主持公正的高尚品行。元蒙統治者由於還處於奴隸社會階段，大腦中就幾乎無法制的概念，皇親貴族爲所欲爲，貪官污吏貪贓枉法，土豪無賴橫行霸道，廣大民眾受盡欺凌，因而，百姓企盼清正之官能剷除權豪、爲民伸張正義，《魯齋郎》、《蝴蝶夢》、《生金閣》、《陳州糶米》中的包公正是這樣的清官，正如《後庭花》中包拯自己所說「憑著我撇劣村沙，誰敢道僥倖姦猾？莫說百姓人家，便是宦官賢達，綽見了包龍圖影兒也怕」。

《魯齋郎》裏的魯齋郎、《蝴蝶夢》中的葛彪、《生金閣》中的龐衙內、《陳州糶米》中的劉衙內以及他的兒子、女婿，都是權豪勢要之徒，他們驕橫恣肆、欺壓良善，又享有「打死人不償命」的特權，因此，他們隨意打死人還狂妄地說：「只當房檐上揭片瓦相似，隨你那裏告來」。面對如此囂張的特權人物，包公毫不畏懼、與惡勢力周旋，最終剷除禍害人民的惡人，爲民伸冤平反。如「智斬魯齋郎」，別看魯齋郎表面上僅僅是一個小小的主持祭祀的官，實際上他是受皇帝恩寵的朝廷要員，因而他才能任意霸佔人妻。對待這種人，在皇帝就是法的封建專制社會，要靠正常的法律程序達到懲治他的目的是絕對不可能的，所以包公只能出於無奈，採用「智」斬，他把魯齋郎三個字改爲「魚齊即」羅列其罪惡，上報皇上，等得到皇上批了「斬」字後再加筆劃，把惡人押上了斷頭臺，巧借聖旨之威，爲除奸去惡尋找到法律的保護，從而實現了現實生活中小民那種「王子犯法與民同罪」、「龍孫帝子打殺人要吃官司」的理想，充分體現出民眾對清官的崇敬與愛護之情。《生金閣》中，包公爲被龐衙內奪了傳家寶物又被鍘死的書生郭成報仇，他請龐衙內吃飯時，假裝炫耀寶物，放鬆龐衙內的警惕性，然後巧妙地騙出他從郭成手中奪取的生金閣，證據確鑿，龐衙內受到應得的下場。特別是《陳州糶米》細膩地展示

了包公與權豪勢要勢不兩立的精神風貌。包拯本已看透了朝廷、官場的腐敗和黑暗，正直者得不到好死，姦佞者反受寵得勢：「有一個楚屈原在江上死，有一個關龍逢刀下休，有一個紂比干曾將心剖，有一個未央宮屈折了韓侯。那張良呵若不是疾歸去，那范蠡呵若不是暗奔走，這兩個都落不的完全屍首。我是個漏網魚，怎再敢吞鈎？不如及早歸山去，我則怕為官不到頭，枉了也干求。」因此他準備辭官歸隱，可當他看到劉衙內對於他請求歸田時的高興樣子，並希望他趕快離開朝廷的時候，對貪官污吏的憎惡情緒使他打消了歸隱的念頭：「老夫有件事向君王陳奏，只說那權豪每是俺敵頭。他便是打家的強賊，俺便是看家的惡狗。他要些錢和物，怎當的這狗兒緊追逐。只願俺今日死，明日亡，慣的他千自在，百自由。」聽了小撇古哭訴其父被小衙內打死的冤屈，便怒火中燒，為民除害的正義感使他主動地承擔了去陳州處理案件的任務。他與權豪勢要勢不兩立：「我從來不劣方頭〔註33〕，恰便似火上澆油，我偏和那有勢力的官人每卯酉，謝大人向朝中保奏。」於是，包公通過私訪暗查，掌握了小衙內的罪行，讓小撇古紫金錘打死小衙內為父報了仇，又巧妙地救了小撇古的命。

第二，斷案精明、主持公正，是人民智慧的集大成者。包公戲中的包公形象擔負著廣大人民希望法制公平的美好願望，在法制不健全的元朝，人民只能希望為官者有超人的智慧，憑藉著「智慧」懲治惡人，幫助善良的人們。因此，劇作者把人民大眾的智慧都聚集在包公身上。突出包拯斷案以智慧為主的劇作有《包待制智斬魯齋郎》、《包待制智勘後庭花》、《包待制智賺生金閣》、《包待制智賺合同文字》、《包待制智勘灰闌記》等。

在這類劇中，除《後庭花》外其它的案件本身並不複雜，是非曲直較為清楚，不需花費太大的精力勘察案情的蛛絲馬迹，只需要為官者有一顆公正的心和聰明的智慧，突發奇想，掌握證據。《灰闌記》堪稱這方面的代表。劇寫張海棠因貧窮被迫為妓，其兄張林羞之，離家尋親，海棠嫁富戶馬員外為妾。馬正妻與州衙趙令史私通，為獨霸家產，二人謀劃將馬均卿毒死，嫁禍於海棠，又搶奪海棠之子，海棠與馬正妻吵到官府，趙令史買通街坊鄰里，出面作偽證，說孩子為馬正妻所生又逼海棠承認毒死丈夫，屈打成招，問成死罪，押解開封府，包拯接到申文，重新審理，畫地為圈，放壽郎於圈內，讓海棠與馬妻各拉幼兒的手，誰拽出孩子便是誰的，海棠恐傷子，因而馬妻

〔註33〕陶宗儀：《南村輟耕錄》卷十七「方頭「條」言「俗為不通時宜者為方頭」。

拽出，包公假怒，令打海棠，海棠訴說怕傷孩子，合情合理，遂判明此案，將姦夫姦婦凌遲處死，海棠母子團圓。劇作的主要關目就是包拯巧妙地運用人情可推的道理，輕易地斷出了誰是生母，表現出包拯超人的智慧。再如《合同文字》包拯發佈劉安住死亡的假消息，然後告知劉安住的伯母「誤殺親子孫不償命，若不親，殺人償命」，迫使劉安住伯母承認劉安住是自己的親姪兒，並主動交出《合同文字》，包拯既不搜查，也不用刑，而是智賺合同文字，為劉安住爭得了財產繼承權。《後庭花》是一個案情非常複雜的公案劇，裏面有兩樁人命案糾纏在一起，充分展示了包公勘察案情的超人智慧。宋仁宗賜王翠鸞為廉訪趙忠的侍妾，趙妻妒忌，差僕人王慶殺王翠鸞及其母親。王慶與另一僕人李順的妻子有姦情，便與李順妻合謀，讓李順放走王翠鸞母女，然後勒逼李順寫休書，李順不肯並要告官，王慶就把他殺了，投屍井中。王翠鸞與母親走失散，投宿獅子店中，店家逼她為妻，翠鸞不從，因而被殺，投屍於店中井中。為了防鬼魂作怪，取一個「桃符」插其鬢邊作為鎮物。書生劉天義寄宿店內，翠鸞鬼魂與之相會，題【後庭花】詞相贈：「無心度歲華，夢魂常到家，不見天邊雁，相侵井底蛙。碧桃花，鬢邊斜插，伴人憔悴殺。」翠鸞母尋女至此，以【後庭花】詞上署名為證，將劉天義告到開封府。恰巧趙忠回家，不見翠鸞母女，得知兩人由王慶領去，也把王慶送到開封府。包拯審問此案，從【後庭花】詞判斷翠鸞已死，遂令劉天義回店等候鬼魂，夜間鬼魂果然到，說她身在井裏，並取鬢邊碧桃花交給劉天義。包拯審問王慶，他心裏知道王慶是殺李順的兇手，卻佯放其出去，而李順的啞子曾親眼看見王慶殺了他父親，所以等王慶欲出去時，當即被指認出來。包拯讓手下人從李順家的井中找出李順的屍體，於是審出王慶與李順妻合謀殺害李順的事實。又令劉天義取出碧桃花，卻變為半個桃符，遂令人尋另一半桃符，在獅子店找到，又在店中井裏撈出翠鸞的屍體。於是包拯判王慶、李順妻、店家死刑，將劉天義無罪釋放。除此之外，幾乎所有的「包公戲」中，都表現出他超人的斷案智慧，這點，更使這一人物完美，正像《魯齋郎》裏張珪所唱的那樣「再不言宋天子英明甚，只說他包龍圖智慧多。」

　　第三，愛護民眾、體察民情，具有人情味。元雜劇中的包公形象，不僅僅是威嚴公正、鐵面無私的判官，而且還表現了他溫和仁愛的一面，當然這是他對弱小的、善良的民眾的。「在元代政治法無定守、法多有弊的現狀中，他們（儒臣）往往是重情勝於重法。胡祗遹主張『問獄以情』；靳孟亨『為治

以理而不以刑』；楊維楨也明確地強調：『求獄不於其情，而欲以筆箚求之乎？是言也，平獄之本也。』儒家一貫以德化爲主而輕視法律，提出：『德主刑輔』，『以經決獄』。〔註 34〕因此，元雜劇公案劇裏的包公也往往以「律意雖遠，人情可推」（《灰闌記》）作爲斷案的準則，往往也顯示出鐵面無私、執法如山的包公形象的另一面。如在《魯齋郎》裏包拯出於仁愛之心收養李四和張珪的兒女，《蝴蝶夢》裏包拯被王家母子有情有義、深明大義、敢作敢當的精神所感動，於是找了一個與本案無關的罪犯替代了王三，救了王三的命。特別是《留鞋記》，是包公戲裏很有新意的劇作，展現的完全是包公思想中重情感的光彩面。它既是一齣公案劇，同時又是一齣很美的愛情劇，歌頌了秀才郭華和賣胭脂的少女王月英的自由愛情。郭華因愛上王月英而常去買胭脂，王月英也愛上郭華，二人約在元霄夜到相國寺裏相會。郭華因醉酒，在相國寺裏睡著，王月英推不醒他，無奈將一隻繡鞋、一塊手帕放在郭華懷裏而離去。郭華醒來後發現了鞋與手帕後悔不已，便吞手帕自殺。郭華的僕人到寺中發現郭華死了，便扭送和尚到開封府告狀。包拯令張千拿著繡鞋上街找鞋主，王月英的母親說鞋是她家的。包拯便捉拿了王月英，王月英說出眞情，包拯讓她到相國寺尋找手帕。王月英來到相國寺，見郭華口邊有手帕的一角，扯出手帕郭華便復活了，包拯於是成全了一對有情人：「今日個開封府斷明白，合著你夫和婦永遠團圓」。包拯便成了捍衛年輕人自由愛情的保護神，從而使其成爲眞、善、美融於一身的完美形象。

第四，包公文化的現實精神。從元以後，包公戲長久不衰，直至今天的舞臺影視。據不完全統計，元明清三代寫包公的戲竟有 31 種之多。近世《京劇劇目初探》裏也有 34 種包公戲。這些故事大多沒有史實依據，多是人民群眾的想像和創造。這些戲的共同之處是突出包公的正氣、勇氣和靈氣，包拯往往並不是戲劇的中心人物，只是在劇情達到高潮時作爲解決矛盾的關鍵因素而出現。

從古至今，包公戲雖然千變萬化，但都有一個共同的主題，即包公是一種象徵，象徵著正義和公正。他執法如山，秉公斷案，上至皇親國戚，下至平民百姓，上在人世間，下到陰曹地府，違法必糾，鐵面無私。藝術中的包公，實際上是老百姓心中的包公，包公形象已成爲中華民族民族靈魂的一部分，同時也成了老百姓心靈的寄託。在生活的風風雨雨中，人們需要訴冤說

〔註 34〕郭英德：《元雜劇與元代社會》，北京師範大學出版社，1996 年版，第 51 頁。

理的地方，就有開封府的大門爲他們敞開；在坎坎坷坷的人生旅途中，人們期望有敢於主持公道的人，於是就有包青天昂然端坐在大堂之上。千百年來，包公從朝庭走向民間，從歷史走向生活，從現實走向藝術，從古代走向現代，是廣大人民群眾一種共同心理的產物，一種普通願望的表露，一種集體意志的傾述。在廣大人民群眾的心目中，沒有比正常的生活秩序、安定的生活環境更重要的了，但安定的生活環境是需要強有力的法和強有力的執法者來維護的。在中國廣大人民群眾的心目中，包公代表著王法、代表著公理、代表著人情。因此，在文藝作品中，無論是皇帝王侯身邊威武莊嚴的包公，還是置身於平民百姓中談笑風生的包公，這個形象的核心內涵和價值作用是一致的：有包公在就有天理在，有包公在就有公正在，有包公在就有人情在。這就是中國廣大人民群眾給予包公的歷史評價。正因爲如此，只要人們維護正義、懲惡揚善、渴望公道的心願還存在，包青天的價值和魅力就不會衰弱，包公形象在藝術中就不會消失，影視舞臺上的包公戲就會唱不完，演不完。

二，良吏、能吏的頌歌

公案劇不但塑造了像包公這樣的清官，還塑造了一些秉公執法、智慧超群的良吏、能吏形象。他們中首推的當屬河南府六案都孔目張鼎。張鼎，《元史·世祖本紀》中記有其事，元世祖至元十四年（1277）十月，以「鄂州總管府達魯花赤張鼎、湖北道宣慰使賈居貞並參知政事。」至元十五年（1278）六月，有淮西宣慰使昂吉兒入觀，言江南官吏太冗。元世祖加以肯定，又批評其它官員沒反映此類情況。「近侍劉鐵木兒因言：『阿里海牙屬吏張鼎，今亦參知政事。』詔即罷去。」七月，以「張榮實、張鼎並爲湖北宣慰使。」〔註35〕又據元末明初人鍾萬炘的《湖海雜記》記載，1292 年秋，流落鄂州的北方藝人孟正熙攜女兒在街頭賣唱。有個蒙古人差目（官府專職信差）仗著自己是上等人打起孟正熙女兒雪兒的主意，硬說雪兒唱的小曲中有詆毀官府的意思，要拉孟氏父女去官府。孟正熙連連求情，可那差目更加氣焰囂張，把孟正熙打倒在地。雪兒本有武功，忍無可忍便將差目打翻在地，沒想到那差目便一命嗚乎了。孟正熙被巡城元軍當場打死，雪兒被押至總管府。張鼎開堂，問清情由，親自到案發地查勘，又命醫官驗差目屍，證實他並非死於毆擊所致之傷，而是本患內疾。他遂以「事出有因」爲由，宣判雪兒拘役二

〔註35〕《元史》卷九、卷十。

年。此案引起蒙古人的極度不滿，但張鼎頂住壓力，一時在鄂州傳爲佳話，也足見張鼎斷案之功。寫張鼎巧查疑案、爲無辜者伸冤昭雪的劇作主要是《魔合羅》和《勘頭巾》，可以說這兩個戲是來自元代現實社會題材的公案劇。

《魔合羅》寫李德昌外出做買賣，他的堂弟李文道更加膽大妄爲、調戲嫂子劉玉娘。李德昌經商回來，路上淋了雨，病倒在一古廟，託賣魔合羅的小販高山給他家送信。高山問路恰恰問到李文道，李文道聽到哥哥賺了好多錢便起了壞心，他告訴了高山嫂子的住地後就到廟中用毒藥毒死堂哥，劫走財物。等劉玉娘趕到廟裏時，李德昌已不會說話，歸家即死。李文道卻反咬一口，說劉玉娘和姦夫通謀藥死了李德昌，並以此逼劉玉娘嫁給他。劉玉娘不從，李文道就告了官。蕭令史受賄，把劉玉娘判爲死罪。劉玉娘被押到府裏，府尹不加勘問就判了個「斬」字，恰遇六案都孔目張鼎，劉玉娘向他哭訴，張鼎看出了她的冤枉，認爲人命關天，不能糊裏糊塗地判人死刑。府尹限他三天內審清此案。張鼎從劉玉娘口中問出了賣魔合羅的人高山，由高山又追究出曾遇到李文道，又巧設計謀找到李文道犯罪的人證，最後處斬了李文道，爲劉玉娘涮洗了罪名。《勘頭巾》寫貧民王小二經常得到劉平遠劉員外接濟，某日又來到員外門前，卻與員外發生了一場口角說要殺了劉員外；恰好劉員外的渾家與太清觀的王知觀「有些不伶俐的勾當」，便唆使他殺了劉員外，兩人得以做一輩子夫妻。王知觀趁劉員外出門取賬酒醉時殺了他，取頭巾回來爲證見。地方官審理劉員外身死的案件，自然聽信劉妻的告訴，將王小二作爲疑犯，雖然並無證據，仍然將他屈打成招。但是劉員外所用的頭巾一直沒有找到，負責審案的令史再次到牢裏拷問王小二，王小二受刑不過，隨口答道，頭巾藏在城外劉家菜園裏井口旁邊石板底下。剛好有個賣草的莊家被牢頭戲弄關在牢裏讓他給打草苫，聽到了王小二的供詞。令史審出了頭巾所在，自然就要去取這件重要證物了，而那位賣草人出得門來卻碰上了在附近探知動靜的王知觀，將王小二的供詞說與他聽，王知觀得知後迅速將頭巾藏到王小二所招供之地，奉命前去的張千順利取到證物，此案遂定爲鐵案。就在王小二被處決時，六案孔目張鼎進衙辦事，聽到王小二喊冤，就想爲他重新審理，尋找案中的破綻，卻無法解釋王知觀何以知道頭巾這件重要證物埋藏的場所。七彎八繞，閒談中張鼎一不小心說起這衙門的屋頂哪怕加幾張草苫也好，張千猛地想起那日去取頭巾時，曾經遇到一個賣草人。張鼎找到了這位莊家，很偶然地，知道那天他曾經將王小二的供詞說給王知觀聽，經

由這條小線索，誘劉員外妻子說出眞情，終於找到了兇手。

　　通過這兩種戲，我們可以看到作爲良吏、能吏的張鼎身上所具有的優秀品行。第一，爲官愛民、勤勉吏治。劇作者把人民理想中的良吏的好的品行都集中在張鼎身上，他爲官不是爲了自己的榮華富貴或光宗耀祖，而是爲官爲民、報效社稷。因此，他不畏手執「勢劍金牌，先斬後奏」的上司的淫威，說他「葫蘆提」而翻他已判了「斬」字的案。他之所以敢如此，就是因爲他認爲：

　　　　人命事關天關地，非同小可。古人云：「繫獄之囚，日勝三秋。
　　外則身苦，內則心憂。或笞或杖，或徒或流。掌刑君子，當以審求。
　　賞罰國之大柄，喜怒人之常情；勿因喜而增賞，勿因怒而加刑。喜
　　而增賞，猶恐追悔；怒而加刑，人命何辜？這的是霜降始知節婦苦，
　　雪飛方表竇娥冤。〔註36〕

這一點正體現出中國古代正直官員的爲官理念，意識到斷案賞罰的公平性，不可因人的好惡而隨意增減，唐代政治家魏徵就對唐太宗建議：「恩所加則思無因喜以謬賞，罰所及則思無因怒而濫刑。」〔註37〕張鼎正是這種爲官理念的實踐者，他主動請纓，重審劉玉娘的狀子，而此案已是劉玉娘自招過的、并畫了押，又是府尹已批了「斬」字的案件，足見重審的難度和他的不識時務。他原本可以輕鬆回去度假，也不必引起蕭令史、府尹們的不悅，如果從中國官場保己的潛規則「多一事不如少一事」來說，張鼎是愚拗者，但他正是民眾理想良吏的榜樣，故他才能置個人安危於肚外而爲民伸冤。他認爲：「受苞苴是窮民血，便那清俸祿也是瘦民脂，咱則合分解民冤枉，怎下的將平人去刀下死！」(《勘頭巾》)這正是柳宗元在《送薛存義序》中對爲官者的要求：「凡吏於土者，若知其職乎？蓋民之役，非以役民而已也。凡民之食於土者，出其什一，傭乎吏，使司平於我也。」所以，張鼎能勵精圖治，救民於危難，解民於倒懸，爲張小二、劉玉娘這些善良的弱小者主持公正，同時又使那些禍國殃民者盡落法網，得到嚴懲，他正體現出正義的強大力量！第二，廉潔自律，剛正不阿。他斷判冤案完全是出自良吏的社會責任感，而不像污吏草菅人命，以求索賄。張鼎是「我從來甘剝削與民無私」，府尹也承認他「刀筆上雖則是個狠傻羅，卻與百姓每水米無交」(《勘頭巾》)。但在審案上他敢于

〔註36〕徐徵等：《全元曲》(第五卷)，第 3364 頁。
〔註37〕《舊唐書·魏徵傳》。

堅持自己的立場，為民伸冤，《魔合羅》裏，通過將張鼎與蕭令史的對比，更突出了他這一點。令史貪贓枉法，收了李文道五個銀子就把受害人劉玉娘屈打成招，判為死罪。可見，令史是十足的貪官污吏，更反襯出張鼎的剛正不阿。第三，審案時機智聰明，明察秋毫。張鼎善於從案件的細枝末節發現疑點，然後深入細察，分析案件精闢入裏，推斷案情邏輯嚴密，審訊疑犯準確有條，調查取證細緻入微，所以他往往能抓住罪犯的心理特點誘其供出實情，達到懲惡勸善的目的。

此外，王翱然也是很成功的清官能吏的典型。他是金時人，金皇統二年（1142）進士。金人劉祁《歸潛志》卷八載：「金朝士大夫以政事最著名者曰王翱然。嘗同知咸平府，攝府事。時遼東路多世襲猛安、謀克居焉，其人皆女真功臣子，驕亢奢縱不法。公思有以治之，會郡民負一世襲猛安者錢，貧不能償。猛安者大怒，率家僮輩強入其家，牽其牛以去，民因訟於官。公得其情，令一吏呼猛安者。其猛安者盛陳騎從以來，公朝服，召至聽事前，詰其事，趨左右械繫之，乃以強盜論，杖殺於市。一路悚然。後知大興府，素察僧徒多遊貴戚家作過，乃下令，午後僧不得出寺，街中不得見一僧。有一長老犯禁，公械之。長老者素為貴戚所重，皇姑某國公主使人詣公請焉，公曰：『奉主命，即令出。』立召僧，杖一百，死。自是京輦肅清，人莫敢犯。世宗深見知，故公得行其志也。公為人恬淡簡靜，頗留意養生。……其為吏之名，至今人雲過宋包拯遠甚。」〔註38〕由此可見，王翱然確實是當時的一個清官，所以雜劇作者也就喜歡將審案故事附會在他身上。寫他審案的劇作主要有王仲文的《救孝子賢母不認屍》和蕭德祥的《王翱然斷殺狗勸夫》。儘管這兩種戲都重點反映的是家庭倫理關係，前者歌頌「母賢子孝」，後者讚揚「嫂賢弟悌」，但仍然表現出清官能吏的公正精神，尤其是前者。楊興祖母親李氏是位賢德的母親，面對貪而昏的官吏鞏推官和令史毫不畏懼，指責他們「官人們枉請著皇家祿，都只是捉生替死，屈陷無辜。」清官王翱然更可貴的是他對百姓冤苦的理解，對貪官污吏惡行的反醒，因而他更具人性味。他認為「律意雖遠，人情可推。重囚每兩眼淚滴在枷鎖上，閣不住落於地上，直至九泉。其地生一草，叫做感恨草，結成一子，如梧桐子大，刀劈不能碎，斧砍不能開，天地無私，顯報如此。俺這衙門如鍋灶一般，囚人如鍋內之水，祗候人比著柴薪，令史比著鍋蓋，怎當他柴薪爨炙，鍋中水被這蓋定，滾滾

沸沸，不能出氣，蒸成珠兒，在那鍋蓋上滴下，就與那囚人銜著冤枉滴淚一般。」由於他有如此深刻的認識，所以他審案非常注意，絕不枉下結論，這充分顯示了清官的人格風範。他告誡令史：「但凡刑人，必然屍親有準伏，方可定罪。」他看著楊謝祖「一個寒儒，怎犯下十惡大罪？方信道日月雖明，不照那覆盆之內。我為甚重推重審？卻不道人性命關天關地！」正是出於對人性命的看重，他才不怕麻煩，為民伸冤，懲惡護善，這正是公案劇中清官良吏的可貴之處。《延安府》中的廉使李圭也是這樣的正直之官，他決不做諂佞之官：「咱人要一生諂佞，枉負了七尺身軀。」他有他的為官原則：「有那等為官為吏的，陷害良民；小官職居清廉，理當正直，除奸革弊也呵！」「則為那吏弊官濁民受苦，差小官親體伏。有一等權豪勢要狠無徒，他則待要倚強淩弱胡為做，全不怕一朝人怨天公怒。若有那銜冤的來告訴，小官可也無面目，施行那徒流笞杖我可便依著條律，不恁的何以得民服？」「方信道秉正公直是大丈夫……我則待赤心報國將社稷扶，我則待要將良善舉；我則待把奸惡除，我一心兒敢與民做主！」因而他有一身正氣，不畏權豪勢要，敢為民做主，處斬了調戲民婦而又打死人的葛彪，免了其姐夫龐績的官，將監軍葛懷愍也充了軍。可以說，這些個為官清正、與民伸冤、懲治奸惡、赤心報國的清官能吏體現出中華優秀文化的光輝，他們是藝術家和廣大民眾根據他們的美好願望所塑造的理想化的人物，是中國文學史畫廊裏所塑造的最精彩、最具有人民性的人物之一，我們應該予以充分的肯定。

　　總之，元雜劇中的公案劇是元雜劇裏最富有現實性的作品，它重點不是為觀眾展示情節曲折、引人入勝的公案故事，而是取材於現實、描繪社會的黑暗，揭露權豪勢要的暴行，表現人民的抗爭，歌頌清官的正直品行，寄託著作者與民眾的美好理想。正是有了元雜劇的公案劇的成功，才形成了中國文學裏受老百姓歡迎的公案類題材的文學作品，強化了中國人的「惡有惡報、善有善報」的道德理念。因此，可以說公案劇標誌著我國公案題材類文學的成熟，同時也是廣大人民對吏治清明的理想的寄託，只要社會中存在著不平，人們呼喚公正，公案劇所歌頌的包拯類清官總是人們歌頌、懷戀的對象，歌頌他們的公案劇也會永久受到人們的喜愛。只要社會上需要正義、呼喚清廉，清官良吏的正直人格風範將會永遠受到人民讚頌，這便是我們張揚清官良吏精神的現實意義之所在！

第八章 「替天行道」救生民——元代水滸劇的文化精神闡釋

第一節 元代水滸劇發展概況

一、關於水滸劇

　　以梁山好漢宋江、李逵等的活動為中心的水滸劇是元雜劇的一個重要組成部分。這些劇作大都以梁山好漢替天行道、除暴安良為主要劇情。其實，自北宋末年以來，關於宋江、李逵等的水滸故事就猶如一股股涓涓溪流在民間流傳不息，也一直為民間藝人，甚至為一些文人津津樂道。但在思想上對之褒貶不一，而且藝術上也很粗糙。到了元代，經過雜劇作家的藝術創造並且被搬上雜劇舞臺後，水滸故事不僅蔚為大觀，而且無論是在藝術上還是在思想上都達到了很高的境界，甚至可以說是空前絕後的。

二、元代水滸劇劇目和現存劇本

　　由於元以後新的水滸劇在戲劇舞臺上不斷地上演，加上史籍記載存在疏忽和失誤之處，所以元代水滸劇劇目在學界是一個爭議較大的問題。筆者據元代鍾嗣成撰的《錄鬼簿》、明代無名氏（一說是賈仲明）撰的《錄鬼簿續編》、明代朱權撰的《太和正音譜》、清代曹楝亭刊本《錄鬼簿》等有關史籍記載及一些專家的研究，歸納得出有劇名可徵的元代水滸劇（包括元末明初的）如下：

　　高文秀的《黑旋風雙獻頭》（一名《雙獻功》）、《黑旋風大鬧牡丹園》、《黑旋風借屍還魂》、《黑旋風喬教學》、《黑旋風詩酒麗春園》、《黑旋風鬥雞會》、《黑旋風窮風月》、《黑旋風敷演劉耍和》，庾吉甫的《黑旋風詩酒麗春園》，王實甫的《詩酒麗春園》，楊顯之的《黑旋風喬斷案》，李文蔚的《燕青射雁》、《同樂院燕青博魚》（一名《報冤臺燕青撲魚》），康進之的《黑旋風老收心》、《梁山泊黑旋風負荊》（一名《梁山泊李逵負荊》），紅字李二的《板踏兒黑旋風》、《折擔兒武松打虎》、《全火兒張弘》、《窄袖兒武松》、《病楊雄》，李致遠的《都孔目風雨還牢末》（一名《大婦小妻還牢末》），無名氏的《張順水裏報冤》、《魯智深喜賞黃花峪》、《爭報恩三虎下山》、《一丈青鬧元宵》等。

　　現存元代水滸劇（包括元末明初的）僅有如下六種：高文秀的《黑旋風雙獻頭》，李文蔚的《同樂院燕青博魚》，康進之的《梁山泊李逵負荊》，李致遠的《都孔目風雨還牢末》，無名氏的《魯智深喜賞黃花峪》，無名氏的《爭報恩三虎下山》。其中高文秀的《黑旋風雙獻頭》和康進之的《梁山泊李逵負荊》被吳梅先生譽為元代水滸劇的雙璧。

第二節　元代水滸劇的思想意蘊

一、替天行道——元代水滸劇的基本主題

　　從現存的六種水滸劇可以看出，「替天行道」既是水滸英雄的聚義口號和行動綱領，又是這些水滸劇的基本主題。

　　「替天行道」最早見於高文秀的《黑旋風雙獻頭》和康進之的《梁山泊李逵負荊》。在《黑旋風雙獻頭》第四折中宋江詞云：「白衙內以勢挾權，潑賤婦暗合團圓。孫孔目反遭縲紲，有口也怎得伸冤？黑旋風拔刀相助，雙獻頭號令山前。宋公明替天行道，到今日慶賞開筵。」在《梁山泊李逵負荊》第一折中宋江詩云：「杏黃旗上七個字，替天行道救生民。」第四折中宋江詞云：「宋公明行道替天，眾英雄聚義林泉。李山兒拔刀相助，老王林父子團圓。」

　　在其它幾種劇中，也處處宣揚著「替天行道」的思想。如《同樂院燕青博魚》第四折中，在殺了楊衙內和王臘梅後宋江詞云：「這的是與民除害，不枉了浪子燕青。」《都孔目風雨還牢末》第四折中，將趙令史和蕭娥剖腹剜心後宋江詞云：「俺梁山泊遠近馳名，要替天行道公平……早準備慶喜筵席，顯見的天理分明。」《魯智深喜賞黃花峪》第四折中，將蔡衙內殺了後宋江詞云：

「雖落草替天行道，明罪犯斬首街前。」《爭報恩三虎下山》楔子中宋江詞云：
「……忠義堂高搠杏黃旗一面，上寫著『替天行道宋公明』。」

在梁山英雄那裏，「替天行道」並不只是口頭上叫囂而已，他們也確實用
自己的實際行動實踐了這一口號。《黑旋風雙獻頭》中李逵運用計謀解救了被
白衙內拐了妻子又被之打入死牢的孫孔目，並殺了「打死人不償命」的白衙
內。《梁山泊李逵負荊》寫李逵誅殺強搶民女的無賴惡棍宋剛和魯智恩。《同
樂院燕青博魚》中的燕青除去了姦夫淫婦——花花太歲楊衙內和王臘梅。《都
孔目風雨還牢末》中的李逵、史進、劉唐解救被姦夫淫婦趙令史和蕭娥陷害
的李孔目。《爭報恩三虎下山》寫關勝、徐寧、花榮下山搭救有恩於他們的被
姦夫淫婦陷害入獄的李千嬌。《魯智深喜賞黃花峪》寫的是李逵和魯智深為民
除去強搶他人妻子的蔡衙內。

梁山好漢之所以把「替天行道」作為聚義口號和行動綱領，就是因為封
建官府不替天行道，不除暴安良。相反，他們還縱容、庇護壞人行兇作惡，
助紂為虐。正是在他們的縱容和庇護下，那些權豪勢要、不法之徒，才敢肆
無忌憚地欺壓百姓。如《魯智深喜賞黃花峪》中的蔡衙內不僅強搶劉慶甫的
妻子，還把劉慶甫弔打了一頓。《黑旋風雙獻功》中的白衙內拐了孫孔目的妻
子，還借坐衙門把前來告狀的孫孔目打入死牢。《魯智深喜賞黃花峪》中的蔡
衙內自稱：「我是那權豪勢要的人，嫌官小坐不的，馬瘦騎不的，打死人不償
命，長在兵馬司裏坐牢。我打死人如在房檐上揭一片瓦相似，不到半年，把
瓦都揭盡了。」

在《梁山泊李逵負荊》和《都孔目風雨還牢末》兩劇中，劇作的主要內
容看起來好像並不是寫梁山英雄與壞人的鬥爭。如《梁山泊李逵負荊》通過
描寫梁山英雄內部因誤會引起的矛盾衝突，反映了維護義軍隊伍內部純潔性
的問題；《都孔目風雨還牢末》寫到了宋江招安劉唐、史進上山，反映了「結
交盡四海豪英」，以壯大義軍隊伍的事。但不管是維護義軍隊伍內部的純潔
性，還是壯大義軍隊伍，最終的目的都是為了更好地替天行道。

鄧紹基在《元代文學史》中對元代水滸劇中反映的「替天行道」有一段
很精到的闡述：

> 實際上，元代水滸劇從價值內涵來說，最重要的一點，就是提
> 出了起義軍自己的精神目標和事業追求，此即是「替天行道」。「替
> 天行道」這四個字最早正是出現於元雜劇中。……然而，在此之前，

《大宋宣和遺事》裏，宋江於九天玄女廟發現的天書中，寫的卻是「廣行忠義，殄滅姦邪」八個字，此當屬於宋代水滸故事的精神核心。與此相比，「替天行道」顯然在境界上要高出前者一頭。它已不再依賴於官方的理念，而是獨立於朝廷之外，具有了自己的價值核心，那就是「天道」。這個「天道」，不是哲學家的「天理」，也不是朝廷禁錮、鉗制平民的綱常，而是老百姓樸素的生存、處世之道，也即竇娥所說的「若沒些兒靈聖與世人傳，也不見得湛湛青天」的那個天道。有了這樣的天道作理想，梁山好漢們就超出了一般打家劫舍、嘯據山頭的江湖豪俠，更不用說「歹人」和「盜賊」之流，他們成為了真正的人民英雄。〔註1〕

同時，他還闡釋了「替天行道」的精神實質：「為百姓平冤解難，替人民主持公道。」「誰違背了這一精神，哪怕是義軍領袖，哪怕是結拜兄弟，也決不輕饒。」〔註2〕

水滸劇中的梁山英雄也多次向別人聲明不是「歹人」，以免引起誤會。如《同樂院燕青博魚》第一折中燕二問燕青姓名和鄉貫時，燕青對燕二說：「哥，您兄弟不是歹人。」「哥也，則我是宋江手下第十五個頭領，浪子燕青。哥也，您兄弟不是歹人。」《爭報恩三虎下山》中的關勝在李千嬌問他姓名時也說：「我不是歹人，我是梁山上宋江哥哥手下第十一個頭領大刀關勝的便是。」《魯智深喜賞黃花峪》中，劉慶甫問楊雄姓名時，楊雄說：「我不是歹人。」「則我是宋江手下第十七個頭領病關索楊雄的便是。哥，俺不是歹人。」他們開口都首先聲明自己不是「歹人」，末了，還要強調一遍。

另外，在某些劇目中還通過人物之口反映了梁山英雄的性質。如《梁山泊李逵負荊》第一折中，老王林說：「你山上頭領，都是替天行道的好漢……」在《黑旋風雙獻頭》第一折中，李逵自告奮勇要給孫孔目做護臂，臨下山時，宋江囑咐李逵云：「山兒，泰安神州，天下英雄都在那裏。你休與人廝丟廝打，做那打家截道殺人放火的勾當。」在《爭報恩三虎下山》楔子中，李千嬌說：「我一向聞得宋江一夥，只殺濫官污吏，並不殺孝子節婦，以此天下聞名……」

〔註1〕 鄧紹基主編：《元代文學史》，人民文學出版社，1991年版，第211頁。
〔註2〕 鄧紹基主編：《元代文學史》，人民文學出版社，1991年版，第212頁。

二、除暴安良——與封建朝廷的堅決對抗

在現存的六種元代水滸劇中，宋江在每齣戲的第一折或者楔子中都描繪了梁山水泊的總體面貌，而且這些總體面貌的描繪大致相似。如《魯智深喜賞黃花峪》第一折宋江云：

> 某聚三十六大夥，七十二小夥，咸鎮於梁山。俺這梁山，寨名水滸，泊號梁山，縱橫河闊一千條，四下方圓八百里。東連大海，西接咸陽，南通鉅野金鄉，北靠青濟兗鄆。有七十二道深河港，屯數百隻戰艦艨艟；三十六座宴臺，聚百萬軍糧馬草。聲傳宇宙，五千鐵騎敢爭先；名播華夷，三十六員英雄將。

由此觀之，這八百里梁山水泊儼然是一個獨立於封建朝廷之外的邊緣政權，氣勢是何等的威武雄壯！

它有自己根據地，有自己的軍隊，而且將帥如雲。它有嚴明的紀律。如每遇清明三月三和重陽九月九眾英雄都放假，假期完則要按時歸山。「若違令者，必當斬首」，「只放你三日嚴假。若違了半個時辰，上山來絕無干罷。」（《梁山泊李逵負荊》）。《同樂院燕青博魚》中宋江規定假限「誤了一日笞四十，誤了二日杖八十，誤了三日處斬。」頭領燕青因誤了十天期限，即被宋江推出處斬，後因吳學究規勸宋江：「想燕青在於梁山泊上，也多有功勞來，怎生看俺眾兄弟之面，且饒過這項上之罪。」但還是被脊杖六十，趕下山去了。

義軍領袖之間各以兄弟相待，情同手足。不像封建統治階級內部等級森嚴，又彼此爭權奪利。他們都熱愛著梁山的一草一木，熱愛著自己的正義事業。《魯智深喜賞黃花峪》第二折宋江云：「綠樹重重映碧天，遠溪一派水流寒。觀看此景眞堪羨，獨佔人間第一山。」《都孔目風雨還牢末》第四折阮小五詩云：「澗水潺潺繞寨門，野花斜插滲青巾。」都充滿了無比的自豪和欣喜。《梁山泊李逵負荊》第一折中，李逵唱：「……和風漸起，暮雨初收。俺則見楊柳半藏沽酒市，桃花深映釣魚舟。更和這碧粼粼春水波紋縐，有往來社燕，遠近沙鷗。」（云）「人道我梁山泊無有景致，俺打那廝的嘴！」充分表現了李逵對梁山的熱愛，也正是出於無比的熱愛，所以容不得任何人玷污它。因此，當李逵聽到王林的哭訴，把宋江和魯智深當作強搶滿堂嬌的賊漢，立刻怒氣衝天，氣衝衝地跑回梁山，責問宋江和魯智深，並要砍倒那寫著「替天行道」的杏黃旗，還拿腦袋作賭注，要與宋江和魯智深下山與老王林對質。

　　他們的立場與官方格格不入，是要替天行道、除暴安良。他們的鬥爭矛頭專門衝著官府衙門、權豪勢要，是現行政權的對頭。現存的水滸劇中雖然沒有跟官軍大規模戰鬥的情節，但是，與權豪勢要及其爪牙、幫兇作對正是此類作品的主要方面。宋江每月還差一個頭領下山打探事情，其中當然包括打探濫官污吏和不法之徒的罪惡行徑。

　　《黑旋風雙獻功》中的白衙內說：「我是那權豪勢要之家，打死人不償命的」。《同樂院燕青博魚》中的楊衙內自稱：「花花太歲我為最，浪子喪門世無對。」《魯智深喜賞黃花峪》中的蔡衙內自白：「我是那權豪勢要的人，嫌官小坐不的，馬瘦騎不的，打死人不償命。」白衙內霸佔了孫孔目的妻子，還把孫孔目打入死牢內置他於死地。蔡衙內聽到劉慶甫的妻子李幼奴歌唱得好，便強要李幼奴為他遞酒唱曲，劉慶甫不肯，蔡衙內便將劉慶甫弔起來痛打，旁人也不敢勸阻。梁山好漢的鬥爭矛頭就專門是對著他們。如《黑旋風雙獻功》中的李逵聽說白衙內拐了孫孔目的妻子，便氣憤地唱道：「惱起我這草坡前倒拖牛的性格，強逞我這敵軍官勇烈，我把那廝脊梁骨各支支生摵做兩三截！」《同樂院燕青博魚》第一折中燕青聽燕二說楊衙內「打死人如同那房檐上揭一塊瓦相似」，唱道：「你道是他打了我呵似房檐上揭瓦，不信道我打了他呵就著我這脖項上披枷。調動我這莽拳頭，揝動我這長梢靶，我向那前街後巷便去抓尋他。（帶云）若見了他呵，（唱）我一隻手揪住那廝黃頭髮，一隻手把腰胯牢掐，我可敢滴溜撲活攛拉廝在馬直下！」

　　他們把一個個權豪勢要，把一對對姦夫淫婦都抓到梁山上並極為嚴厲的懲處了他們，替受欺受害的百姓報仇雪恨。「梁山泊在水滸劇當中成了一個伸張正義的場所，水滸英雄儼然就是受欺壓民眾的靠山。」〔註3〕

三、梁山好漢——老百姓新的理想寄託

　　元代水滸劇中的梁山好漢說到底是一群聚義的江湖游俠，宋江等人身上幾乎普遍都帶著較濃的游俠氣息。像及時雨宋江、黑旋風李逵、神行太保戴宗、卷毛虎燕順、大刀關勝、活閻羅阮小五、病關索楊雄等都是江湖上的綽號。他們「結識英雄輩」（《魯智深喜賞黃花峪》），「刀磨風刃快，斧蘸月痕圓。強劫機謀廣，潛偷膽力全」，「風高敢放連天火，月黑提刀去殺人」（《黑旋風雙獻頭》），「上山鞋履不聞聲，下山鑼鼓便齊鳴。驀然一陣風來處，知是強人

〔註 3〕鄧紹基主編：《元代文學史》，人民文學出版社，1991 年版，第 210 頁。

帶血腥」（《都孔目風雨還牢末》），「旗幟無非人血染，燈油盡是腦漿熬」（《梁山泊李逵負荊》）「肩擔的無非長刀大斧，腰掛的盡是鵲畫雕翎。贏了時，舍性命大道上趕官軍；若輸呵，蘆葦中潛身摸不著我影」（《爭報恩三虎下山》）。

韓非子說俠「以武犯禁」，司馬遷說俠「不軌於正義」，指的就是他們同專制社會和現行體制相悖，他們是專制社會的破壞力量，是現行體制的叛逆者。他們不依附於任何政治集團和勢力，人格獨立，行動自主。俠的本來意義並非獨步江湖，而是要替天行道，爲人類伸張正義，除暴安良。「俠有極強的正義感，行義的使命感和扶危鋤奸的責任感，見難必救，奸惡必除。扶危濟困和懲治奸惡，是俠士的兩大具有內在聯繫的神聖職責。」〔註4〕所以，俠一向被專制社會的統治者視爲洪水猛獸和心腹大患，必欲滅之而後快。

說到俠，當然離不開「義」。關於這一點，曹布拉先生在其《金庸小說的文化意蘊》中有很多精彩的論述：

> 英雄俠士們是「義」的化身，爲「義」而生，爲「義」而死。「義」才是俠的基礎，俠的核心，俠的靈魂，俠的生命。正如唐代李德裕在《豪俠論》中所說：「夫俠者，……必以節義爲本，義非俠不立，俠非義不成。」假如離開了義，俠將不俠。俠與義是同一的。〔註5〕

> 「義氣」是中國傳統道德中一種生命力極強、特別被民間所認可的、約定俗成的行爲規範和價值觀念。在更多的情況下，「義氣」也是弱勢群體內互助互愛、團結一致克服困難，抵禦外來侵害的精神力量。〔註6〕

> 「義」作爲一種獨具中國特色的文化精神，它深深地積澱在中國人的心理結構的深層，化爲揮之不去、趨之不盡的潛意識和本能性的情感。〔註7〕

總之，「義」所體現的是一種民間道德力量。而「俠」又是「義」的實踐者和傳播者，所以，只有俠才真正是民間廣大百姓利益的代表。因此，越是社會黑暗，越是身處水深火熱之中，老百姓越是渴望俠的出現，越是看重義的力量。梁山好漢及他們的所作所爲，正符合勞苦大眾的心願，對於他們而言無

〔註4〕 曹布拉：《金庸小說的文化意蘊》，浙江人民出版社 2004 年版，第 266 頁。
〔註5〕 曹布拉：《金庸小說的文化意蘊》，浙江人民出版社 2004 年版，第 45 頁。
〔註6〕 曹布拉：《金庸小說的文化意蘊》，浙江人民出版社 2004 年版，第 52 頁。
〔註7〕 曹布拉：《金庸小說的文化意蘊》，浙江人民出版社 2004 年版，第 53 頁。

疑是黑暗中一盞希望的明燈。

梁山好漢一心替天行道、除暴安良，一個個義薄雲天，甚至不惜犧牲自己的生命去捍衛百姓的利益。《黑旋風雙獻頭》中孫孔目到梁山想討一個護臂，宋江便馬上傳號令，「道三十六大夥，七十二小夥，半垓來小嘍囉，那一個好男子保著孫孔目上泰安神州燒香去，可是有也是無」。好漢李逵自告奮勇，「有、有、有，我敢去！我敢去」。甚至立下軍令狀，以「六陽魁首」做賭。同時，吳學究還不放心，「恐怕有失，還該差神行太保戴宗尾著他去，打探消息，我們方好接應他」。只是保一個人去燒香，梁山好漢竟作了如此細緻的安排。《爭報恩三虎下山》中的好漢關勝、徐寧和花榮聽說曾救過他們的李千嬌有難，特意在宋江面前告了假去搭救她，花榮說「休道是銀山鐵甕囚牢裏，便是虎窟龍潭我也要救出來」，關勝要「大杆刀劈碎鳥男女天靈蓋」，徐寧要用鋼槍搠透姦夫淫婦的三思臺。充分體現了疾惡如仇、救厄解困、舍生忘死的英雄本色。在《梁山泊李逵負荊》中，下山喝酒的李逵聽說是宋江和魯智深搶了老王林的的女兒，酒也沒喝，怒氣衝衝跑回梁山，大罵「梁山泊有天無日」、「水不甜人不義」，要砍倒寫有「替天行道」的杏黃旗，還用腦袋做賭要與宋江和魯智深下山對質。管你是梁山領袖，還是結義哥哥，侵犯了百姓就是對梁山的褻瀆。雖是一場誤會，但李逵那人民利益至上的精神著實值得敬佩。

梁山好漢為民除害，伸張正義，廣大民眾也信賴、擁護他們，有時還與他們結為兄弟，甚至擔著「通賊」罪名的風險救助他們。像《黑旋風雙獻頭》中的孫孔目就與宋江有八拜之交，尋求護臂時只找梁山上的好漢。《魯智深喜賞黃花峪》中的劉慶甫被蔡衙內搶了妻子後說：「我別處告，近不的他，直往梁山上告宋江哥哥走一遭去。」《同樂院燕青博魚》中的燕二聽說燕青是梁山頭領，立刻要與他結為兄弟，後來還上梁山做了個頭領。《都孔目風雨還牢末》中，李逵犯了人命案，審判他的李孔目李榮祖心裏見他是英雄好漢，特意要救他，還與他結為兄弟，最後也上了梁山。《爭報恩三虎下山》中的李千嬌「一向聞得宋江一夥，只殺濫官污吏，並不殺孝子節婦，以此天下馳名」，所以有心救了好漢關勝、徐寧和花榮，還與他們結為姐弟。

值得注意的是，在「義」方面元代水滸劇與宋代流傳的水滸故事和以後的長篇小說《水滸傳》相比，一個很大的區別就是元代水滸劇反映的主要是「恩義」，而不是「忠義」。

　　在現存元代水滸劇中很少提到「忠義」。只是在《黑旋風雙獻頭》、《爭報恩三虎下山》和《都孔目風雨還牢末》中，以「忠義堂」的專有名詞出現過幾次。如《爭報恩三虎下山》楔子中宋江詞云：「……忠義堂高搠杏黃旗一面，上寫著『替天行道宋公明』。」《都孔目風雨還牢末》第四折宋江詩云：「忠義堂施呈氣概，結交盡四海豪英。」只有一次是用來讚揚梁山好漢的，那是在《爭報恩三虎下山》第四折中，李千嬌云：「謝得你梁山泊上多忠義，救了咱重生再世。」而這裏的「忠義」從全劇內容來看，指的應是「恩義」。

　　相反，「恩義」以及恩義精神在這些水滸劇中卻提到了很多次。如《爭報恩三虎下山》楔子中李千嬌聽得關勝是梁山頭領，心想：「不如做個計較，放了他回去，狹路相逢，安知沒有報恩之處？」在救了關勝後，關勝云：「……有仇的是丁都管和王臘梅；有恩的是我那千嬌姐姐，切切的記在心上。……運去打死無義漢，時來金贈有恩人。」在救了徐寧後，徐寧云「我少不得報答姐姐之恩」。在救了花榮後，花榮說：「姐姐若無危難便罷了，若有危有難，我捨一腔熱血，必來搭救姐姐。」《梁山泊李逵負荊》第三折老王林詩云：「做什麼老王林夜走梁山道？也則為李山兒恩義須當報。」第四折李逵帶云：「想您兄弟十載相依，那般恩義都也不消說了。」《同樂院燕青博魚》中燕青唱：「你將我這螻蟻殘生廝救拔，我把哥哥那山海也似恩臨廝報答。」《都孔目風雨還牢末》中，李榮祖贈金釵給李逵，李逵說：「量兄弟有何德能，受哥哥路費，恩義難忘。」還說：「……哥哥，你放心，日後有事，必當重報。」

　　元代水滸劇之所以多「恩義」思想，而無「忠義」思想，一方面是因為，對廣大的下層民眾來說，重恩義是他們普遍認同的行為規範和價值觀念。「『恩義』，常指民間個體之間助人與對這種助人的報答，它具有個體的，『私人』的性質，……流行於民間的『恩義』觀，建立在底層人民為了求生存、圖發展而團結互助的基礎上。俠士們『不愛其軀，赴士之阸困』，救助的是處於困苦的底層民眾，而且在實施了種種救助之後『不矜其能，羞伐其德』（司馬遷《史記·游俠列傳》）。但在受助的底層人民看來，自己困阸的解除，全賴於他人猶如雪中送炭似的幫助。如果對於這樣的恩義不思報答，那就枉自為人了。」〔註8〕另一方面是因為元代特殊的政治和社會背景。元朝是蒙古貴族當政，他們實行種族歧視政策，把國人分為四等，漢人、南人位列三、四。同時，他們還長久的廢除科舉考試，使得「士失其業」，大批漢族知識分子被邊

〔註8〕　曹布拉：《金庸小說的文化意蘊》，浙江人民出版社2004年版，第265頁。

緣化了，甚至有的連基本生活都得不到保障。在這種情況下，深受幾千年漢民族傳統文化影響的文人劇作家是不會在劇作中表現「忠義」思想的。

第三節　元代水滸劇的時代特徵

　　元代水滸劇表面上寫的都是宋代的梁山英雄，然而影射的卻是當時的現實社會，因為元雜劇的出現離不開元代的現實生活。像水滸劇中的白衙內、楊衙內、蔡衙內、趙令史之流其實指的就是蒙古貴族和他們的幫兇，他們的罪惡行徑都是元代現實生活的真實反映。

一、體現了勞苦大眾對黑暗的封建官府的徹底絕望

　　元代吏制的腐敗是極為嚴重的，冤獄之多在歷史上也是罕見的。

　　根據元制，元朝郡邑正官基本上全由蒙古人和色目人擔任。這些人原本就尚武輕文，無學無術，加上長期與漢民族隔絕，不瞭解漢民族和漢文化，甚至連漢人的語言都聽不懂。他們對審理案件可以說是一竅不通。如《神奴兒大鬧開封府》中的縣官宋了人說：「那人命的事，我哪裏斷的。」《河南府張鼎勘頭巾》中的南京大尹說：「他口裏必律不剌說了半日，我不省得一句。」他們關心的只是錢財，如《灰闌記》裏的蘇州太守說：「雖則居官，律令不曉，但要錢財，官司便了。」《都孔目風雨還牢末》中的東平府尹說：「做官都說要清名，偏我要錢不要清。縱有清名沒錢使，依舊連官做不成。」於是判案的權力，甚至連所有的實權都逐漸潛移到一些下級官吏比如令史（又稱外郎）、孔目的手裏。

　　由於元代長期廢除科舉，所以由士人進身的官員少，而由刀筆吏得官的居多。很多下級官吏原本就是刀筆吏，他們這些人也是些是非顛倒，貪贓枉法之徒。「固然，我們無從證實由士人進身的一定會比由胥吏進身的較好，……但是究竟胥吏進身的較之士人進身的差得多了。他們的素養，完全兩樣。士人裏面儘管人品不齊，但是詩書讀得多了，憂國憂民的思想，多少總會滲入他們的潛意識裏，成為人生觀的一部分。胥吏的濡染可就太壞了成年累月地『手執哭喪棒，囊揣滴淚錢』，這確是人格上的最大的創傷。」〔註9〕

　　「官員清似水，外郎白如麵，水麵打一和，糊塗成一片。」這些代表著

〔註 9〕　朱東潤：《元雜劇及其時代》，載於呂薇芬選編《名家解讀元曲》，山東人民出版社，1999 年版，第 36 頁。

元代政權的貪官和污吏，共同踐踏法律、刑訊逼供、糊塗斷案、草菅人命。同時，他們又與那些「打死人不償命」的權豪勢要相勾結，朋比爲奸，維護著本階級的利益，置廣大的勞苦大眾於水深火熱中而不顧。如《爭報恩三虎下山》中的李千嬌被施重刑時是「打的來如砍瓜，似劈柴。棒子著處，血忽淋刺，肉綻皮開」，只能憤恨地唱出：「衙門從古向南開，怎禁那探爪兒官吏每貪財。這裏又無那敢爲敢做的尙書省，更有那無曲無私的御史臺？」在監獄裏，更是黑暗無比。牢子可以敲詐勒索，任意打罵、殺害犯人。《黑旋風雙獻頭》中，被打入死囚牢的孫孔目央求牢子照顧，免了那三十殺威棒，牢子卻說：「你燈油錢也無，免苦錢也無，倒要吃這死囚的飯！有這等好處，你也帶挈我去走走。」《都孔目風雨還牢末》中劉唐要被誣下獄的李孔目爲他唱小曲，不唱就打；蕭娥還可用兩錠銀子買通劉唐弔死李孔目。

　　面對這樣的官府，處於弱勢地位的平民百姓來告官，等於進了虎穴狼窩，不僅討不回公道，有時甚至負屈亡身。更讓人難以接受的是，罪惡累累的不法之徒居然能憑藉權勢借衙門坐堂。如《黑旋風雙獻功》中拐了孫孔目妻子的白衙內知道孫孔目要去告官，於是他竟不費吹灰之力借了個衙門坐了三日：

　　　　（白衙內云）兀那廝告什麼？（孫孔目云）大人，我告著白衙
　　內白赤交拐了我渾家去了，望大人可憐見，與小人作主。他把良人
　　婦女拐了，則這等幹罷？那廝少不得車碾馬踏，該殺該剮。（白衙內
　　云）這廝你怎麼就這等罵他？假似他聽得呢？（孫孔目云）他有偌
　　長耳朵？（白衙內云）這廝無禮，拿枷來上了枷，下在死囚牢裏去。
　　（孔目云）大人，我是原告！（白衙內云）我這衙門裏則枷原告。（張
　　千云）你如今告誰？（孫孔目云）我告白衙內。（張千云）你原來不
　　認得白衙內？則這便是白衙內。（孫孔目云）原來他便是白衙內。我
　　告了關門狀，可著誰人救我那！（下）（白衙內云）如何？我道他來
　　告狀麼。如今把這廝下在死囚牢裏，我直牢死他，他渾家便屬了我。

這哪裏是在審案，完全是在上演一幕荒誕劇；這哪裏是官府，簡直就是人世間的閻羅殿。

　　當然，我們不能否認的確存在著出淤泥而不染的清官。像元雜劇中經常出現的包拯、王翛然、李圭、張鼎等，都是能爲平民百姓主持正義的清官形象。封建官府使平民百姓寒了心，百姓對封建官府也是恨到骨子裏。既然通過正常的法律維護不了自己的權益，於是老百姓便把希望寄託在江湖豪俠身

上。元代水滸劇的大量出現，正反映了廣大百姓對黑暗的封建官府的徹底失望和寄希望於江湖豪俠的普遍願望，正如《燕青博魚》中燕青所唱「我不向梁山泊裏東路，我則拖你去開封府的南衙」，但由於開封府這條路難以伸冤，故民眾只能把除惡的理想寄託在梁山泊了。

二、給人民以自信，號召人民奮起反抗

　　現存六種元代水滸劇中，不管是與權豪勢要鬥爭還是與不法之徒較量，都是以梁山好漢的勝利告終的。這其實是在號召、鼓舞群眾起來奮起反抗元蒙的黑暗統治，除掉那些作惡多端的異族統治者及其爪牙。既然宋江等人能聚義梁山，憑藉自己的力量與封建政權對抗，與權豪勢要、無賴惡棍鬥爭，我們為什麼不像他們那樣也組織起來，與這黑暗的現實抗爭呢？宋江等人雖說是一群江湖豪俠，但江湖豪俠也是人民群眾的一個組成部分，他們的勝利，也就代表了人民群眾的勝利。從來就沒有什麼救世主，在水深火熱中極力掙扎的廣大群眾要解除自己的苦難，只能靠自己的力量。

　　深受幾千年傳統文化滋潤涵養的文人知識分子，從來就有著很強的歷史使命感和責任感。這些雜劇作家大量創作水滸劇，並不只是為了迎合觀眾的趣味，取悅於人。同時，他們也在劇作中融入自己的情感和生活體驗，給觀眾以潛移默化的影響。「作者帶有強烈的時代仇恨，強烈的社會意識，強烈的階級同情心，以極大的憤怒，假借前代的綠林英雄反抗貪官污吏和淫棍惡徒之事，來宣揚反抗強暴和懲治罪惡的思想，喚起人們復仇的怒火，與黑暗的現實進行堅決的鬥爭。」〔註10〕

　　閱讀現存六種元代水滸劇，我們可以強烈的感受到其中洋溢著作者的無比的自信。面對勢力強大的權豪勢要，水滸英雄沒有一絲懼怕感，永遠都是精神抖擻、勇往直前的。「我打你這吃敲材，直著你皮殘骨斷肉都開。那怕你會飛騰就透出青霄外，早則是手到拿來。」（《梁山泊李逵負荊》）「強劫機謀廣，潛偷膽力全」，「風高敢放連天火，月黑提刀去殺人」，「我也不用一條槍，也不用三尺鐵，則俺這壯士怒目前見血」，「這廝他兩三番會使拖刀計，咱安排下搭救哥哥智。只在今日明朝，得勝而歸」。（《黑旋風雙獻頭》）之所以如此自信，一方面是因為他們幹的是正義的事，而且他們有膽量、有智慧。另一方面是因為權豪勢要本身是邪惡的，雖勢力大但一個個愚蠢無能。正如王

〔註10〕孔繁信：《略論高文秀的雜劇》，《求是學刊》，1994 年第 2 期。

小舒在《中國審美文化史》中談到喜劇時所說的：「其實權豪勢力正具有著兩面性，一面兇殘強暴，不可一世；另一方面則是外強中乾，內心發虛。元雜劇中的戲劇正體現了人們戰勝邪惡、爭取正常生活的信心。」「劇中的邪惡勢力雖然敢於發難，製造爭端，卻無法形成一種黑雲壓城、災難滅頂的勢態，這是因為所謂大人物的行為，從一開始就是愚拙的，低劣的，他們雖然在力量上佔有優勢，在智力上卻處於劣勢，而喜劇主人公則以超人的膽量和智慧掌握著整個鬥爭的主動權。」〔註11〕

　　李逵可以說是這類既有反叛精神，又有勇有智的英雄形象的傑出代表。在《黑旋風雙獻頭》中，李逵為解救被白衙內打入死囚牢的孫孔目，充分表現了他的機智。他裝成莊家呆廝以打消牢子對他的警惕，然後引誘牢子吃下有蒙汗藥羊肉泡飯，把牢子麻倒後，不僅解救了孫孔目，還放了滿牢的人。《魯智深喜賞黃花峪》中，李逵為解救被蔡衙內搶走並置於十八層水南寨的劉慶甫的妻子李幼奴，裝成一個貨郎兒帶著劉慶甫與李幼奴的信物，「繞村坊，尋門戶」，打探到十八層水南寨，憑藉信物找到素未謀面的李幼奴並救了她。

　　正如孔繁信所說的，「李逵是梁山好漢中最有正義感、最有徹底造反精神的英雄。……作為戲劇的意象，把人們的願望和理想賦予給具體的形象，來鼓舞人們去反抗、去抗爭、去勝利，這是處在元代黑暗野蠻統治下的人們最迫切最需要的精神支柱，這類英雄劇的時代意識也就在於此。」〔註12〕

　　元代水滸劇反映梁山好漢用正義戰勝了邪惡，以智慧奚落了愚蠢，使得在黑暗現實生活中的人們看到了自身的力量，堅信最後的勝利屬於人民自己，並且鼓舞他們憑藉自己的智慧為自己開闢一條生存之路。這正是這些劇作的偉大之處，也正是這些劇作家的偉大之處！

三、水滸劇多涉及姦夫淫婦題材的原因淺析

　　在現存六種元代水滸劇中，除《梁山泊李逵負荊》和《魯智深喜賞黃花峪》外，都寫到了姦夫淫婦（有的姦夫是權豪勢要），有的淫婦甚至與其姦夫合謀殺害丈夫。《黑旋風雙獻頭》中是白衙內和孫孔目的妻子郭念兒；《同樂院燕青博魚》中是楊衙內和燕大的妻子王臘梅；《爭報恩三虎下山》中是丁都

〔註11〕　王小舒：《中國審美文化史》（元明清卷），山東書畫出版社2002年版，第26頁。
〔註12〕　孔繁信：《略論高文秀的雜劇》，《求是學刊》，1994年第2期。

管和趙通判的二夫人王臘梅;《都孔目風雨還牢末》中是趙令史和李孔目的妾蕭娥。很多人認為水滸劇寫這些顯得題材很狹隘,而且減弱了劇作的鬥爭性。但筆者認為這正反映了這種男女通姦並且謀害親夫的事在當時很普遍——這是一個十分重大的社會問題。其實,不光是水滸劇,其它許多社會劇中反映權豪勢要、惡棍無賴占人妻女的也不少。如《魯齋郎》、《生金閣》、《望江亭》等都反映了這一社會問題。

這一問題的產生是有著深刻的社會根源的。

一方面,蒙古貴族入主中原後,中原文化在游牧文化強勁的衝擊下變得支離破碎,傳統的禮法制度和精神文化趨於式微,維繫人倫的儒家思想受到空前的打擊,以致世俗社會倫常失序,混亂不堪。另一方面,地處大漠深處的蒙古因長期與漢民族隔絕,無法瞭解、認同漢文化。「由於文化背景的差異,蒙元統治者在實際治理過程中的確擯棄了很多中原地區傳統的人倫準則。……對於封建綱常,蒙古與色目貴族也往往不以為然。《元史·烏古良楨傳》載,良楨上疏說:『綱常皆出於天而不可變,議法之吏,乃言國人不拘此例,諸國人各從本俗。是漢人、南人當守綱常,國人、諸國人不必守綱常也。』由於文化背景不同,對封建綱常的確存在著不同的態度。」〔註13〕入主中原後,不遵禮法,人倫喪亂之風流遍世俗社會。特別是一些權豪勢要,自然對封建社會的道德標準是不屑一顧的,而且,他們還有很多元朝法律賦予的特權,掠奪和侮辱漢人、南人婦女對他們來說也就是一件不足掛齒的事了。「像這類強男霸女之事,在黑暗野蠻的元代比比皆是。《元史·姦臣傳》:集賢學士禿魯帖木兒薦西藩僧教順帝『房中術』,『帝日從事於其法,廣取女婦,唯淫戲是樂』。還嫌不夠,帝讓『八郎』(按:帝之八個弟弟)『與其所謂倚納者,皆在帝前,相與褻狎,甚至男女裸處』。帝王之家,淫穢到與豬狗同類,地方官吏的荒淫之事可想而知。而良家婦女便大遭其殃了。」〔註14〕還有一點不可忽視的是,宋代理學在倫理方面的要求特別嚴屬,對人類自然情感的束縛很強。到了元代,人們一下子從強勁的理學束縛中解放了出來,卻又走向了縱慾。

可想,當時民間,特別是漢人對這種事可以說是深惡痛絕的,水滸英雄

〔註13〕 王小舒:《中國文學精神》(宋元卷),山東教育出版社 2003 年版,第 205～206 頁。

〔註14〕 孔繁信:《略論高文秀的雜劇》,《求是學刊》,1994 年第 2 期。

誅殺姦夫淫婦正是在幫助老百姓解決一個重大的社會問題。而且這些姦夫大
都是欺壓民眾、無惡不作的權豪勢要，如楊衙內、白衙內之流，而淫婦有的
謀殺親夫，有的仇視農民起義軍，視其為盜賊，若有人與義軍有聯繫則誣之
「通賊」，告到官府，如蕭娥、王臘梅之輩。梁山英雄懲治他們就是因為他們
肆意踐躪和摧殘善良無辜的人；梁山英雄對他們的懲罰也是很嚴酷的：有的
被雙雙斬殺，如白衙內和郭念兒、楊衙內和王臘梅；有的被剜心剖腹，如趙
令史和蕭娥。

第四節　元代水滸劇繁盛的原因

元代水滸劇不僅數量多，而且質量高，甚至出現了專寫水滸劇的「專業」
劇作家。水滸劇之所以在元代盛行，並且在思想上和藝術上都取得很高的成
就，原因是多方面的：既有現實苦難的激發，又有歷史文化的傳承；既離不
開劇作家的辛勤創作，又離不開廣大群眾的需求和支持，總之，元代水滸劇
是多種因素綜合作用開出的一朵燦爛奇葩。下面擬從四個方面加以分析。

一、宋江起義和民間水滸故事的直接影響及地理優勢

水滸故事作為元雜劇的一個重要題材，不是雜劇作家的新創，而是受了
北宋末年宋江起義和民間水滸故事的直接影響。

關於北宋末年宋江等三十六人橫行齊魏的事跡，在正史、野史以及宋人
詩文集中都有簡略的記載。如《宋史》卷二十二《徽宗本紀》云：

> 淮南盜宋江等犯淮陽軍，遣將討捕，又犯京東、江北，入楚、
> 海州界，命知州張叔夜招降之。

《宋史》卷三百五十一《侯蒙傳》云：

> 宋江寇京東。蒙上書言：「江以三十六人橫行齊魏，官軍數萬，
> 無敢抗者，其才必過人。今青谿盜起，不若赦江，使討方臘以自贖。」

野史中如王偁的《東都事略》、李燾的《續宋編年資治通鑒》、李壁的《十朝綱
要》、徐夢莘的《三朝北盟會編》都述及了宋江等人的事迹。如《東都事略》
卷十一《徽宗本紀》云：

> 宣和三年，二月，方臘陷楚州。淮南盜宋江犯淮陽軍，又犯京
> 東、河北，入楚海州。夏，四月，庚寅，童貫以其將辛興宗與方臘
> 戰於青谿，捕之。五月，丙申，宋江就擒。

　　但是，無論是正史、野史還是文人詩文，都是站在封建統治階級的立場上，視宋江等人爲「盜」、「賊」、「寇」，而且朝廷也對他們進行了鎮壓和招降。

　　不管宋江等人的結局如何，但其事迹已深入人心。以後通過藝人、文人的豐富發展，在民間廣爲流傳。南宋時盛行「說話」，很多就是以宋江等人故事作爲話本題材的。在南宋人羅燁的《醉翁談錄・小說開闢》中所記說話目錄中就有「公案類石頭孫立」、「樸刀類青面獸」、「杆棒類花和尚、武行者」。

　　稍後流行的講史話本《大宋宣和遺事》中也有關於宋江等人的記載。其中不僅新增了人物，而且還有了簡略的故事情節。

　　宋末元初的龔聖與有感於宋江三十六人的豪行壯舉，爲他們分別作了畫像，還在《宋江三十六人贊》中記錄了他們的名諱綽號，並且作了解釋。爲後來水滸故事的創作起了拋磚引玉的作用。

　　有趣的是，這些民間流傳的水滸故事基本上對宋江起義及宋江等人持肯定和讚賞態度。由於其中融入了民眾的思想和情感，其載體又是民眾喜聞樂見的民間文藝樣式，因而有著很深厚的群眾基礎，在民間廣爲流傳，影響很大。到了元代，流落在瓦舍勾欄的文人劇作家由於和民眾關係密切，憑著他們敏感的嗅覺，不可能不接觸到這些民間的水滸故事，而且這些民間的水滸故事也不可能不影響他們。於是他們在這些民間水滸故事的基礎上，結合時代風雲、現實生活和自己的思想情感，通過藝術加工，創作了許多水滸劇。

　　值得注意的是，元代水滸劇的作者大多屬於山東東平作家群。他們有的是東平籍文人，如高文秀、康進之；有的是東平籍藝人，如紅字李二；有的是旅居東平的文人，如李文蔚、李致遠、楊顯之等。元代水滸劇中也多次提到東平，如《爭報恩三虎下山》楔子中宋江云：「俺這梁山上，離東平府不遠……」《都孔目風雨還牢末》中的李逵犯了人命案，被解到東平府受審。

　　東平，宋時陳郓州，隸京東西路，宋江等人就是活動在附近地區，水滸故事當發源於此。而當時這一帶廣泛流傳的義軍故事，則爲作家進一步的加工創作提供了素材。並且東平作家比起其它地區的作家來，更熟悉、更瞭解這些義軍故事，可以說得了地勢之利。在蒙古入主中原後，政治、經濟、文化中心北移，山東成爲北方一個極爲重要的地區。而東平又是山東的政治、經濟、文化中心。嚴實、嚴忠濟父子總管東平時，大力發展生產、涵養民力、招攬人才，是東平成了一個政治清明、經濟繁榮、文化發達的城市，吸引彙集了大批飽學之士，其中包括很多音樂人才。這一切爲東平地區戲劇藝術的

繁榮提供了肥沃的土壤和充足的養料。所以，出自東平作家群之手的水滸劇不僅數量最多，而且思想藝術成就最高。

二、黑暗的社會現實和不絕的農民起義的激發

文學來源於生活，水滸劇在元代的大量出現不可能脫離當時的現實生活。

元朝是蒙古族建立的封建王朝。入主中原後，以勝利者自居，驕橫殘暴；同時，因為是新朝而且是少數民族當政，為了樹立威信，實行了高壓政治和強權統治。由於本民族的落後性，加上不瞭解漢民族和漢文化，在統治方式上存在很大的失誤。如實行民族歧視政策，漢人、南人位列三、四等；賦予蒙古貴族過多的特權，蒙古貴族打死人不用償命；長久的廢除科舉，使「士失其業」等。這一切導致社會混亂，法制鬆弛，吏治腐敗，道德淪喪，民不聊生……特別是培植了一個「特權階層」，也就是余秋雨先生所稱的「有權勢的無賴」：

> 他們如同瘟神向善良的人們播灑著恐懼、痛苦和災難，人性和良知、天理和公道、正義和廉恥統統被他們玩弄於股掌之間，「有權勢的無賴」不是黑暗社會的最後決策者，卻是社會黑暗最典型的顯現，他們不是人情險惡或某項法令不合理的代表，而是象徵整個客觀環境的荒誕。〔註15〕

如此荒誕的社會現實，不可能不激起人民的反抗。因此在元朝，人民對蒙古統治者及其走狗的反抗鬥爭是風起雲湧。可以說，農民起義在元沒有止息過。在《元史》中，關於農民起義的記載比比皆是。

如《元史》卷十二《世祖本紀九》載，至元十年，「廣州新會縣林桂芳、趙良鈐等聚眾，偽號羅平國，稱延康年號，官軍擒之，伏誅，餘黨悉平。」《元史》卷十五《世祖本紀十二》載，至元二十六年閏十月，「廣東賊鍾明亮復反，以眾萬人寇梅州，江羅等以八千人寇漳州，又韶、雄諸賊二十餘處皆舉兵應之，聲勢張甚。」《元史》卷十九《成宗本紀二》載，成宗元貞二年七月，廣西「陳飛、雷通、藍青、謝發寇昭、梧、藤、容等州，湖廣左丞八都馬辛擊平之」。

當時流落在民間的文人對這此起彼伏的農民起義可以說是耳濡目染，民

〔註15〕韓學君：《悲劇意識——元雜劇深層美學意蘊的核心》，《中國文學研究》，1997
　　年第1期。

眾高漲的反抗情緒對他們內心的震撼是很大的。歷史的責任感和使命感使得他們勇敢地拿起筆來熱情謳歌農民起義，讚頌草莽英雄、綠林好漢。正如著名的戲劇研究專家奚海在其《元雜劇論》中所說的：「這種黑暗的專制統治和人民群眾的反抗鬥爭，既為作家們提供了劇本創作取之不盡的現實生活素材，同時又強化了他們為農民起義擂鼓歡呼，為推動歷史前進的人民群眾樹碑立傳的使命感和責任感，借歷史題材以歌頌當代英雄，水滸劇目當然也就應運而生且好戲連臺了」。〔註16〕

三，歌頌豪俠傳統的積澱與傳承

中國自古以來就有歌頌豪俠的文化傳統。對於那些源於民間、「以武犯禁」、見義勇為、劫富濟貧、扶弱抑強、誅奸鋤惡的豪俠義士，一些文人士大夫是懷著強烈的欽羨仰慕之情，甚至以結交之為榮；而那些處於弱勢地位的平民百姓對他們更是充滿了無比的渴望與崇敬，甚至把除暴安良、匡扶社稷的希望都寄託在他們身上。所以，不管是在文人詩文中，還是在民間傳說中，歌頌豪俠的記載比比皆是。

「俠」這一名稱最早見於韓非子的《五蠹》：「儒以文犯法，俠以武犯禁。」後來偉大的史學家兼文學家司馬遷在《史記》中專門為俠士作傳，即《游俠列傳》，對俠士予以充分的肯定和讚頌：

> 今游俠，其行為雖不軌於正義，然其言必信，其行必果，已諾必誠，不愛其軀，赴士之阨困。既已存亡死生矣，而不矜其能，羞伐其德，蓋亦有足多者焉。

> 名不虛立，士不虛附。至如朋黨宗強比周，設財役貧，豪暴侵凌孤弱，恣欲自快，游俠亦醜之。

這不僅成了後人評價俠士的標準，而且也成了俠士的做人準則。

在唐代，由於盛行任俠之風，加上藩鎮割據、社會動蕩，歌頌豪俠可以說蔚然成風，而且佳作競出。詩歌中不乏歌頌的詩篇，傳奇中更是隨處可見。比如《虬髯客傳》、《盜俠》、《韋生》、《崑崙奴》、《聶隱娘》、《義俠》等都是歌頌豪俠義士的名篇，在思想和藝術上都有很高的價值，對這一文化傳統的發展起了里程碑式的作用。

只要社會是非顛倒，只要人間公理不彰，只要勞苦大眾身處水深火熱之

〔註16〕奚海：《元雜劇論》，河北教育出版社2001年版，第398頁。

中，歌頌豪俠的文化傳統就會傳承不息，而且深深地積澱在民族心靈的深處。俠的精神不僅在中國的「亞文化」的歷史上綿延不息，而且也總是在對我們的現實人生產生時隱時顯的影響。它不僅激勵著一代代有志之士奮起抗爭，行俠仗義，而且也撫慰著一朝朝百姓心靈的創傷。

在元代這個異族統治的朝代，階級矛盾極為尖銳，權豪勢要恣意橫行，無惡不作，百姓深受其苦卻又告愬無門。這一切不僅激起了沉澱在民族心靈深處的歌頌豪俠的文化傳統，也激活了深受幾千年傳統文化滋潤涵養的文人劇作家心靈深處的豪俠崇拜情結。於是一直活躍在民間的、而且為劇作家尤其是東平的劇作家所熟悉的水滸英雄便成為了元雜劇的一個重要創作題材。

四、迎合觀眾心理的需要

與其它文人文學形式相比，元雜劇作為「一代之文學」，最獨特之處在於它具有商業性和通俗性。像辭賦詩詞都屬於雅文化的範疇，它們的作者和接受者都是以上層社會和文人知識分子為主。而元雜劇則不同，它的作者是淪落於市井的下層文人，它的接受者是市井百姓。它不是案頭讀物，而是要被演員搬上舞臺，面向廣大觀眾的。

據《錄鬼簿》和《錄鬼簿續編》可知，元雜劇的創作者大多是書會才人。書會才人主要來源於兩類人：一類是流落市井的文人，他們落腳於勾欄瓦肆，以寫雜劇為生，成為職業作家。另一類是沉淪下僚的小吏，大多也屬於下層文人，他們寫作也並不只是像傳統文人那樣是為了抒情言志或自娛自樂，還要「娛人」。不管他們是出於何種原因加入書會，也不管他們是出於何種目的而創作，總之，它們的作品面對的是平民百姓。只有平民百姓接受，他們的作品才具有生命力，才有市場。所以，一方面，他們在創作中不得不去迎合、滿足觀眾的的審美趣味、欣賞水平、情感取向、道德要求和價值標準。另一方面，觀眾的這些要求也會左右他們的創作。只有滿足了觀眾的需要，觀眾才會喜歡。觀眾喜歡什麼，他們就把創作重心放在什麼上。觀眾喜歡講綠林英雄的雜劇，他們就多創作關於綠林英雄的雜劇。

這一點，鍾濤在他的《元雜劇藝術生產論》中從生產和消費的角度作了很精闢的闡釋：

> 生產和消費是藝術生產中密不可分的兩個環節，元雜劇作為元代最具代表性的文學藝術形式，滿足了當時人們的精神消費的需

要，是當時社會精神文化需求的產物。而當時受眾的藝術消費，則
是元雜劇藝術生產的動力。〔註17〕

明朝朱權的《太和正音譜》分雜劇爲十二種，其中「八曰鈸刀杆棒」。元
朝夏庭芝在《青樓集》中說雜劇有「駕頭、閨怨、鴇兒、花旦、披秉、破衫
兒、綠林、公吏、神仙道化、家長里短之類」。這裏所說的「鈸刀杆棒」雜劇、
「綠林」雜劇中就包含著水滸劇。《青樓集》中還專門記載了演員如國玉第「長
於綠林雜劇」、天錫秀「善綠林雜劇」、平陽奴「精於綠林雜劇」。可見，水滸
劇在當時極爲流行，頗受歡迎。

這一方面是由於水滸故事在長期的流傳過程中，關目情節不斷豐富，頗
具戲劇性，符合當時觀眾的審美習慣和欣賞水平。「以個別英雄爲中心的傳奇
性故事，不但是以一人主唱、僅有四折的雜劇這種藝術形式最適宜的題材，
而且對於那些強烈追求刺激的市民階層有著巨大的吸引力。」〔註18〕另一方
面，水滸劇所反映的梁山好漢替天行道，除暴安良的俠義精神和豪俠氣概撫
慰了被壓迫民眾心靈的創傷，表達了他們內心的期盼，與他們情感取向、道
德要求和價值標準相當一致，非常切合他們的精神需要。所以，水滸劇很受
當時觀眾的歡迎，在戲劇舞臺上盛演不衰。「元雜劇中眾多的英雄傳奇劇，反
映了這類作品在當時有巨大的市場需要。甚至出現了專寫這類英雄傳奇劇的
戲劇作家。……從高文秀和其它雜劇作家對水滸英雄的熱衷，我們仍然可以
感受到英雄傳奇故事在雜劇舞臺上的盛行。」〔註19〕

〔註17〕鍾濤：《元雜劇藝術生產論》，北京廣播學院出版社 2002 年版，第 2 頁。
〔註18〕陳中凡、王永建：《略論元劇水滸戲》，《江海學刊》，1962 年第 6 期。
〔註19〕鍾濤：《元雜劇藝術生產論》，北京廣播學院出版社 2002 年版，第 138 頁。

參考文獻

1. 臧晉叔編，《元曲選》，中華書局 1958 年版。
2. 隋樹森編，《元曲選外編》，中華書局 1959 年版。
3. 徐沁君校，《新校元刊雜劇三十種》，中華書局 1980 年版。
4. 《古本戲曲叢刊四集：古今名劇合選》，上海商務印書館 1958 年影印。
5. 趙景深輯，《元人雜劇鉤沈》，上海古典文學出版社 1956 年版。
6. 王季烈編，《孤本元明雜劇》，中國戲劇出版社 1957 年版。
7. 徐徵等主編，《全元曲》（共 12 卷），河北教育出版社 1998 年版。
8. 王季思主編，《全元戲曲》，人民文學出版社 1990 年版。
9. 王學奇主編，《元曲選校注》（四冊八本），河北教育出版社 1994 年版。
10. 王季思主編，《中國十大古典悲劇集》，上海文藝出版社 1982 年版。
11. 王季思主編，《中國十大古典喜劇集》，上海文藝出版社 1982 年版。
12. 黃徵等校注，《關漢卿雜劇集》，浙江古籍出版社 1998 年版。
13. 邵海清校注，《西廂記》，浙江古籍出版社 1998 年版。
14. 顧肇倉選注，《元人雜劇選》，人民文學出版社 1956 年版。
15. 中國戲曲研究院編，《中國古典戲曲論著集成》，1959 年版。
16. 陶宗儀撰，《南村輟耕錄》，中華書局 1959 年版。
17. 葉子奇撰，《草木子》，中華書局 1959 年版。
18. 鍾嗣成等，《錄鬼簿》（外四種），上海古籍出版社 1978 年版。
19. 孟元老等，《東京夢華錄》（外四種），上海古典文學出版社 1956 年版。
20. 李昉編，《太平廣記》，中國文史出版社 2003 年版。
21. 上海古籍出版社編，《宋元筆記小說大觀》（六），上海古籍出版社 2001 年版。

22. 王利器輯錄，《元明清三代禁燬小說戲曲史料》，上海古籍出版社 1981 年版。

23. 許慎，《說文解字》，中華書局影印本，1963 年版。

24. 阮元校刻，《十三經注疏》，中華書局 1980 年版。

25. 辛介夫著，《易經解讀》，陝西師範大學出版社 1998 年版。

26. 楊伯峻注，《春秋左傳注》，中華書局 1983 年版

27. 韋昭注，《國語》，上海古籍出版社 1978 年版。

28. 劉向集錄，《戰國策》，上海古籍出版社 1985 年版。

29. 司馬遷撰，《史記》，中華書局 1959 年版。

30. 班固撰，《漢書》，中華書局 1962 年版。

31. 范曄撰，《後漢書》，中華書局 1965 年版。

32. 陳壽撰，《三國志》，中華書局 1959 年版。

33. 劉昫撰，《舊唐書》，中華書局 1975 年版。

34. 歐陽修撰，《新唐書》，中華書局 1975 年版。

35. 司馬光撰，《資治遍鑒》，中華書局 1956 年版。

36. 歐陽修撰，《新五代史》，中華書局 1974 年版。

37. 宋濂等撰，《元史》，中華書局 1976 年版。

38. 陳邦瞻撰，《宋元紀事本末》，中華書局 1997 年版。

39. 楊伯峻撰，《論語譯注》，中華書局 1980 年版。

40. 楊伯峻撰，《孟子譯注》，中華書局 1984 年版。

41. 任繼愈撰，《老子新譯》，上海古籍出版社 1978 年版。

42. 曹礎基撰，《莊子淺注》，中華書局 1982 年版。

43. 趙守正撰，《管子注譯》，廣西人民出版社 1982 年版。

44. 董仲舒撰，《春秋繁露》，上海古籍出版社 1989 年影印本。

45. 陳立撰、吳則虞點校，《白虎通疏證》，中華書局 1994 年版。

46. 周振甫注，《文心雕龍注釋》，人民文學出版社 1981 年版。

47. 黃徵、張湧泉校注，敦煌變文校注，中華書局 1997 年版。

48. 郭紹虞校釋，《滄浪詩話校釋》，人民文學出版社 1983 年版。

49. 騰咸惠注，《人間詞話新注》，濟南：齊魯書社 1982 年版。

50. 李修生主編，《全元文》，江蘇古籍出版社 1998 年版。

51. 施瑛選譯，《唐代傳奇選譯》，上海古籍出版社 1980 年版。

52. 馮文樓主編，《元曲觀止》，陝西人民教育出版社 1998 年版。

53. 魏耕原主編，《歷代小賦觀止》，陝西人民教育出版社 1998 年版。

54. 王國維撰，《宋元戲曲史》，上海古籍出版社 1998 年版。

55. 王國維著，《王國維戲曲論文集》，中國戲劇出版社 1957 年版。

56. 王衛民編，《吳梅全集》（理論卷），河北教育出版社 2002 年版。

57. 孫楷第著，《元曲家考略》，上海古籍出版社 1981 年版。

58. 傅惜華著，《元代雜劇全目》，作家出版社 1957 年版。

59. 趙景深主編、邵曾祺編著，《元明北雜劇總目考略》，中州古籍出版社 1985 年版。

60. 莊一拂著，《古典戲曲存目彙考》，上海古籍出版社 1982 年版。

61. 李修生主編，《古本戲曲劇目提要》，北京：文化藝術出版社 1997 年版。

62. 張庚、郭漢城撰，《中國戲曲通史》，中國戲劇出版社 1992 年版。

63. 周貽白著，《中國戲曲發展史綱要》，上海古籍出版社 1979 年版。

64. 霍松林著，《西廂述評》，陝西人民出版社 1982 年版。

65. 霍松林編，《西廂彙編》，濟南：山東文藝出版社 1987 年版。

66. 嚴敦易著，《元劇斟疑》，中華書局 1960 年版。

67. 王季思著，《玉輪軒曲論》，中華書局 1980 年版。

68. 王季思著，《玉輪軒曲論新編》，中國戲劇出版社 1983 年版。

69. 王季思著，《玉輪軒曲論三編》，中國戲劇出版社 1988 年版。

70. 李春祥著，《元雜劇論稿》，開封：河南大學出版社 1988 年版。

71. 李修生著，《元雜劇史》，南京：江蘇古籍出版社 1996 年版。

72. 劉蔭柏著，《元代雜劇史》，石家莊：花山文藝出版社 1990 年版。

73. 李修生等編，《元雜劇論集》，天津：百花文藝出版社 1985 年版。

74. 徐扶明著，《元代雜劇藝術》，上海文藝出版社 1981 年版。

75. 戲劇論叢編輯部編，《關漢卿研究》，中國戲劇出版社 1958 年版。

76. 黃克著，《關漢卿戲劇人物論》，北京：人民文學出版社 1984 年版。

77. 鍾林斌著，《關漢卿戲劇論稿》，陝西人民出版社 1986 年版。

78. 許金榜著，《元雜劇概論》，濟南：齊魯書社 1986 年版。

79. 許金榜著，《中國戲曲文學史》，北京：中國語文出版社 1994 年版。

80. 黃士吉著，《元雜劇做法論》，西寧：青海人民出版社 1983 年版。

81. 焦文彬著，《中國古典悲劇論》，西北大學出版社 1991 年版。

82. 焦文彬著，《歷史的藝術反思——中國古典悲劇自覺意識到的歷史內容》，陝西師範大學出版社 1998 年版。

83. 黃卉著，《元代戲曲史稿》，天津古籍出版社 1995 年版。

84. 么書儀著，《元人雜劇與元代社會》，北京大學出版社 1997 年版。

85. 么書儀著，《元代文人心態》，北京：文化藝術出版社2001年版。

86. 郭英德著，《元雜劇與元代社會》，北京師範大學出版社1996年版。

87. 奚海著，《元雜劇論》，河北教育出版社2001年版。

88. 郭偉廷著，《元雜劇中的插科打諢藝術》，中國社會科學出版社2002年版。

89. 鍾濤著，《元雜劇藝術生產論》，北京：北京廣播學院出版社2003年版。

90. 陳俊山著，《元代雜劇賞析》，天津人民出版社1983年版。

91. 王文才著，《元曲紀事》，人民文學出版社1985年版。

92. 趙景深著，《讀曲隨筆》，上海文藝出版社1999年版。

93. 呂薇芬編，《名家解讀元曲》，山東人民出版社1999年版。

94. 門巋著，《戲曲文學：語言托起的綜合藝術》，桂林：廣西師範大學出版社2000年版。

95. 門巋著，《粉墨功名——元代曲家的文化精神與人生意趣》，濟南出版社2002年版。

96. 王星琦著，《元明散曲：大俗之美的張揚與泛化》，桂林：廣西師範大學出版社1999年版。

97. 王星琦著，《元曲與人生》，上海古籍出版社2004年版。

98. 王群著，《元曲淺說》，上海：東方出版中心2000年版。

99. 吳晟著，《瓦舍文化與宋元戲劇》，中國社會科學出版社2001年版。

100. 周國雄著，《中國十大古典喜劇論》，暨南大學出版社1991年版。

101. 趙山林著，《中國戲劇學通論》，合肥：安徽教育出版社1995年版。

102. 李昌集著，《中國古代散曲史》，華東師範大學出版社1997年版。

103. 葉長海著，《曲學與戲劇學》，上海：學林出版社1999年版。

104. 傅謹著，《中國戲劇藝術論》太原：山西教育出版社2000年版。

105. 吳新雷、丁放著，《戲曲與道德傳揚》，江蘇古籍出版社2002年版。

106. 廖奔著，《中國古代劇場史》，鄭州：中州古籍出版社1997年版。

107. 蘇國榮著，《宇宙之美人》，北京：華文出版社1999年版。

108. 劉彥君著，《欄杆拍遍——古代劇作家心路》，北京：文化藝術出版社1995年版。

109. 周育德著，《中國戲曲與中國宗教》，中國戲劇出版社1990年版。

110. 羅曉帆著，《中國戲曲演義》，上海文藝出版社1995年版。

111. 許並生著，《中國古代小說戲曲關係論》，北京：文化藝術出版社2002年版。

112. 李曉著，《比較研究：古劇結構原理》，中國戲劇出版社1989年版。

113. 趙義山著，《20世紀元散曲研究綜論》，上海古籍出版社2002年版。

114. 查洪德、李軍著，《元代文學文獻學》，中國社會科學出版社2002年版。

115. 陳援庵著，《元史研究·元西域人華化考》，臺北：九思出版社中華民國66年版。

116. 李澤厚著，《中國古代思想史論》，人民出版社1986年版。

117. 王寧主編，《中國文化概論》，湖南師範大學出版社2000年版。

118. 張岱年、程宜山著，《中國文化與文化爭論》，中國人民大學出版社1990年版。

119. 龐樸著，《中國傳統文化的再估計》，上海人民出版社1988年版。

120. 錢穆著，《中國文化史導論》，上海三聯書店1988年版。

121. 趙吉惠著，《中國傳統文化導論》，陝西教育出版社1994年版。

122. 張立文、劉大椿主編，《道教與中國文化》，人民出版社1996年版。

123. 余秋雨著，《中國戲劇文化史述》，湖南人民出版社1985年版。

124. 王齊洲著，《四大奇書與中國大眾文化》，湖北教育出版社2000年版。

125. 馮文樓著，《四大奇書的文本文化學闡釋》，中國社會科學出版社2003年版。

126. 郁龍餘編，《中西文化異同論》，三聯書店1989年版。

127. 馮天瑜等著，《中華文化史》，上海人民出版社1990年版。

128. 馮天瑜、楊華著，《中國文化發展軌迹》，上海人民出版社2000年版。

129. 史衛民著，《都市中的游牧民——元代城市生活長卷》，湖南人民出版社2000年版。

130. 張維青、高毅清著，《中國文化史》，山東人民出版社

131. 陳高華著，《元史研究論稿》，中華書局1991年版。

132. 劉念茲著，《戲曲文物叢考》，中國戲劇出版社1986年版。

133. 寇養厚著，《古代文史論集》，山東大學出版社1999年版。

134. 成窮著，《從紅樓夢看中國文化》，上海三聯書店1994年版。

135. 葛兆光著，《道教與中國文化》，上海人民出版社1987年版。

136. 張豈之著，《中華人文精神》，西北大學出版社1997年版。

137. 北京師範大學古籍所編，《元代文化研究》，北京師範大學出版社2001年版。

138. 余英時著，《士與中國文化》，上海人民出版社1987年版。

139. 陳鼓應著，《老莊新論》，上海古籍出版社1992年版。

140. 陳寅恪著，《元白詩箋證稿》，上海古籍出版社1978年版。

141. 張孝評主編，《詩的文化闡釋》，陝西人民教育出版社1993年版。

142. 周群著，《儒釋道與晚明文學思潮》，上海書店出版社2000年版。

143. 霍有明著，《文藝的復古與創新》，中國戲劇出版社1997年版。

144. 陳桐生著，《中國史官文化與史記》，汕頭大學出版社1993年版。

145. 程國賦著，《唐五代小說的文化闡釋》，人民文學出版社2002年版。

146. 張新科著，《史記與中國文學》，陝西人民教育出版社1995年版。

147. 張新科著，《唐前史傳文學研究》，西北大學出版社2000年版。

148. 楊燕起等編，《歷代名家評史記》，北京師範大學出版社1986年版。

149. 韓兆琦著，《史記評議賞析》，內蒙古人民出版社1985年版。

150. 郭雙成著，《史記人物傳記論稿》，中州古籍出版社1985年版。

151. 余樟華著，《史記新探》，北京：民族出版社1994年版。

152. 金文達著，《中國古代音樂史》，人民音樂出版社1994年版。

153. 陳仲庚、張雨新著，《人格心理學》，遼寧人民出版社1986年版。

154. 魯迅著，《中國小說史略》，人民文學出版社1973年版。

155. 魯迅著，《墳》，人民文學出版社1980年版。

156. 魯迅著，《中國小說的歷史的變遷》，《魯迅全集》（九），人民文學出版社1981年版。

157. 姜義華主編，《胡適學術文集》，中華書局1993年版。

158. 郭沫若著，《郭沫若全集》，人民文學出版社1990年版。

159. 聞一多著，《神話與詩》，古籍出版社1956年版。

160. 李澤厚、劉綱紀主編，《中國美學史》，中國社會科學出版社1984年版。

161. 李澤厚著，《美學三書》，安徽文藝出版社1999年版。

162. 朱光潛著，《朱光潛美學文集》，上海文藝出版社1982年版。

163. 朱光潛著，《悲劇心理學》，人民文學出版社1983年版。

164. 朱光潛著，《朱光潛美學文學論文選集》，湖南人民出版社1980年版。

165. 霍松林著，《文藝散論》，中國社會科學出版社1981年版。

166. 霍松林著，《文藝學簡論》，中國社會科學出版社1982年版。

167. 余秋雨著，《戲劇審美心理學》，四川人民出版社1985年版。

168. 吳毓華著，《古代戲曲美學史》北京：文化藝術出版社1994年版。

169. 王忠閣著，《元末吳中詩派論考》，桂林：廣西師範大學出版社1998年版。

170. 姚文放著，《中國戲劇美學的文化闡釋》，中國人民大學出版社1997年版。

171. 王小舒著，《中國審美文化史》（元明清卷），山東畫報出版社2000年版。

172. 劉楨著，《勾欄人生》，河南人民出版社2000年版。

173. 周長鼎、尤西林著,《審美學》,陝西人民教育出版社 1991 年版。

174. 李西建著,《重塑人性——大眾審美中的人性嬗變》,湖北人民出版社 1998 年版。

175. 施旭升著,《中國戲曲審美文化論》,北京廣播學院出版社 2002 年版。

176. 譚帆著,《傳統文藝思想的現代闡釋》,上海社會科學院出版社 1995 年版。

177. 趙維江著,《金元詞論稿》,中國社會科學出版社 2000 年版。

178. 欒棟等主編,《當代文藝學新探索》,陝西師範大學出版社 1997 年版。

179. 傅惠生著,《宋明之際的社會心理與小說》,北京:東方出版社 1997 年版。

180. 金丹元著,《比較文化與藝術哲學》,上海文藝出版社 2002 年版。

181. 朱東潤著,《中國文學批評史大綱》,上海古籍出版社 1983 年版。

182. 敏澤著,《中國文學理論批評史》,人民文學出版社 1981 年版。

183. 王運熙、顧易生主編,《中國文學批評史》,上海古籍出版社 1985 年版。

184. 郭紹虞著,《中國歷代文論選》,上海古籍出版社 1980 年版。

185. 游國恩等主編,《中國文學史》,人民文學出版社 1979 年版。

186. 章培恒、駱玉明主編,《中國文學史》,復旦大學出版社 1996 年版。

187. 郭預衡主編,《中國古代文學史》,上海古籍出版社 1998 年版。

188. 袁行霈主編,《中國文學史》,高等教育出版社 1999 年版。

189. 袁行霈著,《中國文學概論》,高等教育出版社 1990 年版。

190. 於非主編,《中國古代文學》高等教育出版社 1988 年版。

191. 鄧紹基主編,《元代文學史》,人民文學出版社 1991 年版。

192. 李修生、趙義山主編,《中國分體文學史》(戲曲卷),上海古籍出版社 2001 年版。

193. 古典文學編輯室編,《中國古典文學論叢》(第 4 輯)人民文學出版社 1986 年版。

194. 尚學鋒等著,《中國古典文學接受史》,山東教育出版社 2000 年版。

195. 劉宏彬著,《紅樓夢接受美學論》,河南人民出版社 1992 年版。

196. 劉鋒燾著,《金代前期詞研究》,陝西師範大學出版社 1998 年版。

197. 傅正乾著,《歷史·史劇·現實——郭沫若史劇理論研究》,陝西人民出版社 1988 年版。

198. 王先霈著,《圓形批評與圓形思維》,陝西師範大學出版社 2000 年版。

199. 馬克思、恩格斯著,《馬克思恩格斯選集》,人民出版社 1972 年版。

200. 弗洛伊德著,《精神分析引論》,高覺敷譯,商務印書館 1984 年版。

201. 卡爾文·斯·霍爾等著,《弗洛伊德心理學與西方文學》,包華富等編譯,

湖南文藝出版社 1986 年版。

202. 魯思・本尼迪克特著，《文化模式》，張燕、傅鏗譯，浙江人民出版社 1987 年版。

203. 恩斯特・卡西爾著，《人論》，上海譯文出版社 1985 年版。

204. 特里・伊格爾頓著，《文學原理引論》，文化藝術出版社 1987 年版。

205. 陳開俊等譯，《馬可・波羅遊記》，福建科學技術出版社 1982 年版。

206. 丹納著，《藝術哲學》，傅雷譯，人民文學出版社 1981 年版。

207. 〔蘇〕克雷維列著，《宗教史》，中國社會科學出版社 1981 年版。

208. 葉舒憲編，《神話——原型批評》，陝西師範大學出版社 1987 年版。

209. 朱立元主編，《當代西方文藝理論》，華東師範大學出版社 1997 年版。

210. 伍蠡甫主編，《西方文藝理論名著選編》，北京大學出版社 1986 年版。

211. 伍蠡甫主編，《西方古今文論選》，復旦大學出版社 1984 年版。

212. 瓦西列夫著，《情愛論》，北京：三聯書店 1984 年版。

213. 青木正兒著，《元人雜劇概說》，中國戲劇出版社 1957 年版。

附　錄

附錄一：從文化視角研究元雜劇的一部力作

蘭　宇

　　元代雜劇的興盛使中國戲劇的發展達到了一個高峰，它以其獨特的風貌成為這一時期文學和藝術突出的標誌。元代雜劇在中國文學和藝術發展的基礎上孕育出了新的形式，其中又蘊含著深厚的民族文化的積澱，高益榮博士的學術專著《元雜劇的文化精神論》立足於現代意識，從寬廣的文化視角對元雜劇的思想、藝術以及美學意蘊進行了深入地探討，為我們研究元代雜劇提供了新的視野。

　　大家熟知今天的傳媒特別是影視傳媒，出於商業化的考慮，充斥整個藝壇的都是戲說古代各個時期野史、逸聞的居多，而弘揚和傳播民族的高雅文化的東西不多，這對民族文化的發展是很不利的。元雜劇屬於一種非物質文化遺產，在整個世界以及我們本國越來越重視人類文化遺產的今天，30 萬字的《元雜劇的文化精神論》的出版，對搶救和保護我們民族戲曲瑰寶具有一定的現實意義和歷史傳承意義。

　　我們國家的文學、藝術以及文化的歷史成就，在世界上佔據著很重要的位置。戲劇是文學和音樂、舞蹈、美術等藝術緊密結合的一種表現形式，雖然文學與音樂、舞蹈等藝術的發展都具有很久遠的歷史，但是在元代以前，文學和音樂、舞蹈、美術的聯繫不是很緊密的，本來應該是同源的姊妹藝術，卻一直相互分離，自在發展，而到了元代，由於雜劇的繁榮，把這些藝術表現融為一體，促進了共同發展的契機。

　　王季思先生在他的著作《元曲的時代精神和我們的時代感受》中說：「我

們在考察元代的時代特徵時，過分強調了民族之間的衝突、鬥爭，看不見當時不同民族之間又互相轉化、互相融合的一面。至於當時北方契丹、女眞、蒙古族的尙武精神，在歌曲和音樂上的積極影響，更少注意。而把元曲的時代精神只理解爲反抗民族壓迫，這是未免狹隘和片面的。」馮天瑜、楊華在他們的專著《中國文化發展軌跡》中也寫道：「元代是一個政治現實嚴峻的時代，文明程度較高的漢族被處於較低社會發展階段的游牧民族所征服，人們習以爲常的傳統信念受到空前的挑戰，國破家亡的巨大痛苦，使漢族產生了漢代以來最爲深沉的鬱悶。元代又是一個活力發抒的時代，蒙古鐵騎以草原游牧民族勇猛的性格席卷南下，給漢唐以來漸趨衰老的帝國文化輸入進取的因子。於是，整個社會思想文化處於以終游牧民族與農業文明、北方文化與南方文化、雅文化與俗文化等多重交融的狀態。」過去人們研究元代文化，突出的都是階級關係和民族壓迫方面的內容，卻沒有從整個中華民族歷史與文化大融合的角度去審視這個問題，高益榮的《元雜劇的文化精神論》避開了這些狹隘性局限，從宏大而且寬闊的歷史文化視野、人類發展視野，探討了民族融合之後，所引起的民族的整體文化和地域的具體文化以及整個民族文學藝術新的發展契機。從整個人類的歷史角度審視，世界上許許多多民族戰爭，表面看起來是武裝侵略和血腥掠奪，往往是文化愚蠻落後，演進緩慢的民族，卻用武力征服了高度文明發達，文化演進超前的民族，但是最後融合結果，卻是物理強悍而文化落後的戰勝這被文化先進發達文明程度很高的民族所同化，最終是落後民族接受了先進民族的文化，改變了自己，提高了發展的速度，得到跨越式發展，先進民族也吸收了落後民族文化中合理的因素，改造自己，豐富自己，兩種文化經過衝突、撞擊之後達到融合，相互影響，共同發展。元代的文化、文學、特別是戲劇的空前繁榮，也是就是在這樣的背景下發展起來的。

當然戰爭畢竟是殘酷的，歷史的發展、文化的演進是曲折的，有時進步往往需要付出流血犧牲的痛苦代價，在戰爭的征服與被征服的較量中，常常會出現毀滅性代價，當文化先進、文明程度較高的民族由於暫時處於內部機制混亂、邪惡勢力當道、文化與經濟發展停滯不前、軍事力量軟弱時，相鄰的落後民族軍事力量強盛，經濟發達，整個局勢又處於上陞階段，這樣的兩個民族發生戰爭，誰勝誰負肯定是不言自明的。戰爭之後當然就是穩定了發展了，戰勝的民族肯定要考慮自己長期鞏固統治的問題，於是，經濟發展、

文化進步、國事繁榮就成爲整個國家發展的主題。處於十二世紀末十三世紀初的南宋王朝和蒙元民族正是這樣的情形，最後武力強盛的蒙古族征服文化先進的、但軍事落後、國家內部混亂不堪、姦臣當道、皇帝無能的南宋王朝，這是很自然的事情。蒙古族入主中原以後，定都大都，同時致力於發展新的文化和經濟，也就成爲它的主要國策。當時在文化、經濟和政治中心的大都，元雜劇空前發展繁榮起來，就是兩種文化相互影響、交互吸收合理因素、最終達到融合的結果。高益榮博士的研究視點就是這樣的角度，這很符合現代文化研究的思路和共同特徵，對我們進一步加深認識元代戲劇繁榮和文化發展也具有啓示作用。

（作者爲西安工程大學人文學院教授）

附錄二：心底傾瀉出的眞情——元散曲情愛曲與陝北情歌的文化透視

〔內容摘要〕元散曲情愛曲與陝北民歌情歌在描述愛情、述說相思，以及表現性愛情慾方面，表現出相同的文化特質，即大膽奔放、率直熱情，不僅言情，而且寫慾，顯現出與傳統觀念以含蓄委婉爲美的截然不同的藝術風格。究其緣由，正是農耕文化與游牧文化融合的結果。

〔關鍵詞〕元散曲；陝北情歌；文化透視

　　將元散曲與陝北民歌放在一起，咋看起來有些風馬牛不相及，其實不然。如果細讀作品，尤其是述寫情愛的作品，就會感到在其文化內涵上它們有諸多的相似點。元散曲以直露、熱烈爲主要特徵。尤其是描寫男女情愛的散曲不再嚴守以含蓄爲美，對感情的表達不再是「發乎情，止乎禮義」、「樂而不淫，哀而不傷」，而是直率言情，大膽寫慾，完全是激情的宣泄，心底傾瀉出的眞聲。陝北民歌中的情歌也是如此，往往直率、大膽歌頌情愛，乃至於情慾，與元散曲此類作品形成相同的文化特質，很值得我們予以研究。

一、情感的率眞流露

　　首先，熱情歌頌人對情愛的追求，突破理學對人的合理情感扼殺的樊籠。不管是元散曲，還是陝北民歌都表現出對追求愛情的肯定，作者有意突破傳統觀念對人的束縛，閃現出人性解放新思想的火花。

　　追求愛情雖說是人的本能欲望，但傳統的觀念認為包括愛情在內的人的所有感情，都要受到理（禮）的制約，不能違理而行。表現愛情雖然是文學作品的永恒主題之一，但傳統的文學觀念卻認為對愛情的表現應該遵循「發乎情，止乎禮義」和「樂而不淫」等原則，不能毫不掩飾地表現。宋儒更是把包括愛情在內的所有「人欲」與「天理」對立起來，朱熹就說：「天理存，則人欲亡；人欲勝，則天理滅。」〔註1〕他完全把人欲和天理對立，鼓吹「存天理，滅人欲」。因此，在元以前的正統文學裏即使描寫愛情的作品，也往往是「樂而不淫，哀而不傷」，如元稹的《鶯鶯傳》只能為男主人公開脫罪責，表現為「始亂之，終棄之」的悲劇結局，白居易的《井底引銀瓶》也只能發出「寄言癡小人家女，慎勿將身輕許人」的勸誡之詞，很難表現出愛情的轟轟烈烈之美。元散曲則不同，它往往能突破封建理學牢籠，毫不掩飾地表現愛情，顯示出全新的思想特徵，大膽熱烈地讚頌男女對愛情追求的精神，譜寫出一曲曲自主地愛情的讚歌。

　　在元散曲中，到處可以看到熱情大膽的愛情作品，而且一改中國傳統情詩的含蓄柔媚之風，直率奔放、毫不隱諱，直接傾吐對心上人的愛憐之情。如自稱為「普天下郎君領袖、蓋世界浪子班頭」的關漢卿在〔南呂·四塊玉〕《別情》寫道：「自送別，心難捨，一點相思幾時絕？憑欄袖拂楊花雪。溪又斜，山又遮，人去也！」直言不諱地述說別情的難分難捨而又不得不捨之情，也許他這首曲就是寫給他的相好、才藝雙美的雜劇藝人珠簾秀。珠簾秀更是高吟「若得歸來後，同行同止，便是牡丹花下死，做鬼也風流」。〔註2〕更是毫不掩飾地直言對情愛的大膽追求。愛情是兩顆心臟發出的共振波率，是兩性的心靈融合。譬如蘭楚芳的〔南呂·四塊玉〕《風情》：「我事事村，他般般醜。醜則醜村則村意相投，則為他醜心兒真博得我村情兒厚。似這般醜眷屬，村配偶，只除天上有。」歌頌情真意摯的愛情，他們完全是心靈的相契，絕不是僅停留在對彼此的外在的容顏的欣賞上。再如無名氏的〔商調·梧葉兒〕：「淚滴濕香羅袖，淚潪透白苧衫。嬌士女俊兒男，一個心腸熱，一個眼腦饞，便死也心甘。俺為他他為俺。」直言戀愛中男女雙方願為對方兒死的火熱情懷。〔商調·梧葉兒〕《題情》：「解不開同心扣，摘不脫倒須鈎，糖和蜜攬酥

〔註1〕黎靖德：《朱子語類》，中華書局，1986年版，第224頁。
〔註2〕徐徵等主編：《全元曲》（第十一卷），河北教育出版社，1998年版，第7322頁。

油。活擺佈千條記，死安排一處休。恁兩個忒風流，死共活休要放手。」這類散曲明顯具有民歌的風味，情眞意切，而語言質樸，卻將熱戀中的男女相互願和對方生死與共的情感表現得淋漓盡致，而又十分感人，足見俗文學的誘人魅力。

產生於陝北黃土高原上的陝北情歌，先天帶有民歌的俗文化的因子，直爽熱情、大膽潑辣，是生活在這一廣袤高原上的人民從心底中流露出的愛的眞聲，他們愛得果敢，表述得赤裸，展示出原生態情愛的活力。如《拉手手，親口口》：「我要拉你的手，你要親我的口，拉手手，親口口，咱們二人旯旯裏走。」「抱住哥哥親個嘴，肚裏的冰疙瘩化成水」，「上河的鴨子下河裏的鵝，一對對毛眼找哥哥」（《大路上摟柴瞭一瞭你》）；「雞蛋殼殼點燈半炕炕明，再咋我也不嫌哥哥你窮」（《死死活活相跟上》）；「你在窯外我在裏，貼著玻璃親嘴嘴」（《你在窯外我在裏》）。「四妹子愛見那三哥哥，你是我的知心人。三哥哥今年一十九，四妹子今年一十六，人家說咱二人是天配就，你把奴家閃到半路口。三天沒見哥哥的面，拉上黑山羊許口願，奴家見了哥哥面，好比小妹妹過新年」。（《三十里鋪》）這些情歌都是從心靈深處自然流露出來的，它們眞摯、熱烈，大膽潑辣，敢抒胸臆，願意把自己愛情的感受毫不掩飾地傾說出來，顯示出愛得美好，愛得理直氣壯，充滿著人性在原始狀態下的兩性之愛得魅力。

其次，直言不諱地抒說相思之苦，表現出愛情的多滋味，顯現愛之深沉。愛情一旦產生，男女雙方都盼望耳鬢廝磨常相守，但現實中的種種原因的阻隔，又不得不分離，於是就造成了綿綿不斷的彼此的相思之情，這種情感又是戀人、夫妻間最爲眞摯的感情。不管是元散曲，還是陝北民歌，都有抒寫相思的感人篇章。

在元散曲作家裏，抒寫相思之苦的作家，首推的應是劉庭信。他用〔雙調・折桂令〕《憶別》一連寫了 12 首曲，從不同角度展示了相思之苦：

> 想人生最苦離別，三個字細細分開，淒淒涼涼無了無歇。別字兒半晌癡呆，離字兒一時拆散，苦字兒兩下裏堆疊。他那裏鞍兒馬兒身子兒劣怯，我這裏眉兒眼兒臉腦兒乜斜。側著頭叫一聲聽者：得官時先報期程，丟丟抹抹遠遠的迎接。

> 想人生最苦離別，唱到陽關，休唱三疊。急煎煎抹淚柔眵，意遲遲揉腮擞耳，呆打孩閉口緘舌。情兒分兒你心裏記者，病兒痛兒

我身上添些，家兒活兒既是拋撇，書兒信兒是必休絕。花兒草兒打聽的風聲，車兒馬兒我親自來也。

想人生最苦離別，雁杳魚沉，信斷音絕。嬌模樣甚實曾丟抹，好時光誰曾受用？窮家活逐日縐拽。才過了一百五日上墳的日月，早來到二十四夜祭竈的時節。篤篤寞寞終歲巴結，孤孤另另徹夜咨嗟，歡歡喜喜盼的他回來，淒淒涼涼老了人也。

想人生最苦離別，恰才酒艷花濃，又早瓶墜簪折。說下山盟：生則同衾，死則同穴。情極處俊句兒將人抹貼，興闌也巧舌頭生出些枝節。半路情絕，一旦心邪，鳴珂巷說謊的哥哥，告與俺海神廟取命爺爺。

想人生最苦離別，別字兒旬日間期程，離字兒年載間分飛。或醉或醒，或貧或富，或病或疾。醒與醉則除是我知，病與疾知他是誰醫？貧也休題，富也休題，稱青春匹馬歸來，永白頭一世夫妻。

這裏選錄六首，可以清楚地看出離別後女主人公複雜的種種感受，真切地狀寫了離別時的難分難捨，到離別後的叮嚀、告誡，以及最終的盼望早日團聚的不同情感。另外，他給女藝人「般般醜」寫的〔雙調‧折桂令〕《題情》：「心兒疼勝似刀剜，朝也般般，暮也般般。愁在眉端，左也攢攢，右也攢攢。夢兒程良宵短短，影兒孤長夜漫漫。人兒地闊天寬，信兒稀雨瑟雲慳，病兒沉月苦風酸。」詞語真切率意而為，絕無造作，感人至深，將對馬氏（般般醜）的思念之情表達得淋漓盡致。再如周文質〔越調‧小桃紅〕「彩箋滴滿淚珠兒，心坎如刀刺。明月清風兩獨自，暗嗟咨，愁懷寫出龍蛇字。吳姬見時，知咱心事，不信不相思。」無名氏〔仙呂‧醉中天〕：「哀告花箋紙。囑咐筆尖。筆落花箋寫就詞，都為風流事。寄予多情艷姿。既一心無二。透功夫應付些兒。」無名氏〔雙調‧水仙子〕：「絲絲梅雨透窗寒，苒苒離愁魂夢間。隔雲山萬里空長歎，要相逢難上難，望天涯倚遍闌干。咱本是英雄漢，尚兀自把淚彈。他哪裏怎生般消瘦了容顏。」前兩首寫文士的相思，後一首寫壯士的相思，其相思折磨之苦均不亞於女子，且明白直率的表達出來；尤其是《水仙子》，作者自稱「英雄漢」，我們印象中古代的英雄漢都是錚錚鐵骨，不為情所累的，幾乎可以說是不解兒女私情的，在他們的思想中，兒女情長了，就會英雄氣短。而這位「英雄漢」卻難得具有俠骨柔情，能將心比心，而且

最後兩句全用口語，一片眞情毫不掩飾。

在陝北情歌中，歌唱相思之苦的更爲多見。由於陝北高原溝深原闊，乾旱缺水，土地貧瘠。生活在這裏的人民，爲了生存，不得不離開親人，遠走西口，於是造成了無窮盡的離別之苦，正如《走西口》所唱：「哥哥走西口，妹妹也難留，止不住傷心淚，一道一道往下流。正月裏娶過奴，二月裏走西口，早知你走西口，不如不成親。」新婚不久，可爲了生計，一對恩愛小夫妻又不得不分離。因而陝北民歌中就有很多的抒寫相思相念的優秀情歌，久唱不衰、成爲經典的、可稱爲陝北民歌的代表作，如《走西口》、《蘭花花》、《五哥放羊》、《三十里鋪》等，它們直率、熱烈，唱出了陝北人民眞摯、火熱、細膩的感情。如流行於神木、府谷一帶的情歌《打櫻桃》，用生旦對唱的形式，唱出了熱戀中男女的思念之情：

> 生唱：想妹妹想得迷了竅
>
> 　　　睡覺不知顚和倒
>
> 　　　哎呦，翻身跌在炕底下了
>
> 旦唱：想哥哥想得迷了竅
>
> 　　　抱柴火跌在了山藥窖
>
> 　　　哎呦，差點把妹妹腰閃壞了
>
> 生唱：白天想你大街上繞
>
> 　　　黑夜想你睡不著覺
>
> 　　　哎呦，可叫掌櫃把哥罵灰了
>
> 旦唱：白天想你貓道上瞭
>
> 　　　到夜晚想你說胡話
>
> 　　　哎呦，我媽罵我把魂丟了〔註3〕

語言質樸，沒有絲毫的掩飾，完全是內心眞實感受的外流，反映出黃土高原上的男女們聖潔純眞的愛。《想郎面皮黃》直言相思之苦：「想郎想得妹心慌，想郎想得妹斷腸，想郎想得飯不吃，想郎想得面皮黃。」再如《驚五更》從一更寫到五更，展示出情妹妹對哥哥的思念之情：「三麼更子月兒照正南，想郎君想得兩眼窩窩乾。止不住一雙毛花花眼，掉下兩行淚蛋蛋。」「四麼更子裏月兒在西，思想起郎君哥你在哪裏？前院後舍人安靜，不知郎君在哪裏？」在《走太原》裏，女子道出了她心裏的無奈：「世上人心都一樣，怎能不把親

〔註3〕郭仲軒著：《陝北民歌二人臺》，陝西旅遊出版社2004年版，第51頁。

人想？花開能有幾日紅，女人能有幾個青春？好歹咱再等一等。」另外，《想妹子》、《想哥哥》、《咱兩個死也不分離》、《想親親想在心眼上》、《想你想的沒得法》等，都是抒寫相思的好篇章。

二、欲望的火辣傾瀉

叔本華說：「所有的戀愛，不管所呈現的外觀是如何的神聖、靈妙，實則，它的根柢只是存在本能之中，那是經過公認的、帶有特殊使命的性本能。」〔註 4〕元散曲和陝北民歌中的情歌，不僅抒寫男女的情愛，而且毫不掩飾地描寫其性愛，表現出極度地反傳統的文化精神。

在元散曲裏這些作家高揚人性美的大旗，大膽突破傳統觀念，熱情讚頌性愛情慾，撕去傳統文人的羞羞答答的偽善面孔，歌真性情，抒本能欲，表現出與傳統決裂的「銅豌豆」精神。作為元代的「梨園領袖」的關漢卿直言不諱自己對性愛的追求「我翫的是梁園月，飲的是東京酒，賞的是洛陽花，攀的是章臺柳」，並永不回頭：「你便是落了我牙，歪了我嘴，瘸了我腿，折了我手，天賜與我這幾般兒歹症候，尚兀自不肯休」，痛快淋漓，嬉笑怒罵，表現出他風流倜儻的奇特個性。如他的《雙調・新水令》：

> 楚臺雲雨會巫峽，赴昨宵約來的期話。樓頭棲燕子，庭院已聞鴉，料想他家，收針指晚妝罷。
>
> 〔喬牌兒〕款將花徑踏，獨立在紗窗下。顫欽欽把不定心頭怕。不敢將小名呼咱，則索等候他。
>
> 〔雁兒落〕怕別人瞧見咱，掩映在酴醿架。等多時不見來，則索獨立在花陰下。
>
> 〔掛搭鉤〕等候多時不見他。這的是約下佳期話，莫不是貪睡人兒忘了那？伏冢在藍橋下。意懊惱卻待將他罵，聽得呀的門開，驀見如花。
>
> 〔豆葉黃〕髻挽烏雲，蟬鬢堆鴉；粉膩酥胸，臉襯紅霞，嫋娜腰肢更喜恰。堪講堪誇。比月裏嫦娥，媚媚孜孜，那更掙達。
>
> 〔七弟兄〕我這裏覓他，喚他，哎！女孩兒，果然道色膽天來大。懷兒裏摟抱著俏冤家，搵香腮悄語低低話。

〔註 4〕叔本華：《叔本華論文集》，百花文藝出版社，1987 年版，第 126 頁。

〔梅花酒〕兩情濃，興轉佳。地權爲床榻，月高燒銀蠟。夜深沉，人靜悄，低低的問如花，終是個女兒家。

〔收江南〕好風吹綻牡丹花，半合兒揉損絳裙紗，冷丁丁舌尖上送香茶，都不到半霎，森森一向遍身麻。

〔尾〕整烏雲欲把金蓮屧，紐回身再說些兒話：「你明夜個早些兒來，我專聽著紗窗外芭蕉葉兒上打。」〔註5〕

套曲描寫一對青年男女的幽會，從等待、見面、接吻，直到「地權爲床榻」的交媾，風格大膽、自然，毫無忸怩之態。再看他的《一半兒·題情》：「碧紗窗外靜無人，跪在床頭忙要親。罵了個負心回轉身。雖是我話兒嗔，一半兒推辭一半兒肯」。詩裏完全是真情的流露，火辣辣的欲望的噴泄，讓蒼白無力的「天理」見鬼去吧！再如白樸的《陽春曲·題情》：「笑將紅袖遮紅燭，不放才郎夜看書，相偎相抱取歡娛。止不過疊應舉，及第待如何？」作者把男女的歡娛置功名之上，認爲及第還不如兩情相偎更富有人生的樂趣。貫雲石的《中呂·紅繡鞋》：「挨著靠著雲窗同坐，偎著抱著月枕雙歌，聽著數著愁著怕著早四更過。四更過情未足，情未足夜如梭。天哪，更閏一更兒妨甚麼。」把一對「偷情」人的熱烈相愛，既怕分離，但又不得不離的心態描繪得細膩逼真，洋溢著人性美的氣息。再如商挺的〔雙調·潘妃曲〕：「小小娃兒白腳帶，纏得堪人愛。疾快來，瞞著爹娘做些兒怪。你罵吃敲才，百忙裏解花裙兒帶。」「煞是你個冤家勞合重，今夜裏放鸞鳳。多情可意種，緊把纖腰貼酥胸。正是兩情濃，笑吟吟舌吐丁香送。」無名氏的〔中呂·水仙子〕：「後花園裏等才郎，相抱相偎入繡房。笑吟吟先倒在月牙床，羞答答怎對當。不由人脫了衣裳，錦被裏翻了紅浪。玉婉上金釧響，恰便是戲水鴛鴦。」〔商調·梧葉兒〕：「解不開同心扣，摘不脫倒須鈎，糖和蜜攪酥油。活擺佈千條計，死安排一處休，恁兩個忒風流，死共活休要放手。」在這些曲裏沒有什麼「男女之大防」什麼「三從四德」，有的只是對自己的歡樂的追求。他們都不避諱情慾，像說柴米油鹽一樣自然地表達自己對情慾的追求。愛情與愛欲本就是一體的，是很難分開的。「愛情是本能和思想，是瘋狂和理性，是自發性和自覺性，是一時的激情和道德修養，是感受的充實和想像的奔放，是殘忍和慈悲，是饜足與饑渴，是淡泊和欲望，是煩惱和歡樂，

〔註5〕徐徵等主編：《全元曲》（第一卷），河北教育出版社，1998年版，第718～719頁。

是痛苦和快感，是光明和黑暗。愛情把人的種種體驗熔於一爐。」〔註6〕誠然，愛情本身就是人性諸多情感的綜合體驗。元散曲中的這類作品正是對此話作了很好的注釋，「是對壓抑人性的禮教和假道學的一種衝擊和矯枉，飲食男女與穿衣吃飯都是正當的人性的需要，在當時特定的社會背景下，強調人性貴適意，『赤緊的是衣食，』與強調『美滿夫妻』，『盡老同眠』具有同樣重要的意義。」〔註7〕

陝北民歌裏的情歌更是直奔主題，理直氣壯述說性愛。譬如《老祖先留下人愛人》：「六月的日頭臘月的風，什麼人留下人愛人？三月的桃花滿山紅，老祖先留下人愛人。」民歌用六月的日頭、臘月的風、三月的桃花等自然物景起興類比，說明人愛人是出自天性，是天然法則，是上天賦予人的權利，故說愛及性就是非常自然的事情，沒有什麼扭捏作態的必要，只是這些個生活在廣袤高原的男男女女對人的本能情慾的奔湧宣洩。如《再高興也不要吼》：「妹妹你要走，哥哥我不叫你走，一把拉在懷裏頭，彎下身子親上一個口。哎呦哎咳呦，拉在懷裏親上一個口，再揣揣那綿奶頭。妹妹你要走，哥哥我不叫你走，一把拉在那炕裏頭，鋪下褥子再擺枕頭，哎呦哎咳呦，拉在那炕裏頭擺枕頭，再高興也不敢吼。」表述的是那樣的直白，但完全是真情的流露，並沒有色情的淫穢。再如《跳粉牆》：

二更價裏坐門庭，耳聽見外面有一個人，有心吼哥哥三兩聲，雙手手推開兩扇扇門。

三更價裏來上繡房，手拉上綿手手上了涼床，用手揭開來紅綾子被，冷身身挨住妹妹滾肉皮睡。

四更價裏月偏西，兩身身綿肉肉誰也離不開誰，妹妹的胳膊彎彎哥哥枕，咱們兩個人鬧五更。

五更價裏來大天明，架上的金雞叫齊鳴，架上金雞連聲聲叫，打發哥哥你起身。

把哥哥送在大門外，妹妹有話要交代，出門路上要小心，想妹妹就看看這個荷包袋。

〔註6〕 瓦西列夫：《情愛論》，趙永慕等譯，三聯書店 1997 年版，第 128 頁。
〔註7〕 王星琦：《元明散曲——大俗之美的張揚與泛化》，廣西師範大學出版社，1999年版，第 162 頁。

把哥哥送在村子外，妹妹有話要交代，路旁野花你莫採，想了
妹妹你就轉回來。

把哥哥送過清水河，站在河對岸瞭哥哥，看著看著不見了，淚
蛋蛋如斷線珍珠拋進了河。〔註8〕

這首民歌和關漢卿的散套《雙調‧新水令》有異曲同工之妙，描述了一對戀
人從二更到天亮的幽聚經歷，不僅寫他們的愛，而且毫不忌諱他們的性，但
又顯得很純情，並不是淫穢的東西，這顯現出民歌的文化特質。再如《才把
冰疙瘩化成水》：「草雞那個緊靠公雞那個臥，哥哥你那個進門挨住妹妹坐。
捏住你那個綿手手親上一個那嘴，才把那個冰疙瘩化成水。」形象地表現出
妹妹對情郎盼望時的急切與情郎到來的喜悅之情。民歌的文化特質就是直
率、通俗，「饑者歌其食，勞者歌其事」，這些情歌表現的就是陝北農民的情
愛生活，使他們的眞切的感情的體驗，是他們情感生活的直接流露。在他們
的愛情理念中，更重要的是解決生理的正當的本能欲望的滿足，而不僅僅是
花前月下的纏綿。因此，陝北民歌中的情歌，不僅表情，更是寫欲。他們視
愛情爲心靈與心靈碰撞，更是肉體與肉體的結合。愛情中更多的成分是原始
的性的衝動，性是滿足愛情饑渴、相思之苦的靈丹妙藥。因此，在這類情歌
中，生活在這一方熱土上的情男愛女，用熱烈率直的言語，唱出了一曲曲大
膽奔放的愛歌。

三、率直大膽的審美特質形成的原因

元散曲和陝北民歌中的表情言性的曲子都表現出一種和中國傳統以含
蓄、委婉爲主要特徵不同的審美特質，即率直、大膽熱烈爲主要的特徵。爲
什麼會表現出如是的審美特質呢？我們應該從社會文化、審美風尚與作者個
人的個性等方面因素來考察。

首先，中原農耕文化和草原游牧文化衝突與融合的結果。元代蒙古人入
主中原，帶來了游牧文化和中原的農業文化的衝突和融合，有利於人們的思
想從傳統的思想文化中解放出來，接受新的文化特質，背離傳統的文化精神。
「元代又是一個活力抒發的時代，蒙古鐵蹄以草原游牧民族勇猛進取的性格
席卷南下，漢唐以來漸趨衰老的封建帝國被輸入率意進取的精神因子。隨著
原社會僵硬軀殼的破壞，長期被嚴格束縛的種種和封建社會主體理論離心的

〔註8〕馬政川編著：《眞想你呀哥哥》，大眾文藝出版社2004年版，第155頁。

思想情緒也乘隙得以暫時抒放。於是，整個社會的思想文化處於一種失去原有重心和平衡的混沌狀態。雖然元統治者對漢文化體系中能有效維繫統治的正統意識形態，也十分重視並加以提倡，但是，對傳統理性和政治現實懷疑、漠視、厭惡乃至反對的心理與情緒，仍然執著地彌漫於社會各階層中，尤其是下層社會。」〔註9〕元代社會蒙古人成爲統治的中心，他們作出和中原統治者所不同的審美選擇，更重視文化的愉悅性。《蒙古秘史》就說：「蒙古人歡樂，跳躍，聚宴，快活。奉忽圖刺后，在枝葉茂密蓬鬆如蓋的樹周圍，一直跳躍到出現沒肋的深溝，形成沒膝的塵土。」加之，他們漢化的程度很低，不瞭解中原文化在維護封建統治中的重要作用，更多的是從娛樂的需要來選擇，因而傳統的詩文受到冷落，代之而興的元曲受到歡迎。蒙古民族的能歌善舞，游牧文化的豪邁奔放，給原來的中原文化輸入「異質」，「爲積澱深厚的儒家禮法撕裂了一條縫，使得各種被壓抑、深隱的思想能夠放縱，脫籠而出，」〔註10〕從而使元曲可以突破傳統文學的「溫柔敦厚」「哀而不傷」的審美風尚，表現出游牧文化所影響的豪邁奔放、敢愛敢恨，不受約束的文化特質。

陝北民歌也是如此，它帶有明顯的游牧文化的痕跡。陝北在歷史上就處於民族融合的交匯地帶，是中原農業文化與北方游牧文化的衝突交融區域。歷史上，這裏先後是獫狁、戎狄、匈奴、突厥等少數民族的棲息地，他們與中原封建王權經常發生衝突，反而促使了農業文化與游牧文化的融合。特別是漢代由於漢武帝對匈奴的戰爭從而使漢族農業文化區輻射到陝北，形成了漢民族農業文化與游牧民族草原文化的融合。但由於陝北特殊的地理位置，一旦中原王權發生戰亂，陝北往往成爲少數民族與中原對抗的橋頭堡。三國魏晉南北朝時期，戰火連天，陝北主要是匈奴、突厥人的活動區域。唐末宋初，陝北屬党項人政權所轄，元代蒙古人統治，大量游牧民族南遷，陝北再次成爲農耕文化與游牧文化的交融區。因此，陝北文化帶有明顯的游牧文化的因子，陝北人的血液中具有匈奴人的直率、豪俠，他們敢愛敢恨，絕少造作。由於地處一隅，封建的倫理條規對生活在這裏的民族影響力極弱，便形成了張揚人性的陝北文化，正如光緒皇帝特史、朝內翰林院大學士王培棻所

〔註 9〕馮天瑜：《中華文化史》，上海人民出版社，1990 年版，第 717 頁。
〔註10〕劉禎：《元代審美風尚特徵論》，《中國文化研究》，2001 年（夏之卷），第 78 頁。

言：「塞外荒丘，土軷回番族類稠……，聖人傳道此處偏遺漏，因此上把禮義廉恥一筆勾。」〔註11〕這點正是陝北文化區別於中原之處。陝北民歌中的情歌的文化內涵明顯帶有這種游牧文化的特質，從而使民歌能夠突破傳統的審美觀念，大膽奔放地言情唱性。這點，如果把陝北情歌和我國其它地域民歌作以比較，就更能說明此問題。如：

> 槐花幾時開（四川民歌）
>
> 高高山上呦一樹喔槐呦喂，
>
> 手把欄杆舍望郎來呦喂，
>
> 娘問女兒呀望啥子呦喂？
>
> 呃我望槐花舍幾時開，呦喂。

> 趕集（山東民歌）
>
> 俺那天去到東莊把集趕，
>
> 遇見了情哥哥在買鋤鐮。
>
> 俺有心向前去說上幾句話，
>
> 怕的是那些趕集人背後里道閒言。
>
> 他那裏朝著我使上幾眼，
>
> 我提著個小竹籃轉到村後邊。
>
> 在村後柳樹下將他來等，
>
> 俺二人把知心話兒說了好幾番。
>
> 今日想（那個）明日盼盼的是那一天！

儘管都是民歌，這兩首民歌在抒情上的共同點是含蓄委婉，纏綿悱惻，完全和中國傳統詩學觀念一致，自覺不自覺地反映出這些地方人民受漢民族傳統觀念的支配，故內斂含蓄。而陝北民歌卻表現出和它們截然不同的風格，熱烈奔放，大膽直白，這正顯現出北方游牧文化對其的影響。

其次，作者個性使之然。由於元代統治者尚武輕文，看不到儒學對穩定統治的作用，因此，入主中原以後停止科考長達八十年，從而使文人社會地位非常低下，他們原有的理想信仰、人格追求和惡劣的現實存在之間產生了極度的不協調，從而使他們的理想人格發生變異，形成多面的人生追求：或放浪形骸，樂山好水；或混跡勾欄，與優伶娼妓為伴，放縱人欲，以此表現

〔註11〕高建群：《最後一個匈奴》，作家出版社，1993年版，第491頁。

自己對現實的不滿，這便是元曲中歌頌人欲思想形成的根源。

與元散曲這些個落魄文人作者不同，陝北民歌的作者卻是生活在這方熱土上的農民。他們用情歌抒發他們的內心的喜怒哀樂之情。陝北廣袤的黃土高原，縱橫交錯的溝壑，交通極其的閉塞，中原禮儀倫理的鬆弛，賦予了這一方人熱情豪邁、敢愛敢恨的個性。他們用民歌宣泄著內心的激情，張揚著人性的最本能的欲望，沒有掩飾，只有率直，這便形成了陝北情歌獨到的藝術風格。

結 語

總而言之，元散曲情曲和陝北情歌共同的文化特質就是農耕文化與游牧文化融合的結果。游牧文化給幾千年已近乎衰微的中原農業文化輸入「異質」，使傳統的儒家詩學精神被撕破，從而使元散曲具有反傳統精神，大膽歌頌愛情，直接抒寫情慾。同樣，由於游牧文化的介入，使得陝北文化明顯不同於中原文化，在此文化的影響下的陝北情歌具有了其大膽奔放、直率熱烈的特徵。

（第十屆中國散曲暨陝北民歌學術研討會論文）

附錄三：稱心而出，如題所止——從《四嬋娟》看洪昇的女性意識及其晚年的創作心理

　　內容摘要：《四嬋娟》是一組寫心雜劇，作者借謝道韞、衛茂漪、李清照和管仲姬四位歷史上的才女以抒自己的心魂，對女性作出了不同傳統觀念的評價，突出其超乎男性的才識，讚頌了以真情為內核的夫妻平等互愛的美滿的新型婚姻家庭觀，表現出洪昇具有現代意義的女性意識，由此亦可揣摩到洪昇晚年的創作心理。

　　關鍵詞：四嬋娟；洪昇；女性意識；創作心理

　　清代大戲劇家洪昇除《長生殿》外，流傳於世的作品就是《四嬋娟》。對《長生殿》研究的成果，可謂汗牛充棟，但對《四嬋娟》的研究就非常冷清了，除了僅發表的一兩篇論文外，幾乎沒有對其專門研究的論文。其實，《四嬋娟》是洪昇的一曲心靈的歌，故非常值得對其作以深入的研究。《四嬋娟》由《詠絮》、《簪花》、《鬥茗》、《畫竹》四出短劇構成，是一組寫心雜劇，劇作不講究情節的生動曲折，主要是借劇中人物抒寫作者的心曲，如戲曲理論家吳梅在《鄭西諦〈清人二集〉序》中所說寫心劇特色是「顧為此文者，往往不論南北，不備角目，稱心而出，如題所止，其於排場規律不甚措意，其體雖便於作者而其格已隳矣。」此語正中寫心之劇的。《四嬋娟》劇看似歷史劇，每劇只一折，分詠謝道韞能詩、衛茂漪善書、李清照通詞、管仲姬擅畫四位歷史上的才女事，實際上是作者借歷史人物的影子以抒自己之心魂。因

此通過對這四個短劇的闡釋，我們可以窺測到洪昇對女性、婚姻家庭的態度，並由此顯現出其進步的女性意識，亦可揣摩到作家晚年的創作心理。

一、以「才識」爲準則的判斷女性的新標準

如果說「沒有婦女的酵素就不可能有偉大的社會變革。社會的進步可以用女性（醜的也包括在內）的社會地位來精確的衡量。」〔註1〕那麼，我們要考察一個社會進步的程度，就可借婦女的地位來審視。作爲一位男性作家，洪昇卻沒有方巾的迂腐，他發現了女性的聰慧才智，並加以熱情地歌頌。他深受晚明個性解放思潮影響，充分意識到女性並不比男子差，甚至遠遠超過男子。他可以說是用一種全新的準則審視女性，表現出作家進步的女性觀。

首先，充分肯定了女性之「才識」

洪昇認爲有才華、有見識的女性才是完美的女性。他把才識上陞爲第一位，肯定女性具有不亞於男子的才識，這與中國傳統的女性文化對女性的要求完全不同。在中國傳統社會，女性的社會角色是作爲男子的附庸，受男性的支配。女性作爲人的本質的社會屬性和主體原則被徹底地泯滅了。她們必須適應男性文化的要求，維護男權社會的文化規範；她們的使命就是按照男人的意志給男人傳宗接代。儒家經典《易經》就說：「天道爲乾，地道爲坤；乾爲陽，地爲陰；陽成男，陰成女；男性應剛，女性應柔。」董仲舒繼承了先秦儒家的思想，把男女關係與陰陽關係對應，並借用法家思想推演出「三綱」之說，強調君、父、夫對臣、子、妻的絕對支配權力。他認爲天有陰陽，人有男女，「君臣、父子、夫婦之義，皆取諸陰陽之道。君爲陽，臣爲陰；父爲陽，子爲陰；夫爲陽，妻爲陰。」（《春秋繁露‧卷十二》）「陰者陽之助也，陽者歲之主也」。（卷十一）「丈夫雖賤，皆爲陽，婦人雖貴，皆爲陰」（卷十一）。班固進一步發展了董仲舒的理論，指出「所謂稱三綱何？一陰一陽謂之道，陽得陰而成，陰得陽而序，剛柔相配，……三綱法天地人」「夫婦者何謂也？夫者扶也，以道扶接也；婦者服也，以禮屈服。」〔註2〕他的妹妹班昭的《女誡》便是一部專門制約女子行爲的書，將男尊女卑觀進一步理論化，對後世女子影響極大。《女誡》七篇，認爲「陰陽殊性，男女異行。陽以剛爲德，

〔註 1〕 馬克思：《致路德維希‧庫格曼》，《馬克思恩格斯全集》，第 32 卷，人民出版社，1962 年版，第 571 頁。
〔註 2〕 班固：《三綱六紀》，《白虎通疏證》（上），中華書局，1994 年版，第 376 頁。

陰以柔爲用；男以強爲貴，女以弱爲美。」她還對「三從」「四德」進行了詳
細的闡釋，強調「敬順之道，婦人之大禮也。」進一步強化了男權意識對女
子的支配。比班昭略早的西漢經學家、文學家劉向的《列女傳》，分爲母儀、
賢明、仁智、貞順、節義、辨通、嬖孽七個部分，採錄了一些女子的賢行懿
德，作爲其它女子學習的榜樣，對後世女子影響也很大。

　　如此的傳統女性文化，形成了一張對女性控制的無形的大網。它是中國
傳統文化的一部分，滲透著男權觀念，它要求女性的一言一行應該服從於男
人的需求，女人要有德有容，以柔爲美，「三從四德」更是其行爲準則。因此
在官方的正史裏更多的是那些所謂爲封建統治者提倡的、傳統的女性審美標
準是：「婦德、婦言、婦容、婦功」（周禮）。「婦德謂貞順，婦言謂辭令、婦
容謂婉娩、婦功謂絲枲」（鄭玄）。由此可見，根本沒有「婦才」的份兒。因
爲「女子無才便是德」。在男人的世界裏，他們認爲才識與思想聯繫在一起，
女人一旦有了才識就有了思想，有了辨別是非的能力，就不好馴服，就不甘
當奴隸。即使像《西廂記》這樣具有反封建進步意義的劇作所張揚的郎才女
貌、一見鍾情式的婚姻，固然是對傳統門當戶對婚姻觀的一種反叛、一種進
步，但究其實質說，對女子的要求仍只是貌，對男子則要求的才是才，仍是
女性以貌取悅於人的觀念的延伸。洪昇受徐渭、李贄等個性解放者思想影響，
肯定女性的才識爲女性美的第一要素，並高度讚美了富有才華的女性。如《詠
絮》中的謝道韞「林下清風玉不如，綠窗深掩小春初。朝來懶把蛾眉畫，只
愛牙籤插架書」，她「雖是個女子，卻只耽情筆墨，每日刺繡餘功，常在叔父
膝前談論古今」她詠絮的名詩句「未若柳絮因風起」像劇中謝安所贊「古來
才女所稱紈扇之篇，塘上之什，你只一句詩，竟可與之並傳千古了」。《簪花》
裏的衛茂漪「閨閣名姝，獨精書法，簪花妙楷，擅絕古今」，她是東晉著名女
書法家，是書聖王羲之的蒙師。她師承鍾繇，著有《筆陣圖》。《鬥茗》中的
李清照更是名傳千古的才女，詞風婉約，獨領風騷。《畫竹》裏的管仲姬以善
畫竹而聞名，她「德性幽閒，才情蘊藉，善賦小詩，兼工畫竹」，不僅是元代
有名的女畫家，而且具有遠見卓識。這四位女子都有某一方面的超人才華，
洪昇幾乎沒勾畫她們的肖象形體等外在之美，而是重點突出其內在的才識，
表現出洪昇判斷女性美新的審美尺度，即女性不僅要有外在的美貌，而且更
重要的是其內在的才識，這完全突破了傳統的「女子無才便是德」的陳腐觀
念。

其次，女性的才識不但不遜色於男性，而且完全可以超過男性

洪昇具有樸素的民主思想，接受了徐渭、李贄等的女性觀，認爲婦女有與男人一樣、甚至男人所不及的才華。在《詠絮》中，洪昇借謝安之口稱讚謝道韞說：「若論她錦心繡口，端的不減男兒，就是他諸兄弟們也都要讓她一籌」。爲了突出謝道韞的詩才敏捷，洪昇有意識地渲染璉兒對詩時的窘態。璉兒搜腸刮肚對出個「撒鹽空中差可擬」的俗句，哪能和道韞那句「若遠若近，傳神寫意，俱在各中」的妙句相比呢？於是璉兒不得不歎服道韞的詩才，洪昇讓道韞自豪地高唱：「問普天下錦心才子，爭似俺小嬋娟。」這是才女在這場智慧較量中戰勝男子後自豪地呼喊之聲！在《簪花》中，洪昇寫「一代風流、千古才子」的大書法家王羲之向衛夫人學習書法的故事。劇作有意識通過具有傲骨的書聖卻甘願拜在衛夫人門下學書法，以突出衛夫人的書法技藝之高超。王羲之要拜衛夫人爲師，他的書童不理解埋怨他，王羲之高唱：

〔仙呂·端正好〕則他是女尼山闢洙泗，桃和李，都是些玉蕊瓊枝。〔僮云〕相公，若是你去拜了門生，可不也是個女人了？〔王逸少笑科。唱〕若是你肯容咱戴巾幗去問楊亭宇，我情願親捧硯日向蘭閨侍。

洪昇讓男侍女，完全顛倒了男權世界的法規，足見其對女性的尊敬與欽佩。在衛夫人的點撥下王羲之的書法藝術才最終步入絕妙境地。劇作結場詩：「本是個姊姊弟弟，改做了老師門生。偷取那簪花妙格，去寫那眞本《蘭亭》。洪昇巧妙把衛夫人的簪花妙格和書聖的傳世精品《蘭亭集序》聯繫在一起，並說明這是書聖從衛夫人這裏學來的以突出女子的才學。不管是《鬥茗》裏的李清照，還是《畫竹》裏的管仲姬，都是詩才、畫才勝過丈夫、令丈夫欽佩的女性。這組劇作的取材，有一定的歷史事實，但洪昇從眾多的歷史人物中將她們四人的故事提取出來寫成戲曲，並滿腔熱忱地大肆渲染稱讚，足以顯現洪昇對女性的尊重與崇敬。

再次，將才識作爲女性自身素養的必備特質而不是取悅男性的資本

洪昇進步的女性意識不僅僅表現在他看到女性的才識，並加以讚頌，更爲可貴的是他已經意識到女性的才識和男性的才識一樣，是她們自身素養應該具備的特質，而不是爲了適應男性的審美需求以討好男子的芳心從而嫁個如意郎君。洪昇所處的時代，由於經歷了晚明個性解放思潮的洗禮，使得男性不再片面強調「女子無才便是德」，而開始肯定並讚揚女子的才識。女性讀

書識字的機會多了，女性活動的社會空間也得到擴展，她們也開始尋找自身的意義、價值和尊嚴。她們可以和男人一樣聚集一塊談詩論詞，酬唱結集。她們自覺地將才識作為自身素質的基本特質，像魯迅評說才子所說大凡才子必會寫詩一樣，才女們也必擅長詩詞曲賦、通曉琴棋書畫，外柔內剛，有獨到的見解和獨立的人格。洪昇在《四嬋娟》裏刻畫的謝道韞、衛茂漪、李易安、管仲姬的才識都是自身高素質的體現，並不是以詩詞書畫的才能作為討好男人的才智而求得良夫。在這點上，《四嬋娟》突破了中國傳統的才子佳人戲曲小說的思維模式，不是站在男子的審美需求上審視女子的才識，而是將才識視為展示女性基本素養的必要特質。《四嬋娟》受徐渭《四聲猿》影響是明顯的，可謂都是展示女性才識的傑作，但《四嬋娟》所體現出作者的女性意識顯然高於《四聲猿》。《四聲猿》裏的花木蘭和黃崇嘏最終的結局仍然是嫁於良夫，符合男性的審美標準，仍然是男性視角下的構想。就連比洪昇稍晚的女戲劇家王筠在她的《繁華夢》裏儘管表現女性對男女不平等的不滿，期求女性能像男性一樣獲得平等的社會機會，但她的思維模式仍然逃脫不了男權社會給予她的潛意識，她夢中變成男子狀元及第，企求的美滿生活仍然是擁有嬌妻美妾。可以說再後的、同樣寫謝道韞題材的女戲劇家吳藻在她的《喬影》中表現出了女性對獨立人格的追求。作為男性作家的洪昇有如此的女性意識誠值肯定，他筆下的謝道韞的智慧、衛茂漪的端莊、李清照的鍾情、管仲姬的超脫，四者結合構成了值得愛慕與敬重的完美女性形象。而她們的美超越了外在形體，而更在於其卓越才華和高潔品格，「她們有自己的個性，可以同男性比翼齊飛而不容輕賤、玩弄、凌辱。這種女性美觀念，即使在數百年後的今天也有值得肯定處」，[註3] 由此足顯洪昇女性意識的進步性。

二、以真情為內核的新型婚姻家庭觀

如果說《四嬋娟》中的《詠絮》和《簪花》重點在讚揚女性的才識，那麼《鬥茗》和《畫竹》的重點就在討論封建社會的家庭婚姻問題，體現出洪昇對真情的崇尚。

首先，表現了洪昇崇尚真情的新型婚姻觀

在《鬥茗》中，洪昇借李清照、趙明誠夫婦之口，對千年封建婚姻作了評述，抒發了自己的婚姻觀。他認為合理的夫妻、美滿的夫妻，應是才貌相

〔註 3〕浦漢明：《從〈四嬋娟〉看洪昇的真情觀》，《文學遺產》，1989 年第 2 期。

當，以知音式的互愛作爲基礎，具有共同的喜好由此而結成的夫妻；而人世間除了少數夫妻夠得上稱爲美滿、恩愛、生死、離合四等外，其餘只是形式上的結合，算不得眞正夫妻：

> 〔聖藥王〕雖則是喚一雙，問誰能兩願償。大古來婚姻簿裏甚荒唐。數美郎、配豔娘，有幾個一般才貌恰相當，可不道多半是參商？

洪昇對那些被「父母之命」強行撮合在一起卻同床異夢的夫妻，直斥爲「不成夫妻」，並對他們的不幸垂淚悲哀。那麼什麼是理想的婚姻呢？洪昇從眞情觀出發，認爲只有以心心相印的知音式互愛作爲基礎締結的婚姻才是美滿幸福的婚姻。於是，他把以往的婚姻分成「夫妻」和「不成夫妻」兩大類。又把「夫妻」類分爲「美滿、恩愛、生死、離合」四等，而劃分的標準是眞情的有、無與深淺的程度。被洪昇放在最美滿夫妻的是弄玉和簫史。簫史善吹簫，弄玉亦好吹簫，共同的愛好使他們結爲伉儷，日以吹簫爲樂。他們志趣相投使他們互愛終身廝守。其次，恩愛、生死、離合夫妻，雖然夠不上美滿，但都有眞情存在。他們或「恩愛雖深，或享年不永，或中道分離」；或「都生難遂死要償，噙住了一點眞情，歷盡千魔障，縱到九地輪迴也永不忘，博得個終隨唱，盡占斷人間天上」。洪昇認爲，恩愛、生死、離合夫妻，雖然夠不上美滿夫妻，但他們夫妻間的眞情，使他們能戰勝困難，超越障礙，因而也稱得上是眞夫妻。反之，如果沒有眞情，由家庭、社會、財富等外在因素而結成的夫妻，即使是才子佳人兩相當，也會遺恨千古，如李益、張生對霍小玉和崔鶯鶯。但霍小玉、崔鶯鶯雖然不幸，但畢竟曾經領略過純情的歡樂，即使一瞬間，哪怕爲此遭毆而入地獄，比起「負絕代之姿容終身未得伉儷之樂者」，如西施、蔡文姬、王嬙等終生不知眞愛爲何物在精神上要幸運的多。這些見解，可以說十分深刻。他的思維觸角不僅觸及了只考慮門第、財富等包辦婚姻的不合理性，也不滿足於單純的郎才女貌式的異性間吸引，而是從感情志趣立論，「把眞情看作人性的第一需要」，把志同道合看作是婚姻的基礎。這種具有現代性愛色彩的婚姻觀，在洪昇所處的那個時代尤顯其難能可貴。

其次，從眞情出發，洪昇提倡夫妻間應建立在共同情趣、相互傾慕的新型家庭關係上

追求眞情是洪昇一貫的的思想，《長生殿》詮釋的就是這一思想。但《長

生殿》是通過帝妃之戀來表述的，故離普通人較遠，加之受題材本身的限制
難以曲盡人情。《四嬋娟》卻是寫普通的夫妻間的生活，故作者可把筆鋒深入
到了家庭生活的內部，描寫夫妻間日常生活，在此顯現夫妻間的情投意合、
志趣一致、相互傾慕之情，並由此來詮釋家庭的美滿、和諧、幸福。洪昇突
破了傳統的才子佳人愛情小說、戲曲所稱讚的理想婚姻，即有情人終成眷屬，
男子中狀元得官，妻子討得誥命封號，從而過上榮華富貴的物質生活。在洪
昇的筆下，夫妻間的幸福美滿不在於對物質的追求，而是更在於精神層面的
相互理解，相互恩愛、相互尊重的人格平等，譬如《鬥茗》裏的趙明誠與李
清照夫妻，他們間充滿了這種相互間的人格平等。他們飯後品茗，縱談古今，
「盡恩深愛廣，占美滿風光。願信誓生生不爽，世不作釵分鏡兩」。《畫竹》
裏的趙孟頫與管仲姬夫妻，也是一對精神融合的夫妻。他們「把功名兩字都
參透」，吟詩作畫，寄託人生，夫妻同願駕一葉之扁舟，「盟鷗鷺，傲王侯」，
在山水中修心養性，悟出了人生大道：「縱饒他香毫蘸紫雲，玉帶垂花綬，人
與骨雲時共朽，休辜負綠水碧山青，清風明月好，翠竹黃花瘦。偷尋笑口開，
莫只愁眉皺。惟則願天長地久，做一對效比目碧波魚，結連枝綠池藕。」他
們不追求名利地位，不羨慕榮華富貴，只願做一對永久恩愛的夫妻。在這裏，
洪昇詮釋的美滿夫妻完全是建立在兩情相知相愛、才知相配、愛好一致、人
格平等等內在層面的相融合的基礎上，在此基礎上而形成了與封建社會強調
的男尊女卑、「夫爲妻綱」不同的新型家庭關係。在這個家庭中，妻子有同丈
夫一樣的獨立人格，她們不僅僅是丈夫泄欲和傳宗接代的工具，而是丈夫的
家庭生活伴侶、吟詩品畫的知音，而丈夫對她們的愛更是出於對她們的敬重、
愛慕，是兩性相悅的眞情流露，而不是高居在上者對下者的垂青。洪昇描述
出這種新型的夫妻關係具有現代家庭關係的意識，在那個時代，有如此見識
足見其進步意義。

再次，含蓄地揭示出以眞情爲內核婚姻在封建社會實現的艱難性

惠潤，不愧是洪昇的好友，可以說他讀出了《四嬋娟》字外之深意。他
在《〈四嬋娟〉題詞》中說：「《四嬋娟》劇，余反覆其意而悲之。夫於古今千
百嬋娟中獨舉此四人，豈不以四人之遇勝千百歟？幸而免於淪落轗軻歟？然
而天壤之內復有王郎，以及桑榆駔儈之恨，所謂四嬋娟者，其二已如此。悲
夫！悵兩美之難合，或雖合而不終。昉思用意，較田水月生爲益微而愴矣。」
惠潤體會出洪昇在《四嬋娟》中曲折表達的對美滿夫妻在封建社會難以實現

的感慨之情。封建社會的婚姻大權掌握在家長的手裏，正如恩格斯所說，封建社會王公貴族「結婚是一種政治的行為，是一種借新的聯姻來擴大自己勢力的機會；起決定作用的是家世的利益，而決不是個人的意願」。〔註4〕在男女的擇偶方面，封建家長往往只考慮家世的利益，根本不管當事人的感受，因而造成了無數的婚姻悲劇，尤其是具有超人才識、獨立個體意識的女性就更是難以尋覓到情投意合的人生伴侶。《四嬋娟》在歌頌美滿婚姻的同時，恰恰揭示了它在那個時代實現的艱難性。《詠絮》裏的謝道韞詩才敏捷，但她嫁的丈夫王凝之她並不十分滿意，因而她發出了「說什麼佳人才子成婚眷，大古來癡郎駿馬偏多舛」。《鬥茗》描寫李清照和趙明誠的美滿幸福生活，但這種生活太短暫了。隨著趙明誠的去世，李清照「淒淒慘慘戚戚」，晚年被騙嫁於「駔儈」之人張汝舟，甚為不幸。正像惠潤所言四嬋娟中有兩位婚姻都是如此不如意，足見美滿之婚姻在那個時代的實現是多麼的艱難，從而更證明夫妻恩愛、兩情相悅之婚姻的可貴，這正是《四嬋娟》所表現出的新婚姻家庭關係的意義所在之處。

三、《四嬋娟》所顯現出洪昇的創作心理

丹納說：「如果一部文學作品內容豐富，並且人們知道如何去解釋它，那麼，我們在這作品中所找到的，會是一個種人的心理，時常也就是一個時代的心理，有時更是一個種族的心理。」〔註5〕誠然如是，從《四嬋娟》中，我們可以窺測到洪昇的創作心理。《四嬋娟》作於康熙四十二年（1703），即洪昇逝世的前一年，「反映了作者晚年的心境，對真情的推崇已縮小到婚姻、家庭的範圍，對政治鬥爭，則流露了厭倦、失望的情緒。」〔註6〕由此可以探究出洪昇進步的女性意識形成的緣由。

首先，從妻子身上發現了夫妻真情之美

常言道一個家庭就是一所學校，妻子就是教官，怎麼樣的妻子就能調教出怎麼樣的丈夫。夫妻間因長年相處，耳鬢廝磨，彼此間相互影響，從而從各自的配偶身上形成了對異性的感知。洪昇具有現代意義的女性意識，顯然

〔註4〕 恩格斯：《家庭、私有制和國家的起源》，《馬克思恩格斯選集》（四），人民出版社，1972年版，第74頁。

〔註5〕 丹納：《英國文學史・序言》，《西方文藝理論名著選編》（中），北京大學出版社，1986年版，第115～116頁。

〔註6〕 浦漢明：《從〈四嬋娟〉看洪昇的真情觀》，《文學遺產》，1989年第2期。

首先是從自己的妻子身上所發現的。洪昇的妻子黃蘭次是他的表妹，她的祖父黃機，也就是洪昇的外祖父，是進士出身的官員。因此，黃蘭次有良好的教養，詩書琴畫，無所不通，她和洪昇是青梅竹馬，兩小無猜。結婚後情投意合，時常，月下合弦，聯吟賦詩，其樂也融融。洪昇在《寄內三首》寫道：「爾我非一身，安得無別離？念當賦歸寧，恨恨敘我思。屏營寂無語，徙倚恒如癡。長歡臥空室，恍惚睹容輝。咫尺不可見，何況隔天涯。一日懷百憂，踟躕當告誰？」詩歌語真情切，充分表現出小別期間對妻子的懷戀之情。在《征途見遊女寄內》中表達了對妻子感情的忠貞，說明妻子是他情感生活的唯一：「玉鞭驅馬急，繡履踏春遲。看便如雲女，誰能動我思？」正由於他們有如此深的感情基礎，才使在後來洪昇長達二十多年的國子監生的貧窮生活中，儘管常常陷入「三載飢寒苦，孩提累汝嘗。甑塵疑禁火，衣敝怯經霜」（《遙哭亡女四首》之三）的困苦之中，但黃蘭次無怨無悔，跟隨洪昇漂泊，確實是他的生活伴侶和靈魂的依託。正是對妻子心存感激，從妻子身上感受到女性的溫善，從而形成了洪昇的婚姻家庭理想和對女性的讚美。這種理想與讚美化作了《四嬋娟》的美好篇章，謝道韞、衛茂漪、李清照和管仲姬，與其說是歌頌歷史上的才女，還不如說是洪昇借她們歌頌自己的妻子，《鬥茗》裏的李清照、趙明誠和《畫竹》裏的趙夢頫、管仲姬夫婦的美滿生活正是洪昇夫妻的兩情相悅的生活的寫照。

其次，疏狂人格的外化

洪昇出身於錢塘名族，年少聰慧，志向遠大，二十四歲入國子監就學。此時，已有文名，如他的朋友沈謙在《寄洪昉思》詩中說的那樣：「不須薦達尋楊意，凌雲賦就爾最工」。但由於他疏狂不羈的個性很難適應封建官場的潛規則，從而使他久困於國子監中，可他的狂傲依然不改，「交遊燕集，每白眼踞坐，指古摘今」（查為仁《蓮坡詩話》卷下）。在李天馥幕中，洪昇仍然不改其疏狂之個性，他在《旅次抒懷呈學士李容齋先生》中說：「浩然發長嘯，意氣忽飛揚。酒酣自脫帽，不待西風颺。四座頗驚怪，公獨容疏狂。」張福海先生對洪昇的「疏狂」解釋較為準確，「疏狂就是超越世俗、沒有任何拘束的縱情任性或放蕩驕姿的狀態。」他認為正是「疏狂的洪昇才能把對現實和人生的感受轉化為戲劇情緒」。〔註7〕此論較為貼切。正因為洪昇的「疏狂」

─────────────────────

〔註7〕 張福海：《洪昇的疏狂和〈長生殿〉的審美意韻》，《戲劇藝術》，2008 年第 3 期。

個性，使他超越了封建傳統文化對女性的評價，使他發現了女性身上所具有的超出男子的才識，並加以讚頌。因此，《四嬋娟》可以說是他晚年內在疏狂人格外化的形象展示。

另外，洪昇的這種「疏狂」個性，實際上其內在精神和徐渭、李贄以及湯顯祖等的個性解放思想是一致的。《四嬋娟》顯然受《四聲猿》的影響，對女性的肯定、讚頌，對真情的謳歌無不是這一時代進步的呼聲。洪昇一生具有超人的才智，然總是明珠暗投，難以實現自己的政治抱負，似乎變成了社會的「多餘的人」，從而使他對男性社會普遍失望，而在才女的軼事中發現了生活的真、善、美的特質，這也可以視為老年的洪昇寫《四嬋娟》時的一種創作心理狀態。

綜上所述，在展示洪昇的創作心理上，可以說《四嬋娟》比《長生殿》體現出作者更強的主觀意識。因為《四嬋娟》不是為了演出，而是猶如一首長篇的抒情詩，借歷史人物而傾訴自己之情懷，所以從研究洪昇的創作心理的角度看，《四嬋娟》應該受到同《長生殿》一樣的重視。

（原載：《陝西師範大學學報》2012 年第 5 期）

後　記

　　這本書是在我的博士論文的基礎上修改、擴充而完成的。我是在年過四十才在職攻讀博士的，白天有繁重的教學工作量，故本書的大多文字是在夜闌時寫作的，儘管它還存在著很多的不盡如人意的地方，但總算是我多年苦讀的結果。

　　在該書即將出版之際，我首先要感謝導師霍有明教授。此書是在他的悉心指導下完成的，這次能順利出版也是他推薦的結果。同時還要感謝他的父親著名古典文學研究專家霍松林先生，本書的結構、選題視角等都得到了他的肯定，同時他還提出過很多寶貴的修改意見，使我受益匪淺。

　　我還要感謝在該書寫作中，對我有指導、幫助的諸位良師益友：張新科、王志武、馮文樓、劉鋒燾、張學忠等教授，尤其是現已去世的焦文彬教授，當時他已年逾古稀，又患有腦梗塞，卻多次和我討論問題，並借給我很多難以找到的參考書，表現出一位老教授誨人不倦的高風亮節，堪爲我們晚輩的學習楷模。我還要對北京師大的韓兆琦教授、山東大學的寇養厚教授、湖南師大的吳建國教授、南京師大的鍾振振教授、蘇州大學的楊海明教授、武漢大學的尚永亮教授等，表示由衷地感謝，他們各自以不同的方式對我都有很大的幫助。

　　本書能順利出版，還要由衷地感謝花木蘭文化出版社楊嘉樂副總編等同仁，他們認眞審稿、精心編校，訂正了該書不少錯訛，爲本書以精美的裝幀、準確的內容面世付出了很多辛勤的勞作，令我甚爲感動！

　　在我讀博期間，父母相繼去世，至今整整 13 年了，但他們的音容笑貌時常進入我的夢間。這本書的出版，也飽含著兒子對你們的絲絲懷戀和永久的思念！

　　按照慣例，我也應對妻子說幾句感謝之語。我的妻子徐娟屏數十年來一直非常支持我的工作、學習，她承擔了所有的家務，使我能一心讀書，並還常常鼓勵我進取，當我稍有惰意、缺乏「鬥志」時，只要看到她勞作的身影我便不敢怠慢。這本書的出版，也算我對她付出的辛勤勞作的小小補償吧。

　　我在去年 5 月 17 日寫《20 世紀秦腔史》後記時，我的小外孫女車綺薇才半歲，只會呀呀哭鬧。當我此時寫這篇後記時她已能用三五個字的短句流利地表達她的想法，而且馬上就兩歲了，這本書就算作我給她的兩歲生日禮物吧，希望她長大後能繼承她姥爺的研究。

高益榮

2015 年 9 月 17 日於景醜齋